LE LIVRE DES AVEUX

Collection dirigée par Hubert Nyssen et Sabine Wespieser

Titre original :
The Book of Evidence
Secker & Warburg, Londres

ISBN 2-7427-0696-8

Illustration de couverture :
René Magritte, *La Reproduction interdite* (détail), 1937

JOHN BANVILLE

LE LIVRE DES AVEUX

roman traduit de l'anglais (Irlande)
par Michèle Albaret

BABEL

I

Monsieur le juge, quand vous me demanderez de donner à la Cour ma version des faits, voici ce que je dirai. On me tient enfermé ici comme une bête curieuse, dernière survivance d'une espèce qu'on croyait éteinte. On devrait laisser entrer les gens afin qu'ils me regardent, moi, le mangeur de femmes, affable et dangereux, qui arpente ma cage derrière les barreaux de laquelle luit mon effroyable regard vert, leur offrir quelque chose dont ils rêveraient, la nuit, douillettement blottis au fond de leur lit. Après ma capture, ils se sont entre-déchirés pour m'apercevoir. Ils auraient payé pour ce privilège, j'imagine. Ils vociféraient des injures, me menaçaient du poing, me montraient les dents. C'était irréel, en quelque sorte, effrayant et pourtant cocasse, de les voir là, agglutinés sur le trottoir comme des figurants, jeunes hommes en imperméable bon marché, femmes avec leurs filets à provisions ainsi qu'un ou deux personnages grisonnants, silencieux, qui, défigurés par l'envie, se bornaient à m'observer avidement. Puis un policier me jeta une couverture sur la tête, et me poussa dans le panier à salade.

J'éclatai de rire. Il y avait quelque chose d'irrésistiblement drôle dans la façon dont la réalité, banale comme toujours, exauçait mes pires fantasmes.

A propos, cette couverture. L'avaient-ils apportée spécialement, ou en gardent-ils toujours une à portée de main, dans le coffre ? Voilà les questions qui me préoccupent à présent, je les rumine. Quel personnage intéressant j'ai dû faire pour ceux qui m'ont aperçu, assis, raide comme une sorte de momie à l'arrière du fourgon qui filait dans les rues ensoleillées, mouillées, en bêlant d'importance.

Puis la prison. C'est le bruit qui m'a frappé avant tout. Un vacarme terrible, des hurlements, des coups de sifflet, des rires en cascade, des disputes, des sanglots. Mais il y a aussi des moments de calme, comme si, en s'abattant, une grande peur, ou une grande tristesse, nous réduisait tous au silence. Dans les couloirs, l'air est figé comme de l'eau stagnante. Il flotte une légère odeur de phénol qui évoque les maisons de plaisir. Au début, j'ai cru que c'était moi, je veux dire, j'ai pensé que cette odeur venait de moi, que j'y contribuais. Qui sait ? La lumière du jour, aussi, est bizarre, même dehors, dans la cour, comme s'il lui était arrivé quelque chose, comme si on lui avait fait quelque chose avant de l'autoriser à nous atteindre. Elle paraît acide, jaunâtre, et son intensité fluctue entre deux extrêmes : soit elle est si faible qu'on n'y voit rien, soit elle nous aveugle. Des divers types de pénombre, je ne parlerai pas.

Ma cellule. Ma cellule est. A quoi bon poursuivre sur ce thème.

Les prisonniers en détention provisoire bénéficient des meilleures cellules. C'est logique. Après tout, on me jugera peut-être innocent. Oh ! il ne faut pas que je rie, c'est trop douloureux, ça m'élance terriblement, comme si quelque chose m'appuyait sur le cœur – le poids de ma culpabilité, je suppose. J'ai une table et ce qu'ils appellent une bergère. Il y a même une télévision, pourtant je la regarde rarement maintenant qu'on instruit mon affaire et qu'on ne parle plus de moi aux informations. Les sanitaires laissent un peu à désirer. Ils débourrent : quelle pertinence, ces termes. Il faut que je voie si je peux trouver un uraniste, mais c'est peut-être d'un néophyte que je veux parler ? Un jeune garçon, leste et complaisant, et pas trop exigeant. Ça ne devrait pas poser de problème. Il faut également que je voie si je peux me procurer un dictionnaire.

Avant tout, je m'élève contre l'omniprésente odeur de sperme qui empuantit les lieux.

J'avoue que je m'étais fait une vision désespérément romantique de la manière dont les choses se présenteraient ici. D'une certaine façon, je m'étais imaginé comme une sorte de célébrité, maintenue à l'écart des autres prisonniers dans une aile spéciale où j'aurais reçu la visite de gens importants et sérieux devant lesquels j'aurais disserté sur les grands problèmes contemporains, impressionnant les hommes, charmant les femmes. Quelle finesse d'analyse ! se seraient-ils écriés. Quelle largeur de vue ! On nous avait dit que vous étiez une brute, insensible, cruelle, mais à présent que nous vous avons rencontré, écouté, franchement ! Et me voici donc qui adopte une pose élégante, offre mon profil ascétique à la lumière qui se coule entre les barreaux de la fenêtre, affiche un vague sourire satisfait, les doigts noués sur un mouchoir parfumé : Jean-Jacques, le tueur lettré.

Ça ne ressemble pas à ça, pas du tout. Mais ça ne ressemble pas davantage à d'autres clichés. Où sont les chahuts de réfectoire, les mutineries en foule, ce genre de choses qu'on voit si souvent sur l'écran argent ? Et la scène du préau où deux poids lourds aux mâchoires bleutées s'empoignent pour faire diversion pendant que le mouchard se fait poignarder à mort ? Quand les viols collectifs vont-ils commencer ? En vérité, quand on est dedans, c'est comme si on était dehors, en plus vrai. Notre confort nous obsède. Les lieux sont surchauffés en permanence, on se croirait dans un incubateur, pourtant, la nuit, ce sont de constantes récriminations contre les courants d'air, les brusques coups de froid et les pieds glacés. La nourriture compte beaucoup aussi, nous examinons nos assiettées de bouillie en les reniflant et en soupirant comme si nous étions une assemblée de gourmets. Dès que quelqu'un reçoit un colis, la nouvelle se répand comme une traînée de poudre. *Psitt ! Elle lui a envoyé un* battenberg* *! Fait maison !* Franchement, on jurerait l'école, ce mélange de détresse et de quiétude, ce désir feutré, ce bruit, et partout,

* *Battenberg* : gâteau à la pâte d'amandes. *(N.d.T.)*

toujours, cette odeur d'homme, tiédasse, fade, particulière.

Les choses étaient différentes, paraît-il, quand il y avait des politiques. Ils déambulaient au pas de l'oie dans les couloirs en s'engueulant en mauvais irlandais pour la plus grande joie des prisonniers de droit commun. Mais, par la suite, ils firent tous une grève de la faim ou quelque chose comme ça, et on les transféra dans une prison spéciale, et la vie reprit son cours.

Pourquoi nous montrons-nous si dociles ? Est-ce le truc qu'on mettrait dans le thé pour neutraliser notre libido ? Ou la drogue ? Monsieur le juge, je sais que personne, pas même l'accusation, n'apprécie les cafards, mais je pense qu'il est de mon devoir d'alerter la Cour sur l'existence, au sein de cette institution, d'un gros trafic de substances prohibées. Il y a des matons, je veux dire des gardiens, impliqués là-dedans, je peux fournir leur numéro matricule si on me garantit ma sécurité. On peut se procurer n'importe quoi, des amphés aussi bien que des calmants, des tranquillisants, de l'héro, du crack, il n'y a qu'à demander – bien entendu, monsieur le juge, vous n'êtes certainement pas familiarisé avec ces termes des bas-fonds, en ce qui me concerne, je ne les ai appris que depuis mon arrivée ici. Comme vous devez l'imaginer, ce sont surtout les jeunes qui s'y adonnent. On les reconnaît à ce qu'ils avancent en titubant comme des somnambules sur les passerelles, avec ce petit sourire ébahi et désenchanté du défoncé. Certains, cependant, ne sourient pas, donnent l'impression qu'ils ne souriront plus jamais. Ce sont les paumés, les cas désespérés. Ils restent plantés là à regarder dans le vide, avec l'air préoccupé, hébété d'un animal blessé qui se dérobe à la vue des hommes, sans rien dire, comme si, pour eux, nous n'étions que des fantômes et que leur souffrance s'inscrivait dans un monde différent du nôtre.

Mais non, la drogue n'est pas seule en cause. Quelque chose d'essentiel a disparu, on nous a sapés à la base. Nous ne sommes plus tout à fait des êtres humains. De vieux taulards, des types ayant commis des méfaits vraiment impressionnants errent de-ci, de-là, pareils à de pâles et molles douairières à la poitrine protubérante, au pétard généreux. Ils se chamaillent pour des livres de bibliothèque, certains font même du tricot. Les jeunes ont aussi leur passe-temps ; leurs yeux de veau brillant d'un éclat singulier, ils m'approchent furtivement dans le préau, et, le geste timide, exhibent leurs ouvrages. S'il me faut encore admirer un bateau en bouteille, je hurle. Pourtant, ils sont si tristes, si vulnérables, ces voleurs, ces violeurs, ces bourreaux d'enfants. Quand je pense à eux, je me représente toujours, sans vraiment savoir pourquoi, le ruban d'herbe drue et l'arbre que j'aperçois de ma fenêtre si j'appuie la joue contre les barreaux et que je regarde en diagonale au-delà des barbelés et du mur.

Levez-vous, s'il vous plaît, posez la main ici, déclinez votre identité à haute et intelligible voix. Frederick Charles St John Vanderveld Montgomery. Jurez-vous de dire la vérité, toute la vérité, rien que la vérité ? Ne me faites pas rire. Je veux appeler immédiatement mon premier témoin. Ma femme. Daphné. Oui, c'était, c'est, son nom. Allez savoir pourquoi, les gens l'ont toujours trouvé un peu cocasse, ce nom. A mon avis, il sied très bien à sa beauté myope, sombre, moite. Je la revois, ma nymphe des lauriers, allongée dans une clairière pétrifiée de soleil, un rien contrariée, qui détourne les yeux en fronçant légèrement les sourcils tandis qu'une divinité mineure aux allures de faune gambade et caracole avec un pipeau de roseau dans lequel elle souffle de tout son cœur sans parvenir à séduire Daphné. Ce fut d'abord son expression modérément insatisfaite, distante, qui a attiré mon attention. Elle n'était pas gentille, elle n'était pas bonne. Elle me convenait. Peut-être songeais-je déjà au jour où il faudrait que quelqu'un – n'importe qui – me pardonne, et qui, mieux qu'un être de mon espèce, eût pu le faire ?

Quand je dis qu'elle n'était pas bonne, je ne cherche pas à faire croire qu'elle était méchante, ou dépravée. Ses défauts n'étaient rien en regard des fêlures laciniées qui me zèbrent l'âme. Ce qu'on pouvait le plus lui reprocher, c'était une sorte de paresse morale. Il y avait des choses qu'elle avait la flemme de faire en dépit des impératifs qui les portaient à son attention languide. Elle négligeait notre fils, non parce qu'elle ne l'aimait pas, elle l'aimait à sa façon, mais simplement parce que ses besoins ne l'intéressaient pas vraiment. Je la surprenais souvent, assise dans un fauteuil, qui le regardait, avec, dans l'œil, une lueur distraite, comme si elle essayait de se rappeler qui il était au juste, et par quel mystère il avait réussi à arriver là, lui qui se roulait par terre à ses pieds, les fesses sales comme à son habitude. Daphné ! murmurais-je, pour l'amour du Christ ! et, en général, elle posait sur moi ce même regard vide, étonnamment distant.

Je m'aperçois que je ne peux apparemment pas m'empêcher de parler d'elle au passé. Dans un sens, ça me paraît normal. Pourtant, elle me rend souvent visite. La première fois, elle m'a demandé à quoi ça ressemblait ici. Oh, ma chérie ! ai-je répondu, ce bruit ! – et ces gens ! Elle s'est contentée d'acquiescer d'un petit signe de tête et de sourire d'un air triste, et elle a jeté un regard distrait sur les autres visiteurs. Nous nous comprenons, vous voyez.

Sous des climats méridionaux, son indolence se transformait en une sorte de langueur voluptueuse. Il est une chambre en particulier dont je me souviens, avec des volets verts, un lit étroit, une chaise à la Van Gogh, et un midi méditerranéen qui palpite, dehors, dans les ruelles blanches. Ibiza ? Ischia ? Mykonos peut-être ? Toujours une île, greffier, je vous en prie, notez-le, qui sait si ça n'a pas un sens. Daphné pouvait s'extraire de ses vêtements à une vitesse magique, rien qu'avec une sorte de haussement d'épaules, comme si jupe, chemisier, pantalon et le reste étaient faits d'une seule pièce. C'est une femme imposante, pas grosse, pas lourde même, mais pourtant puissante, et superbement proportionnée : chaque fois que je la voyais nue, j'avais envie de la caresser comme j'aurais envie de caresser une sculpture en en mesurant les courbes du creux de la main, en laissant courir mon pouce sur les longues lignes lisses, en savourant la fraîcheur, la texture veloutée de la pierre. Greffier, rayez cette dernière phrase, elle paraîtra trop lourde de sens.

Ces midis brûlants, dans cette chambre, ainsi que d'innombrables autres, analogues – mon Dieu, d'y penser, j'en tremble à présent. Je ne pouvais résister à sa nudité nonchalante, au poids, à la densité de cette chair radieuse. *Maja* distraite, elle restait allongée à mes côtés, le regard fixé sur le plafond obscur, ou sur le filet de lumière d'un blanc éclatant qui passait entre les volets jusqu'à ce que, enfin, je réussisse, je n'ai jamais très bien compris comment, à appuyer sur un nerf secret, et qu'alors, dans un gémissement, elle se tournât, lourde et vive, et s'accrochât à moi comme si elle eût été en train de tomber, la bouche sur ma gorge, ses doigts d'aveugle sur mon dos. Elle ne fermait jamais les yeux, ses prunelles d'un gris doux et terne erraient, désemparées, chaviraient sous le tendre méfait que je lui infligeais. Je ne peux dire combien ça m'excitait, ce regard sans défense, peiné, si contraire à ce qu'elle était à n'importe quel autre moment. J'essayais régulièrement de l'inciter à garder ses lunettes lorsque nous étions au lit, comme ça, afin qu'elle ait l'air encore plus perdue, plus vulnérable, mais je n'y parvins jamais, malgré toutes mes ruses. Et, bien entendu, je n'osais le lui demander. Ensuite, c'était comme s'il ne s'était rien passé, elle se relevait et, une main dans les cheveux, gagnait la salle de bains, me laissant prostré sur le drap trempé, convulsionné, haletant comme si j'avais fait un infarctus, ce qui, j'imagine, était vrai en un sens.

Elle n'a jamais su, je crois, à quel point elle me troublait. Je veillais à ce qu'elle n'en sache rien. Oh, ne vous méprenez pas, ce n'est pas que j'avais peur de me soumettre à son pouvoir, ou quoi que ce soit. Mais savoir ça aurait été, disons, malvenu entre nous. Il y avait une réserve, une discrétion que, dès le départ, nous étions tacitement convenus de respecter. Nous nous comprenions, oui, mais cela ne signifiait pas que nous nous connaissions ni que nous le souhaitions. Comment aurions-nous préservé cette élégance naturelle qui nous importait tant si nous n'avions pas préservé également le mystère fondamental de notre être intérieur ?

Qu'il était bon de se lever ensuite dans la fraîcheur de l'après-midi et de descendre jusqu'au port en flânant à travers la géométrie dépouillée que jetaient ombre et soleil dans les ruelles étroites. J'aimais à observer Daphné quand elle marchait devant moi, que ses épaules et ses hanches puissantes balançaient à un rythme complexe, gourd, sous le tissu léger de sa robe. J'aimais à observer aussi les hommes de l'île, penchés sur leur pastis et leur dé à coudre de café fangeux, qui, à son passage, la suivaient de leurs yeux de lézard. Oui, bande de salopards, soupirez, soupirez.

Sur le port, il y avait toujours un bar, toujours le même quelle que fût l'île, avec quelques tables et des chaises en plastique à l'extérieur, des parasols à la gloire de Stella ou de Pernod, tordus, et, occupé à se curer les dents, un gros propriétaire noiraud appuyé contre le chambranle de la porte. Les gens aussi étaient toujours les mêmes : quelques types, des durs, maigres, en jean délavé, des femmes à l'œil mauvais, à la peau tannée par le soleil, un gros mec vieillissant avec une casquette de yachtman et des pattes de lapin grisonnantes, et, bien sûr, un pédé ou deux, avec des bracelets et des sandales fantaisie. Ils formaient notre bande, notre univers, nos amis. Il était rare que nous connussions leur nom, ou qu'ils connussent le nôtre, nous nous donnions du mon pote, du mon vieux, du capitaine, du chéri. Nous buvions cognac ou ouzo, le moins coûteux des poisons locaux, et nous parlions haut et fort d'autres amis, tous des personnages, dans d'autres bars, sur d'autres îles, sans cesser, malgré nos sourires, de nous surveiller du coin de l'œil, à l'affût d'un je-ne-sais-quoi, d'une brèche peut-être, d'un point faible provisoirement exposé dans lequel nous eussions pu planter les crocs. Mesdames et messieurs les jurés, vous nous avez vus lors de votre tour organisé, nous faisions partie du folklore local, vous nous avez lancé, en passant, des regards empreints d'un vague désir, et, nous, nous vous avons ignorés.

Nous trônions parmi cette racaille, Daphné et moi, avec une sorte de noble détachement, tels un roi et une reine en exil attendant jour après jour qu'on leur annonçât la contre-révolution et que le palais leur mandât de revenir. En général, les gens, je m'en rendais compte, avaient un peu peur de nous, je le voyais parfois à leurs regards, à leur expression de toutou, propitiatoire, inquiète, ou sinon à un coup d'œil furtif, plein de ressentiment, et sinistre. J'ai réfléchi à ce phénomène, il me paraît très significatif. Qu'avions-nous – ou plutôt qu'y avait-il en nous – qui les impressionnait ? Oh, nous sommes grands, bien faits, je suis séduisant, Daphné est belle, mais ça n'explique sûrement pas tout. Non, après mûre réflexion, la conclusion à laquelle je suis parvenu, c'est qu'ils imaginaient reconnaître en nous une cohésion, une complétude et une authenticité fondamentale qui leur faisaient défaut et dont ils ne se sentaient pas vraiment dignes. Nous étions – eh bien, oui – nous étions des héros.

Tout cela me paraissait ridicule, bien sûr. Non, attendez, j'ai prêté serment, il me faut dire toute la vérité. J'aimais ça. J'aimais être installé confortablement au soleil, avec, à mes côtés, mon éblouissante reine consort à la réputation ternie, et recevoir, en toute simplicité, l'hommage de notre cour bigarrée. J'arborais un vague petit sourire, singulier, calme, tolérant, avec juste un soupçon de mépris, je l'octroyais en particulier aux plus stupides, aux pauvres crétins qui caquetaient et cabriolaient en marotte devant nous en déployant pour nous leurs astuces pathétiques et en riant comme des fous. Je les regardais dans les yeux et de me voir ennobli dans leurs prunelles, je pouvais donc oublier un instant ce que j'étais, une chose tremblante et misérable, à leur image, pleine de désir et de haine, esseulée, apeurée, brisée par le doute, et à l'agonie.

C'est ainsi que je tombai entre les mains d'escrocs : je me laissai aller à me croire invulnérable. Je ne cherche pas, monsieur le juge, à justifier mes actes, seulement à les expliquer. Cette vie, à dériver d'une île à l'autre, attisait les illusions. Le soleil, l'air marin lavaient les choses de leur sens de sorte qu'elles y perdaient leur vrai poids. Mon intuition, l'intuition de notre tribu, ce ressort trempé dans les noires forêts du Nord, s'émoussa là-bas, monsieur le juge, je vous l'assure. Pouvait-il y avoir le moindre danger, la moindre malveillance sous un ciel d'aquarelle si bleu, si tendre ? De plus, le mal est toujours quelque chose qui se produit ailleurs, et les mauvaises gens ne sont jamais des gens que l'on connaît. L'Américain, par exemple, ne paraissait pas pire que n'importe lequel de ceux qui formaient notre bande, cette année-là. En fait, il ne me paraissait pas pire que ce que j'étais moi – je veux dire, pas pire que ce que je m'imaginais être – parce que cela se passait, bien sûr, avant que je ne découvre ce dont j'étais capable.

Je l'appelle l'Américain parce que je ne savais pas son nom, ou que je ne m'en souviens plus, mais je ne suis même pas sûr qu'il était américain. Il parlait d'une voix nasillarde peut-être chipée au cinéma, et il avait, en discutant, une façon de plisser les yeux pour surveiller ce qui se passait alentour qui me rappelait je ne sais quelle vedette du grand écran. Je n'arrivais pas à le prendre au sérieux. Je réussis une splendide imitation de lui – j'ai toujours été un bon imitateur – qui, de surprise, fit hurler de rire les gens qui le reconnurent. Au début, je le crus très jeune, mais Daphné sourit et me demanda si j'avais regardé ses mains. (Ce genre de détail ne lui échappait pas.) Il était maigre et musclé, avec un visage en lame de couteau et les cheveux ras d'un garçonnet. Il portait invariablement des jeans serrés, des bottes à talons et des ceintures en cuir avec d'énormes boucles. Il avait une indéniable touche de cow-boy. Je l'appellerai, laissez-moi réfléchir, je l'appellerai Randolph. C'était après Daphné qu'il en avait. Je le regardais approcher, les mains enfoncées dans ses poches plaquées, et se mettre à la flairer, faraud et fébrile, comme tant d'autres avant lui, son désir, comme le leur, attesté par une pâleur accusée entre les yeux. Moi, il me traitait avec une affabilité ostentatoire, me qualifiait d'ami, et même – je rêve ? – de *partenaire.* Je me souviens de la première fois où il s'assit à notre table, entortilla ses jambes arachnéennes autour de la chaise et, la tête appuyée sur un coude, se pencha vers nous. Je m'attendais à le voir exhiber une blague à tabac et se rouler une cigarette d'une seule main. Le serveur, Paco, ou Pablo, un jeune homme aux yeux brûlants qui voulait se donner des airs d'aristocrate, nous apporta par erreur des boissons que nous n'avions pas commandées, et Randolph sauta sur l'occasion pour l'attaquer férocement. Le pauvre garçon resta planté là, à plier l'échine sous le flot d'injures, à se comporter comme le fils de paysan qu'il n'avait jamais cessé d'être. Quand il se fut éloigné d'un pas mal assuré, Randolph regarda Daphné et sourit en dévoilant une rangée de longues dents carnassières, et je songeai au chien de chasse fier comme un tapant d'avoir rapporté un rat crevé aux pieds de sa maîtresse. Ces bon Dieu d'Espingouins, dit-il d'un ton désinvolte en émettant, du coin de la bouche, un bruit de crachat. Je bondis, attrapai le bord de la table, renversai le tout en lui jetant les boissons sur les cuisses, puis lui criai de se lever et de venir se battre, espèce de fils de pute ! Non, non, bien sûr, je n'en fis rien. Pour autant qu'il m'eût plu de balancer une table pleine de verre brisé sur son entrejambe ridiculement rembourré, ce n'était pas ma façon de réagir, pas à l'époque. Par ailleurs, ça m'avait amusé, comme tout le monde, de voir Pablo ou Paco, l'andouille, avec ses regards expressifs, ses mains délicates et son horrible moustache pubienne, se faire dire ses quatre vérités.

Randolph aimait donner l'impression qu'il était un personnage très dangereux. Il évoquait de sombres méfaits perpétrés dans un pays lointain qu'il appelait les States. J'encourageais le récit de ces hauts faits, secrètement ravi de la façon "oh ! flûte, c'était du nanan", dont il les racontait. Il y avait quelque chose de merveilleusement grotesque dans tout ça, le coup d'œil sournois du fanfaron, l'intonation sournoisement modeste, l'air d'égocentrique satisfait, la manière dont il s'ouvrait comme une fleur sous la chaleur du respect que je lui témoignais en branlant du chef sans dire mot. J'ai toujours éprouvé une certaine satisfaction devant les petites méchancetés des êtres humains. Traiter un crétin et un menteur comme s'il était, à mes yeux, la probité incarnée, le laisser s'enferrer dans ses forfanteries et ses mensonges, quel plaisir singulier. Il prétendit être peintre jusqu'au moment où je lui posai quelques questions innocentes sur le sujet, alors, il devint écrivain. En fait, comme il me le confia une nuit qu'il était gris, il se faisait de l'argent en vendant de la drogue aux riches visiteurs de l'île. Ça me bouleversa, bien entendu, mais je compris que je tenais là une information précieuse, et plus tard, quand...

Mais je suis las de tout cela, laissez-moi en finir. Je lui demandai de me prêter un peu d'argent. Il refusa. Je lui rappelai cette nuit d'ébriété, et ajoutai qu'à mon avis la *guardia* serait curieuse d'entendre ce qu'il m'avait confié. Ça le bouleversa. Il y réfléchit. Il n'avait pas le fric que je lui demandais, dit-il, il allait lui falloir s'adresser quelque part, peut-être à des gens qu'il connaissait. Et il se mordit la lèvre. Je lui répondis qu'il n'y avait pas de problème, que je me moquais de la provenance de l'argent. J'étais amusé et plutôt content de moi, dans mon rôle de maître chanteur. Je n'avais pas vraiment cru qu'il me prendrait au sérieux, mais, apparemment, j'avais sous-estimé sa lâcheté. Il m'apporta la somme, et, durant quelques semaines, Daphné et moi vécûmes des moments formidables, et tout se passa magnifiquement, sinon que Randolph me collait aux basques où que j'aille. Sa façon de prendre à la lettre des termes tels que *prêter* et *rembourser* était navrante. N'avais-je pas gardé son sale petit secret, dis-je, ça ne lui suffisait donc pas ? Ces gens, fit-il, en ébauchant un horrible sourire grimaçant, ces gens n'étaient pas des rigolos. Je lui répliquai que j'étais heureux de l'apprendre, qu'on n'avait pas envie de penser qu'on avait eu affaire, ne serait-ce que par personne interposée, à des plaisantins. Puis il menaça de leur donner mon identité. Je lui ris au nez et m'éloignai. Je n'arrivais toujours pas à prendre cette histoire au sérieux. Quelques jours plus tard, un petit paquet enveloppé dans du papier brun me parvint, qu'une main semi-analphabète avait adressé à mon nom. Daphné commit l'erreur de l'ouvrir. A l'intérieur se trouvait une boîte à tabac – du Balkan Sobranie, note curieusement cosmopolite – tapissée de coton, dans laquelle se nichait un morceau de chair cartilagineux, pâle, bizarrement convoluté, et recouvert d'une croûte de sang séché. Il me fallut un moment pour y reconnaître une oreille humaine. A en juger par les dentelures, la personne qui avait fait ce vilain boulot s'était servie de quelque chose comme un couteau à pain. Pénible. Je suppose que c'était fait exprès. Je me souviens d'avoir pensé : quel à-propos, une oreille, au pays des toreros ! Très cocasse, vraiment.

Je me mis en quête de Randolph. Il portait un gros pansement ouatiné sur le côté gauche de la tête, maintenu en place par un bandage ostensiblement de travers et d'une propreté douteuse. Il ne m'évoquait plus le Far West. Désormais, comme si le destin avait décidé d'étayer ses prétentions au statut d'artiste, il présentait une ressemblance frappante avec ce pauvre fou de Vincent sur l'autoportrait fait après qu'il se fut défiguré par amour. Lorsqu'il me vit, je crus qu'il allait éclater en sanglots, il faisait si triste mine, paraissait si indigné. A toi de te débrouiller avec eux, maintenant, me dit-il, c'est toi qui leur dois du fric, pas moi, moi, j'ai payé, et, d'un geste sinistre, il désigna sa tête bandée. Puis il me lança un terme injurieux et s'enfonça d'un pas furtif dans une ruelle. Malgré le soleil de midi, un frisson me parcourut le dos, pareil à un vent gris frisant la surface de l'eau. Je demeurai là un moment, sur cette place blanche, à réfléchir. Un vieillard sur un bourricot me salua. Tout près, une minuscule cloche d'église carillonnait à toute allure. Pourquoi, me demandai-je, pourquoi est-ce que je vis comme ça ?

Sans doute, la Cour aussi aimerait connaître la réponse à cette question. Avec mon passé, mon éducation, ma – oui –, ma culture, comment pouvais-je mener une vie pareille, m'associer à pareilles gens, me coller dans pareils pétrins ? La réponse, c'est que – je ne connais pas la réponse. Ou bien je la connais, et elle exigerait trop de temps, serait trop embrouillée pour que je m'y risque ici. A l'époque, je croyais, comme tout le monde, que mes décisions régissaient le cours de ma vie, mais, peu à peu, à mesure que j'accumulais de plus en plus de passé, je compris que j'avais fait ce que j'avais fait parce que je ne pouvais pas faire autrement. Je vous en prie, n'allez pas croire, monsieur le juge, je m'empresse de le préciser, n'allez pas croire que vous entendez là un soupçon d'apologie, ou même de justification. Je tiens à revendiquer l'entière responsabilité de mes actes – après tout, ce sont les seules choses dont je peux dire qu'elles m'appartiennent – et je déclare d'avance que j'accepterai sans murmurer le verdict de la Cour. Je cherche simplement à savoir, sans vouloir vous offenser, s'il est possible de retenir le principe de la culpabilité morale dès lors qu'on a renoncé à la notion de libre arbitre. C'est là, je vous l'accorde, une question délicate, le genre de chose dont nous aimons à discuter ici, le soir, devant nos cacaos et nos cigarettes, quand les heures se traînent.

Comme je l'ai dit, je ne considérais pas toujours ma vie comme une prison dans laquelle tous nos actes sont régis selon un modèle diffus établi par une autorité insensible et inconnue. A la vérité, quand j'étais jeune, je me voyais comme un bâtisseur qui, un jour, construirait un merveilleux édifice autour de mon être, une sorte de pavillon imposant, élancé et léger, qui m'engloberait totalement et à l'intérieur duquel je demeurerais néanmoins libre. Regardez, aurait-on dit en apercevant de loin cette éminence, regardez comme c'est robuste, comme c'est solide : c'est bien lui, oui, aucun doute, c'est lui en personne. Pendant ce temps, pourtant, moi qui n'avais nul abri, je me sentais exposé et invisible. Comment la décrire, cette sensation qui me donnait l'impression d'être une chose privée de poids, d'attaches, un fantôme à la dérive ? Les autres me paraissaient posséder une densité, une réalité dont je manquais. Parmi eux, ces grandes créatures insouciantes, j'étais comme un enfant au milieu d'adultes. Je les observais, les yeux grands ouverts, et je m'interrogeais sur la sérénité de leur assurance face à un monde absurde et déconcertant. Ne vous méprenez pas sur mes paroles, je n'avais rien d'un capon, je riais, je braillais, et fanfaronnais avec les meilleurs – il n'y avait qu'intérieurement, dans cette triste galerie sombre que j'appelle mon cœur, que je me montrais mal à l'aise, la bouche bâillonnée, silencieux, envieux, irrésolu. Eux, ils comprenaient des trucs, ou, du moins, les acceptaient. Ils savaient quoi penser, ils avaient leurs opinions sur différents problèmes. Ils avaient les idées larges comme s'ils ne se rendaient pas compte que tout est divisible à l'infini. Ils discutaient de cause et d'effet comme s'ils croyaient à la possibilité d'isoler un événement et de le brandir pour le scruter dans un espace intemporel et pur, indépendamment du tourbillon fou des choses. Ils parlaient des habitants de la terre entière comme s'ils eussent parlé d'une seule et même personne, alors que parler de quelqu'un avec l'ombre d'une certitude me paraissait audacieux. Oh, rien ne leur faisait peur.

Et, comme si je n'avais pas assez des gens du monde extérieur, je portais aussi en moi-même mon propre modèle, sorte de vigile devant lequel il me faut cacher mon manque de conviction. Si, par exemple, je lisais quelque chose, un raisonnement dans un livre quelconque, qui suscitât mon enthousiasme, puis que je finisse par découvrir que j'avais mal interprété l'auteur de bout en bout, que j'avais tout compris de travers, je me voyais aussitôt obligé d'effectuer un saut périlleux, en quatrième vitesse, et de me dire, pardon de dire à mon autre moi, ce sévère sergent de l'intérieur, que ce qui était écrit était vrai, que je n'avais jamais vraiment pensé autre chose, et que, même si je l'avais fait, qu'il fallait voir, dans cette aptitude à passer d'une opinion à l'autre sans même en avoir conscience, la marque d'un esprit ouvert. Puis je me tamponnais le front, m'éclaircissais la gorge, me redressais et, suffocant de consternation, passais prudemment à autre chose. Mais pourquoi cet imparfait ? Y a-t-il quelque chose de changé ? Hormis que le vigile de l'intérieur a pris le dessus, tandis que le pleutre apeuré de l'extérieur se terre au-dedans.

Je me demande si la Cour se rend bien compte de ce que me coûte cette confession.

J'ai choisi d'étudier les sciences pour y trouver une certitude. Non, ce n'est pas ça. Mieux vaut dire : j'ai choisi les sciences pour mieux me débrouiller du manque de certitude. C'était là un moyen, pensais-je, d'ériger une structure solide sur les sables mêmes qui, partout, toujours, se dérobaient sous mes pieds. Et, là-dedans, j'étais bon, j'étais doué. Ça aidait de ne pas avoir de conviction sur la nature de la réalité, de la vérité, de l'éthique, tous ces grands problèmes – en fait, moi qui avais toujours vu la matière comme un tourbillon de collisions fortuites, je découvrais dans les sciences la vision étrangement familière d'un univers riche d'imprévus. Statistiques, théorie des probabilités, c'était là mon domaine. Les trucs ésotériques, je n'en parlerai pas ici. Je possédais un certain petit don non négligeable, malgré le niveau impressionnant qu'exigeait cette discipline. Mes devoirs universitaires étaient des modèles de clarté et de concision. Mes professeurs, de vieux garçons à l'haleine fétide, mal fagotés, et qui empestaient le tabac, m'adoraient, ils reconnaissaient en moi cette rare qualité qu'est la cruauté qui, pour leur manquer, les avait condamnés à la servitude de la chaire. Puis les Américains me repérèrent.

Que j'aie aimé l'Amérique, la vie là-bas sur cette côte Ouest pastel, inondée de soleil, ça m'a gâté à tout jamais. Je la revois encore en rêve, dans son intégralité, inviolée, les collines ocre, la baie, le grand pont rouge, délicat, couronné de brouillard. J'avais l'impression d'avoir accédé à quelque haut plateau légendaire, à une sorte d'Arcadie. Quelle opulence, quel bien-être, quelle innocence. Parmi tous les souvenirs que j'en garde, j'en choisis un au hasard. Un jour de printemps, la cafétéria de l'université. C'est l'heure du déjeuner. Dehors, sur la place, près de la fontaine, les filles merveilleuses s'amusent au soleil. Ce matin-là, nous avons écouté la conférence d'un magicien de passage, l'un des grands maîtres de l'arcane qui s'assied maintenant à notre table, boit du café dans un gobelet en carton et casse des noix de pistache entre ses dents. C'est un homme maigre, dégingandé, avec une tignasse frisée, grisonnante. Une étincelle de malice éclaire son regard facétieux, perpétuellement mobile, comme s'il cherchait quelque chose susceptible de le faire rire. Le fait est, chers amis, dit-il, que tout ce fichu truc relève du hasard, du hasard pur. Et il arbore un brusque sourire de requin, et me décoche un clin d'œil, à moi, l'étudiant étranger. Assis autour de la table, les professeurs de la faculté, de grands bonshommes bronzés, sérieux, en chemisette à manches courtes et souliers à semelle épaisse, dodelinent de la tête sans piper mot. L'un se gratte la mâchoire, l'autre consulte négligemment une montre volumineuse. Dehors, un garçon en short, mais torse nu, passe, en jouant de la flûte. Les filles se lèvent lentement, deux par deux, et lentement s'éloignent sur la pelouse, les bras croisés, leurs manuels pressés contre leurs poitrines comme autant de plastrons. Mon Dieu, j'ai vraiment vécu tout ça ? D'ici, à présent, cela ressemble plus à un rêve qu'à un souvenir, la musique, les folles ménades, et nous, à notre table, vagues silhouettes figées, nous, les sages qui trônions derrière des vitres où se reflétaient les frondaisons ?

Là-bas, ma personne, mon accent, mes nœuds papillons, mon charme vieux monde, légèrement sinistre, les captivaient. J'avais vingt-quatre ans, et, au milieu d'eux, je me sentais un homme mûr. Ils se jetaient à ma tête avec une ferveur solennelle comme s'il y allait de leur évolution personnelle. A l'époque, ils étaient en plein dans une de leurs petites guerres avec un pays étranger, apparemment, tout le monde était contestataire, moi excepté – je ne voulais rien savoir de leurs marches, de leurs manifestations pacifiques, ni de l'écholalie assourdissante qui, pour eux, faisait office de discussion –, mais même mes orientations politiques, ou mon manque d'orientation politique, ne les rebutaient pas, et, tremblantes de tous leurs pétales, les *flower children*, filles-fleurs de toutes formes et de toutes couleurs, tombaient dans mon lit. Il en est peu dont je me souvienne avec précision, quand je pense à elles, j'entrevois une sorte d'hybride, avec les mains de celle-ci, les yeux de celle-là, et les sanglots d'une autre encore. De ces jours, de ces nuits, seules subsistent une vague saveur douce-amère ainsi qu'une trace, infime lueur, de cet état de bien-être flou, de, comment dirais-je, de béatitude ataraxique, balanique – oui, oui, j'ai vérifié dans un dictionnaire –, dans lequel elles m'ont laissé, les muscles endoloris par leurs soins zélés, la chair baignée par le baume de leur sueur.

C'est en Amérique que j'ai rencontré Daphné. Un après-midi, à l'occasion d'une fête chez un professeur, je me tenais sur le perron, un triple gin à la main, quand j'entendis, en contrebas, sur la pelouse, la voix de la payse : douce mais claire comme le son de l'eau contre le verre, et empreinte de cette touche de léthargie caractéristique des gens de notre espèce. Je la cherchai des yeux, et la vis, dans une robe fleurie et des chaussures démodées, les cheveux coiffés à la mode afro, en train de froncer les sourcils derrière l'épaule d'un homme vêtu d'une veste criarde qui répondait par des gestes désinvoltes à une question qu'elle lui avait posée, tandis qu'elle hochait la tête d'un air grave sans écouter un mot de ce qu'il disait. D'elle, je n'eus que cette brève vision, puis je lui tournai le dos, pourquoi ? je n'en sais trop rien. J'étais dans une de mes crises de mauvaise humeur, et à moitié soûl. Ce moment, je le revois comme le symbole de notre vie ensemble. J'allais passer les quinze années suivantes à lui tourner le dos, d'une façon ou d'une autre, jusqu'à ce matin où, appuyé contre le bastingage du vapeur de l'île, je humais l'odeur de vase du port et lui adressais, à elle et à l'enfant, minuscules l'un et l'autre sur le quai, des gestes sans enthousiasme. Ce jour-là, ce fut elle qui me tourna le dos, ce qui m'apparaît à présent comme l'expression d'une lente finalité infiniment triste.

Je me sentais autant dans l'absurde que dans la peur. Je me sentais ridicule. C'était irréel ce pétrin dans lequel je m'étais fourré : un de ces rêves dingues dont quelque petit gros incapable ferait éventuellement un film de troisième ordre. Je le refoulai durant de longues périodes, comme on refoule un rêve si horrible soit-il, mais il me revenait bientôt, insidieux, hideuse chose tentaculaire, et, du fond de mon être montait une brûlante bouffée de terreur et de honte – honte, en fait, de cette stupidité, de cet absurde manque de prescience qui m'avaient valu de me retrouver dans pareille panade.

Comme avec Randolph, il m'avait semblé être tombé dans un court métrage, j'avais cru qu'il serait interprété par des brutes de comédie, individus balafrés au front bas et aux fines petites moustaches qui, les mains dans les poches, allaient faire cercle autour de moi, en me décochant des sourires horribles et en mâchouillant des cure-dents. Au lieu de cela, je fus convoqué pour un entretien avec un hidalgo à la chevelure argent, en costume blanc, qui m'accueillit d'une poignée de main ferme et appuyée et me dit se nommer Aguirre. Il se montra courtois, et légèrement triste. Il cadrait mal avec son environnement. J'avais monté un escalier étroit menant à une pièce sale, basse de plafond, au-dessus d'un bar. Il y avait là une table recouverte d'une toile cirée et deux chaises en rotin. Assis par terre, sous la table, un enfant crasseux suçait une cuillère en bois. Dans un coin était installée une télévision gigantesque, et sur l'écran noir, lugubre, je me vis reflété, immensément grand, mince et voussé. Il y avait une odeur de friture. Avec une petite moue de dégoût, le *señor* Aguirre examina le siège d'une des chaises et s'y assit. Il nous servit du vin, et leva son verre pour un toast amical. Je suis un homme d'affaires, dit-il, un simple homme d'affaires, pas un grand professeur – et il me sourit en s'inclinant avec courtoisie –, mais cela ne l'empêchait pas de savoir qu'il existait certaines règles, certains impératifs moraux. Il y en avait un, en particulier, auquel il pensait : je devinais peut-être lequel ? Je hochai la tête sans proférer un son. Je me faisais l'effet d'une souris soumise aux fantaisies d'un vieux chat désabusé aux manières doucereuses. Sa tristesse s'accrut. Les dettes, fit-il d'un ton doux, les dettes se remboursent. C'était la loi sur laquelle le commerce reposait. Il espérait que je comprendrais son attitude. Il y eut un silence. J'étais en proie à une sorte de stupeur horrifiée : c'était là le monde réel, le monde de la peur, de la souffrance et du châtiment, c'était un endroit sérieux, et non ce lieu de divertissement ensoleillé où j'avais dépensé à pleines poignées l'argent d'autrui en futilités. Il faudrait que je rentre chez moi, déclarai-je enfin, d'une voix qui me parut appartenir à quelqu'un d'autre, il y a des gens qui accepteraient de m'aider, des amis, de la famille, je pourrais leur demander un prêt. Il réfléchit. M'en irais-je seul ? s'enquit-il. L'espace d'une seconde, je ne compris pas où il voulait en venir. Puis je détournai les yeux, et répondis lentement oui, oui, ma femme et mon fils resteraient sans doute ici. Et, tandis que je répondais, il me sembla entendre un horrible caquetage, une huée confuse, juste derrière mon épaule. Il sourit, et nous reversa précautionneusement un doigt de vin. L'enfant, qui jouait avec mes lacets, poussa un hurlement. J'étais énervé, je n'avais pas eu l'intention de donner un coup de pied à ce pauvre petit. Le *señor* Aguirre fronça les sourcils et cria quelque chose par-dessus son épaule. Derrière lui, une porte s'ouvrit et une énorme jeune femme, à l'air furieux, passa la tête dans la pièce et lui répondit par des grognements. Elle portait une robe noire sans manches avec un ourlet qui godaillait, une perruque d'un noir brillant, haute comme une ruche, et des faux cils assortis. Elle s'avança dans un dandinement de canard, se pencha avec peine, prit l'enfant dans ses bras et lui administra une claque retentissante. De surprise, il sursauta et, ravalant un gros sanglot, me fixa solennellement de ses yeux ronds. A son tour, la femme me dévisagea, puis s'empara de la cuillère en bois et la jeta, avec fracas, sur la table, devant moi. Ensuite, l'enfant fermement planté sur l'une de ses hanches formidables, elle quitta la pièce en clopinant et claqua la porte derrière elle. Le *señor* Aguirre haussa légèrement les épaules en signe d'excuse. Il reprit son sourire, cligna des paupières. Que pensais-je des femmes de l'île ? J'hésitai. Allez, allez, reprit-il d'un ton guilleret, j'avais sûrement une opinion sur un sujet aussi important. Je dis qu'elles étaient charmantes, très charmantes, et, dans leur genre, certainement les plus charmantes que j'aie jamais rencontrées. Il acquiesça d'un air satisfait, c'était ce qu'il voulait m'entendre dire. Non, fit-il, non, trop noiraudes, trop noiraudes partout, même en des endroits qui ne voyaient jamais le soleil. Et il se pencha en avant en souriant de son sourire argenté, fripé, et, du doigt, me tapota le poignet. Les Nordiques, en revanche, ah, ces pâles Nordiques. A la peau si blanche ! si délicate ! si fragile ! Votre femme, par exemple, ajouta-t-il. Il y eut un autre silence fiévreux. Du bar au rez-de-chaussée, me parvenaient vaguement les accents d'airain d'une musique à la radio. Une musique de corrida. Ma chaise craqua sous mon poids comme si elle marmonnait une mise en garde. Le *señor* Aguirre joignit ses mains à la Greco et me regarda par-dessus la flèche de ses doigts. Votre épousée, reprit-il, en insistant sur le terme, votre belle épousée, vous reviendrez vite auprès d'elle ? Ce n'était pas vraiment une question. Que pouvais-je lui dire, que pouvais-je faire ? Encore des questions qui n'en sont pas vraiment.

J'en dis le moins possible à Daphné. Elle parut comprendre. Elle ne fit aucune difficulté. Ça a toujours été une qualité formidable chez Daphné : elle ne fait pas de difficulté.

Ce fut un long voyage de retour. Le vapeur accosta dans le port de Valence au crépuscule. Je déteste l'Espagne, ce pays ennuyeux, bestial. La ville empestait le sexe et le chlore. Je pris le train de nuit, entassé dans un compartiment de troisième classe avec une demi-douzaine de paysans malodorants en costume bon marché. Je ne parvins pas à fermer l'œil. J'avais chaud, mal à la tête. Je sentais la motrice peiner sur la longue côte qui menait au plateau, les roues ressasser, dans un bruit de ferraille, leur seule et unique phrase. Une aube bleu délavé se levait sur Madrid. Je m'arrêtai à la sortie de la gare, et observai une volée d'oiseaux qui tournoyaient et virevoltaient très haut dans le ciel et, curieusement, une bouffée d'euphorie, ou quelque chose qui ressemblait à de l'euphorie, m'envahit, me fit trembler, et me mit les larmes aux yeux. C'était dû au manque de sommeil, je suppose, et à l'air raréfié à cette altitude. Pourquoi, je me le demande, ai-je gardé un souvenir aussi clair de ce moment passé là, de la couleur du ciel, de ces oiseaux, de ce frisson d'optimisme fébrile ? Je vivais une situation critique, me direz-vous, j'étais arrivé à l'endroit précis où l'avenir, pour moi, bifurquait, et j'ai pris la mauvaise route sans m'en rendre compte – voilà ce que vous me direz, n'est-ce pas, vous qui devez absolument trouver un sens à tout, qui, les paumes moites et le visage en feu, brûlez d'appréhender le sens de toute chose ! Mais du calme, Frederick, du calme. Pardonnez-moi cet éclat, monsieur le juge. C'est seulement que je ne crois pas que de tels moments – ou n'importe quel autre, en l'occurrence – signifient quoi que ce soit. Ils ont un sens en apparence. Peut-être même ont-ils une certaine valeur. Mais ils ne signifient rien du tout.

Voilà ma profession de foi !

Où étais-je ? A Madrid. Sur le point de quitter Madrid. J'ai pris un autre train, en direction du nord. En route, nous nous sommes arrêtés à chaque gare, j'ai cru que je ne sortirais jamais de ce pays terrible. A un moment donné, nous avons fait une halte d'une heure au milieu de nulle part. Assis dans un silence pesant, je fixais le paysage derrière la vitre d'un regard plein d'ennui. Au-delà des rails de la voie montante jonchée d'ordures, s'élevaient un énorme champ jaune et, au loin, une chaîne de montagnes bleues que je pris d'abord pour des nuages. Le soleil brillait. Un corbeau fatigué passa en battant des ailes. Quelqu'un toussa. Je me dis que c'était vraiment bizarre de me retrouver là, je veux dire là et pas ailleurs. Non que me retrouver ailleurs m'eût paru moins bizarre. Je veux dire – oh, je ne sais pas ce que je veux dire. Dans le compartiment, l'air était étouffant. Les sièges distillaient leur odeur d'usure, de poussière. En face de moi, un homme, de petite taille, noiraud et le front bas, surprit mon regard, continua à me fixer. A cet instant, il me vint à l'idée que j'étais sur le point de faire quelque chose de très mal, quelque chose de vraiment effroyable, quelque chose pour lequel il n'y aurait pas de pardon. Il ne s'agissait pas d'une prémonition, c'est un terme trop flou. Je savais. Comment ? je ne peux pas l'expliquer, mais je savais. Devant ce moi nouveau, je me sentis bouleversé, ma respiration s'accéléra, mon visage se mit à tressauter comme lorsqu'on est gêné, mais, autant que le bouleversement, une sorte d'allégresse grotesque me prenait qui me serra brutalement la gorge et me fit suffoquer. Le paysan continuait à me dévisager. Il se tenait un peu penché en avant, les mains sagement posées sur les genoux, le front pensif, à la fois attentif et distant. Ils regardent comme ça, ces gens-là, ils ont si peu le respect d'eux-mêmes qu'ils semblent croire que personne ne prêtera attention à leurs faits et gestes. Peut-être viennent-ils d'un autre monde ?

Je savais parfaitement, bien entendu, que je fuyais.

Je m'attendais à arriver sous la pluie, et, en effet, il tombait une bruine tiède sur Holyhead, mais, quand nous parvînmes dans le *Channel*, le soleil réapparut. C'était le soir. La mer était calme, ménisque d'eau, huileux, mauve, distendu, étonnamment haut et incurvé. Du salon avant où j'étais assis, la proue semblait se redresser à l'infini comme si le bateau cherchait à s'envoler. Le ciel, devant nous, formait une tache cramoisie sur le plus pâle des bleus pâles et des verts argent. Grisé, et dans l'expectative, j'offrais mon visage aux calmes reflets des flots, souriais comme un timbré. J'avoue que je n'étais pas complètement à jeun, j'avais déjà tapé dans le quota de mes boissons détaxées, et, sur les tempes et autour des yeux, la peau me tirait de manière alarmante. Pourtant, ce n'était pas seulement la boisson qui me rendait heureux, mais la douceur des choses, la bienveillance naturelle du monde. Ce coucher de soleil, par exemple, avec quelle prodigalité ne se déployait-il pas, les nuages, la lumière sur les flots, cette immensité bleu-vert déchirante, tout ça déployé, comme pour consoler quelque voyageur malheureux, perdu. Je ne me suis jamais vraiment habitué à l'idée que je vivais sur cette terre. Parfois, je pense que notre présence ici-bas relève d'une erreur cosmique, que nous étions destinés à une tout autre planète, avec un ordre autre d'autres lois, et des cieux autrement plus sinistres. J'essaie de l'imaginer, notre vraie patrie, en train de tourner inexorablement au fin fond de la galaxie. Et ceux qui étaient destinés à être ici, sont-ils là-bas, désemparés et hantés par la nostalgie, comme nous ? Non, leur race se serait éteinte depuis longtemps. Comment auraient-ils pu survivre, ces doux Terriens dans un monde fait pour *nous* ?

Les voix, voilà ce qui me surprit en premier lieu. Je me dis qu'ils devaient forcer leur accent, il sonnait tellement faux. Deux dockers au visage rougeaud, une cigarette à la bouche, un douanier à casquette : mes compatriotes. Je traversai un vaste hangar en tôle ondulée et débouchai sur un soir d'été à l'or éteint. Un bus passa, suivi d'un ouvrier à bicyclette. L'horloge de la tour, détraquée, n'indiquait toujours pas l'heure exacte. Tout ça était si touchant, j'en fus surpris. Enfant, j'aimais cet endroit, la jetée, le front de mer, ce kiosque à musique vert. Il y avait toujours un léger parfum de mélancolie, de vague regret, comme si une musique gaie, surannée, la dernière de la saison, venait tout juste de se fondre dans l'air. Mon père n'avait jamais appelé cet endroit autrement que Kingstown : il n'avait pas de temps à perdre avec le baragouin local. Il m'amenait là le dimanche après-midi, parfois aussi le week-end, pendant les vacances scolaires. De Coolgrange, c'était un long trajet en voiture. Il se garait sur la route au-dessus de la jetée, me donnait un shilling et décampait, me laissant me dépatouiller tout seul, comme il disait. Je me revois, Roi-Grenouille trônant sur le grand siège arrière de la Morris Oxford, en train de déguster un cornet de glace, occupé à lécher, avec une application scientifique, la boule poisseuse qui allait se rapetissant, et à dévisager les passants qui blêmissaient à la vue de mon œil sinistre et de mes coups de langue crémeux. Par la vitre baissée de la voiture, la brise marine formait un doux rempart d'air salé mêlé d'un soupçon de fumée provenant du bateau postal amarré en contrebas. Les pavillons sur le toit du yacht-club frémissaient et claquaient au vent, et, dans le port, une forêt de mâts balançaient et cliquetaient, pareils à un orchestre oriental.

Ma mère ne nous accompagnait jamais lors de ces sorties. Pour mon père, elles constituaient, je le sais à présent, un prétexte à s'en aller rendre visite à une chérie qu'il avait par là. Je ne me souviens pas de l'avoir vu jouer de dissimulation, ou du moins pas plus que d'habitude. C'était un homme maigrichon, à la mise soignée, avec des sourcils pâles, des yeux pâles et une petite moustache blonde, vaguement indécente, comme s'il se fût agi d'une touffe de poils pubiens, doux et soyeux, qui lui eût, par hasard, poussé sur le visage. Cela lui faisait une bouche étonnamment voyante, un truc avide, violent, rouge, qui grinçait et grognait. Toujours plus ou moins furieux, il bouillait de colère et d'indignation. Derrière la façade coléreuse, pourtant, se terrait un lâche, je crois. Son sort le désolait. Il était convaincu que le monde avait été injuste envers lui. Pour se consoler, il se dorlotait, s'offrait de petits plaisirs. Il portait des chaussures faites main et des cravates Charvet, buvait du bon bordeaux, fumait des cigarettes spécialement importées, dans des emballages étanches à l'air, d'un magasin de Burlington Arcade. J'ai toujours, ou j'avais, sa canne. Il en était très fier. Il aimait me montrer comment elle était fabriquée, à partir de quatre, à moins que ce ne fût huit, morceaux de rotang travaillés et assemblés par un maître artisan. J'avais du mal à garder mon sérieux tant il manifestait un enthousiasme risible. Il s'imaginait à tort que ses biens témoignaient de sa propre valeur, et se pavanait avec des cocoricos, faisant étalage de ses affaires comme un écolier de sa fronde de compétition. En réalité, il y avait chez lui quelque chose de l'éternel adolescent, quelque chose d'indécis et de pubertaire. Quand je songe au tandem que nous formions, je le revois comme quelqu'un d'incroyablement jeune, et moi déjà adulte, las, aigri. Je le soupçonne d'avoir eu un peu peur de moi. A douze ou treize ans, j'étais aussi grand que lui, ou aussi étoffé, de toute façon, car, si j'ai son teint de roux, c'est de ma mère que je tiens ma corpulence, et, déjà à cet âge, j'avais tendance à l'empâtement. (Oui, m'sieu le juge, vous avez devant vous un homme normal abritant un obèse qui s'efforce de ne pas mettre le nez dehors. On l'a laissé s'échapper une fois, et il s'est transformé en Billy Bunter*, rien qu'une fois, et voyez ce qui s'est passé.)

J'espère ne pas donner l'impression que je détestais mon père. Nous ne dialoguions pas beaucoup, mais nous nous entendions parfaitement, à la façon dont pères et fils s'entendent. S'il me craignait un peu, j'avais moi aussi assez de sagesse pour me méfier de lui, relation qu'on prend souvent, nous-mêmes l'avons fait parfois, pour un respect mutuel. Nous avions en général une grande aversion pour le monde, c'était au moins cela que nous avions en commun. Je m'aperçois que j'ai hérité de son rire, ce léger ricanement nasillard qui constituait son seul et unique commentaire sur les grands événements de son époque. Schismes, guerres, catastrophes, il se moquait de tels problèmes – le monde, le seul monde digne de ce nom avait pris fin quand le dernier vice-roi avait quitté nos rivages, depuis tout n'était plus que querelles de paysans. Il s'efforçait vraiment de croire à ce rêve d'une nation grandiose et bonne dont on nous avait dépossédés, nous et les nôtres – les nôtres étant les catholiques du château**, comme il aimait à le dire, oui, monsieur le juge, catholiques du château et fiers de l'être ! Mais, à

* Billy Bunter : un gros écolier, héros de roman, qui, de par sa gourmandise, se retrouve toujours dans des situations impossibles. *(N.d.T.)*

** Les catholiques du château de Dublin, proches de la couronne d'Angleterre et jouissant donc de nombreux privilèges. *(N.d.T.)*

mon avis, il y avait chez lui moins de fierté que de dépit. A mon avis, il avait secrètement honte de ne pas être protestant : il aurait eu tellement moins à expliquer, à justifier, à faire. Il se posait en personnage de tragédie, en gentilhomme de la vieille école déplacé dans le temps. Je l'imagine, ces dimanches après-midi, avec sa maîtresse, une jeune femme replète, je suppose, aux boucles folles et au décolleté généreux, devant laquelle il s'agenouillait, en équilibre précaire, et dont, la moustache frémissante et la bouche rouge, humide, et ouverte sur une supplique, il contemplait les traits avec ravissement. Oh, mais il ne faut pas que je me moque de lui comme ça. En réalité, vraiment, je ne pensais pas de mal de lui – sinon qu'au fond de moi j'avais envie de le tuer de façon à pouvoir épouser ma mère, notion originale et séduisante dont mon avocat, le regard éloquent, me rebat les oreilles.

Mais je m'égare.

L'enchantement ressenti à Kingstown, je veux dire Dun Laoghaire, ne me dura pas jusqu'à la ville. De ma place, à l'avant, sur l'impériale du bus – ma chère place, ma préférée – je vis des sites que je reconnus à peine. Au cours des dix années où j'avais été absent, il s'était passé quelque chose, les lieux avaient été frappés par quelque phénomène. Des rues entières avaient disparu, des maisons avaient été abattues et remplacées par d'effrayants blocs d'acier et de verre fumé. Une vieille place où Daphné et moi avions vécu quelque temps avait été rasée, et transformée en un vaste parking recouvert de laitier. Je vis une église à vendre – une église à vendre ! Oh, il s'était produit quelque chose d'affreux. L'air même semblait s'être dégradé. Malgré l'heure tardive, le jour s'attardait en une vague lueur, dense, saturée de poussière, pareille aux nuages de fumée qui suivent une explosion, ou une grande conflagration. Les gens dans les rues affichaient un air hagard de survivants, paraissaient tituber plutôt que marcher. Je descendis du bus et me frayai un chemin parmi eux, les yeux baissés, inquiet à l'idée de voir des horreurs. Des gamins, pieds nus, me pourchassèrent, qui geignaient pour quelques pennies. Partout, des ivrognes chancelaient et juraient, perdus dans une ivresse sans joie. Un couple surprenant émergea d'une cave vibrante du bruit des percussions, le jeune homme menaçant, le visage grêlé surmonté d'une crête de cheveux orange, et la fille, les traits figés, vêtue de haillons noirs de suie et chaussée de bottes de gladiateur. Ils s'étaient décorés de cordes, de chaînes et de ce qui ressemblait à des ceintures-cartouchières, et arboraient des perles dorées incrustées dans la narine. Je n'avais jamais vu de telles créatures, me dis qu'elles devaient appartenir à une secte bizarre. Je m'enfuis, les laissai derrière moi, et plongeai dans le pub de Wally. Plongeai, c'est bien le mot.

Je m'attendais à ce qu'il eût changé, comme tout le reste. J'aimais beaucoup le pub de Wally. C'est là que je venais boire un verre du temps où j'étais étudiant, et, plus tard aussi, quand je travaillais pour le gouvernement. L'endroit avait un petit quelque chose de sordide que je trouvais sympathique. Je sais qu'on a monté en épingle le fait qu'il était fréquenté par des homosexuels, mais j'ai la conviction que le tribunal repoussera les implications que certains, la presse à sensation en particulier, en ont tout naturellement déduit. Je ne suis pas un pédé. Je n'ai rien contre ceux qui en sont, sinon que je les méprise, bien sûr, et que ça m'écœure de penser aux choses auxquelles ils se livrent, quelles qu'elles soient. Mais leur présence prêtait une gaieté échevelée à l'ambiance de chez Wally, et un soupçon de menace. J'aimais ce frisson de gêne et de peur joyeuse qui, pareil à une bille de mercure, me parcourait l'échine quand un de ces groupes partait d'un brusque éclat de rire qui ressemblait à des cris de perroquets, ou qu'ils se soûlaient et commençaient à hurler des injures et à casser des trucs. Cette nuit-là, quand je quittai précipitamment la cité sinistrée pour me réfugier chez Wally, c'est eux que je vis tout d'abord : attablés près de la porte, têtes accolées, ils étaient une demi-douzaine, et chuchotaient, pouffaient et se tripotaient allégrement. Quant à Wally, il se tenait derrière le bar. Il avait grossi, ce que j'aurais cru impossible, mais, cela mis à part, il n'avait pas changé depuis dix ans. Je le saluai chaleureusement. Je pense qu'il se souvenait de moi bien que, naturellement, il n'en montrât rien : Wally se faisait une gloire de ses manières revêches. Je commandai un grand, un gargantuesque gin tonic, et, dans un soupir de rancœur, il s'arracha du haut tabouret sur lequel il s'était perché. Il se déplaçait avec une lenteur extrême, comme s'il eût évolué dans l'eau, flottant dans sa graisse telle une méduse. Je me sentais déjà mieux. Je lui parlai de l'église à vendre que j'avais vue. Il haussa les épaules, ça ne le surprenait pas, des trucs pareils étaient monnaie courante, à présent. Il posait mon verre devant moi quand l'étroit cercle de pédés près de la porte se défit soudain dans un bruyant éclat de rire, et il leur jeta un regard désapprobateur, pinça les lèvres au point que sa petite bouche manqua disparaître dans les plis adipeux de son menton. Il affectait le mépris à l'égard de sa clientèle, mais on racontait qu'il s'entourait d'une bande de garçons sur lesquels il régnait avec une grande sévérité, jaloux et effrayant comme une reine de Beardsley.

Je bus mon verre. Il y a quelque chose dans le gin, une saveur de bois sauvage peut-être, qui me fait toujours penser au crépuscule, aux brumes, et aux vierges mortes. Cette nuit-là, il tinta dans ma bouche comme un rire secret. Je jetai un coup d'œil autour de moi. Non, le pub de Wally n'avait pas changé, pas du tout. Là était ma place : la pénombre murmurante, les miroirs, les bouteilles alignées derrière le bar, toutes ornées d'une perle de lumière rubis. Oui, oui, la cuisine de la sorcière, avec une grosse reine méchante, et une bande de fées en train de glousser. Tiens, il y avait même un ogre – Gilles le Terrible, *c'est moi**. Je me sentais heureux. J'apprécie

* En français dans le texte. *(N.d.T.)*

l'incongruité, l'infamie, je l'admets. Dans des bouges comme celui-ci, je me dépouille du faix de ma naissance et de mon éducation, et je ressens, je ressens – je ne sais pas ce que je ressens. Je ne sais pas. De toute façon, il y a erreur de temps. Je me tournai vers Wally, lui tendis mon verre, et le regardai, dans une sorte d'euphorie hébétée, me verser une dose d'un nouveau philtre dans une petite coupe d'argent. Cet éclair bleu quand il ajouta la glace, à quoi suis-je en train de penser ? A des yeux bleus. Oui, bien sûr.

J'ai bel et bien parlé de vierges mortes, n'est-ce pas. Oh, mon Dieu.

Je restai donc assis dans le pub de Wally, à boire, et à raconter tel truc ou tel autre à Wally – pour sa part, la conversation se bornait à des haussements d'épaules, à des grognements ennuyés et à ce drôle de ricanement malveillant classique chez lui – et, peu à peu, le bruit confus que les voyages me déclenchent invariablement dans la tête s'apaisa. J'avais l'impression, non d'avoir voyagé par fer et mer, mais d'être tombé du ciel pour atterrir enfin en ce lieu où je me sentais groggy, heureux, et agréablement, presque voluptueusement, vulnérable. Ces dix années passées dans une errance turbulente me paraissaient n'être rien, un voyage rêvé, dénué de substance. Tout me semblait si loin, ces îles ancrées dans une mer bleue, ces midis brûlants, Randolph, le *señor* Aguirre, même ma femme et mon enfant, si loin. Donc, quand Charlie French entra, je le saluai comme si je l'avais vu la veille seulement.

Je sais que Charlie insiste sur le fait qu'il ne m'a pas rencontré dans le pub de Wally, qu'il n'a jamais mis les pieds là-bas, mais la seule chose que je veux bien admettre, c'est que ce n'était peut-être pas cette nuit-là. Je revois ce moment avec une clarté parfaite, les pédés en train de chuchoter, Wally occupé à essuyer un verre d'un poignet expert et empreint d'un mépris inimitable, moi, assis au bar, un gin à la main, et avec, à mes pieds, ma vieille valise en peau de porc, et Charlie, figé dans ses rayures tennis et ses souliers éculés, Eumée à la mémoire défaite, qui affichait un sourire gêné, et dont le regard se perdait en conjectures. Cela dit, il est possible que ma mémoire ait télescopé deux épisodes différents. C'est possible. Que dire de plus ? J'espère, Charles, que cette concession atténuera chez toi, ne serait-ce qu'un peu, l'impression qu'on t'a fait tort.

On croit que je n'ai pas de cœur, mais ce n'est pas vrai. J'ai beaucoup de compassion pour Charlie French. Je l'ai plongé dans un grand embarras, indéniablement. Je l'ai humilié devant le monde entier. Quelle souffrance ça a dû être pour un homme comme Charlie. Mais il a très bien réagi. Il a merveilleusement réagi, en fait. Lors de ce dernier moment, effroyable, effroyablement comique, alors qu'on m'emmenait, menottes aux poignets, il ne m'a pas regardé d'un œil accusateur, mais avec une sorte de tristesse. Il souriait presque. Et je lui en fus reconnaissant. A présent, il est pour moi une source de culpabilité et de désagrément, mais c'était mon ami, et...

C'était mon ami. Phrase toute simple, mais ô combien touchante. Je ne crois pas l'avoir jamais utilisée auparavant. En l'écrivant, il m'a fallu m'arrêter, surpris. Quelque chose s'était noué dans ma gorge, comme si j'eusse été sur le point, oui, de pleurer. Que m'arrive-t-il ? Est-ce là ce qu'ils entendent par réinsertion ? Peut-être, après tout, serai-je un homme nouveau en sortant d'ici ?

Ce pauvre Charlie ne me reconnut pas tout d'abord, se montra nettement mal à l'aise, je le vis, d'être interpellé en ce lieu, de cette manière cavalière, par une personne qui lui semblait inconnue. Je m'amusais, c'était comme si je portais un déguisement. Je lui offris un verre, mais il refusa avec une politesse raffinée. Il avait vieilli. Il avait à peine la soixantaine, mais paraissait plus vieux. Il était voûté, arborait une petite bedaine ovoïde, et ses joues cendreuses étaient marbrées de couperose. Pourtant, il donnait une impression de, comment dire, d'équilibre, apparemment neuf chez lui. Comme s'il remplissait enfin la totalité de l'espace qui lui avait été alloué. Du temps où je le fréquentais, il n'était qu'un médiocre négociant en tableaux et en antiquités. A présent, il avait de l'allure, et comme une apparence de toute-puissance d'autant plus frappante dans ce décor d'un goût douteux.

C'est vrai qu'il avait toujours, dans le regard, cette expression à la fois malveillante et gênée que je connaissais bien, mais il me fallut l'observer avec attention avant de la repérer. Le sourire crispé comme à son habitude, il commença par m'éviter, mais il dut, lui aussi, saisir une lueur familière dans ma prunelle, et finit par retrouver la mémoire. Soulagé, il partit d'un rire haletant, jeta un coup d'œil circulaire sur le bar. Je m'en souvenais, de ce regard, comme si Charlie venait de s'apercevoir que sa braguette était ouverte, et qu'il cherchât à s'assurer que personne n'avait remarqué ce détail. Freddie ! s'écria-t-il. Eh bien, ça alors ! Il alluma une cigarette d'une main pas très ferme, et lâcha un grand jet de fumée en direction du plafond. De mon côté, j'essayais de me rappeler notre première rencontre. Du vivant de mon père, il venait souvent à Coolgrange, et traînait dans la maison, l'air sournois et penaud. Lui et mes parents avaient vécu leur jeunesse ensemble, et, quand ils étaient gris, ils évoquaient les bals qui accompagnaient les parties de chasse avant la guerre, la ruée vers Dublin pour le Show*, et tout le reste. J'écoutais leurs histoires avec un infini mépris, affichais une moue villeuse d'adolescent. Ils ressemblaient à des acteurs s'éreintant sur quelque comédie de boudoir éculée, se projetaient à fond dans leurs personnages, ma mère surtout, avec ses ongles écarlates, sa permanente métallique,

* Horse Show, concours hippique ayant lieu en août à Dublin. *(N.d.T.)*

et sa voix cassée par le gin et le tabac. Mais, pour être juste envers Charles, je ne pense pas qu'il adhérât vraiment à ce rêve du bon vieux temps. Il ne pouvait ignorer ce léger frémissement hystérique qui faisait vibrer la gorge goitreuse de ma mère, ni la façon dont mon père, en équilibre sur le bord de sa chaise, tendu comme un whippet, l'œil en boule de loto et livide, la regardait parfois d'un air plein de haine incrédule. Quand ils étaient partis comme ça, ces deux-là, ils en oubliaient tout le reste, leur fils, leur ami, tout, et s'enfermaient dans une sorte d'hypnose macabre. Par suite, Charlie et moi nous retrouvions souvent condamnés à nous tenir compagnie. Il me traitait avec ménagement comme s'il craignait que je ne lui explose au visage. J'étais très violent, à l'époque, je débordais d'impatience et de dédain. Nous devions former un drôle de tandem, pourtant nous avions des affinités dans le fond. Peut-être voyait-il en moi le fils qu'il n'aurait jamais, peut-être voyais-je en lui le père que je n'avais jamais eu. (Encore une idée de mon avocat. Je ne sais pas où vous allez les chercher, Maolseachlainn.) Où en étais-je ? A Charlie. Il m'emmena aux courses, un jour, j'étais adolescent. Il s'équipa de pied en cap pour la circonstance, en tweed et chaussures marron à bout golf, avec un petit chapeau mou audacieusement planté sur un œil. Il avait même des jumelles, bien qu'à en juger par le résultat il lui fût impossible de les régler correctement. A part un je-ne-sais-quoi de raide dans son attitude, il se comportait toujours comme si, incapable de ne pas se moquer de lui-même et de ses prétentions, il allait céder à un fou rire incontrôlable. J'avais quinze ou seize ans. Sous la grande tente qui faisait office de bar, il se tourna vers moi avec affabilité, me demanda ce que je prendrais – whisky irlandais ou scotch – et me ramena le soir à la maison, fin soûl. Mon père se fâcha, ma mère rigola. Charlie garda un silence imperturbable, comme si de rien n'était, et me glissa un billet de cinq livres alors que je gagnais mon lit en titubant.

Ah, Charles, je suis désolé, vraiment désolé.

Alors, comme si lui aussi se rappelait cet incident, il insista pour m'offrir un verre, et esquissa une moue désapprobatrice quand je commandai un gin. Pour sa part, il était whisky. Cela faisait partie de son déguisement au même titre que le costume rayé, les chaussures éculées faites main, et ce superbe casque ailé de cheveux, maintenant entièrement argent, qui, comme ma mère aimait à le dire, le destinait à la grandeur. Cependant, Charlie avait toujours réussi à éviter son destin. Je lui demandai ce qu'il faisait à présent. Oh, répondit-il, je gère une galerie. Et il jeta un coup d'œil autour de lui, en affichant un sourire perplexe, distrait, comme si ce fait le surprenait. Je hochai la tête. Voilà donc ce qui l'avait requinqué, qui lui avait donné cet air d'autosatisfaction. Je l'imaginai dans quelque pièce poussiéreuse, vague trou perdu, avec au mur quelques tableaux abscons, et avec, pour secrétaire, une vieille fille réfrigérante qui l'asticotait pour l'argent du thé et qui, tous les Noëls, lui offrait une cravate enveloppée dans du papier de soie. Pauvre Charlie, finalement obligé de se prendre au sérieux, avec la responsabilité d'une affaire, et des peintres qui le pourchassaient pour obtenir leur dû. Attends, dis-je, c'est pour moi, et, de mon portefeuille aux allures de peau de chagrin, je tirai un billet que je plaquai sur le bar.

Pour être franc, cependant, j'envisageais de lui demander un prêt. Ce qui m'en empêcha, ce fut – oui, l'auditoire va rire, mais le fait est que j'eus le sentiment que ce serait de mauvais goût. Non que je sois très délicat en la matière, j'ai, à mes heures, pour un emprunt, tapé des gens plus pathétiques que Charlie, mais il y avait, dans les circonstances présentes, quelque chose qui me retint. En fait, nous aurions pu être un père et un fils – pas *mon* père, bien sûr, et certainement pas *ce* fils-ci – confrontés à une rencontre de hasard dans un bordel. Gênés, tristes et vaguement honteux, nous discutâmes haut et fort, nous jetâmes de la poudre aux yeux, en choquant nos verres et en portant des toasts au bon vieux temps. Mais cette mascarade ne servit de rien, nous ne tardâmes pas à balbutier, à sombrer dans un silence lugubre. Puis, brusquement, Charlie me regarda, avec presque un éclair de souffrance, et, d'une voix grave, véhémente, me lança, Freddie, dans quel état t'es-tu mis ? Aussitôt, consterné, il se recula, paniqué, me décocha un sourire désespéré, et m'enveloppa d'un nuage de fumée. D'abord, je me sentis furieux, puis déprimé. Franchement, je n'étais pas d'humeur à supporter ce genre de chose.

Je jetai un coup d'œil vers la pendule derrière le bar, et me méprenant à dessein sur le sens de ses paroles, répondis que oui, c'était vrai, la journée avait été longue, que j'en faisais trop, et je terminai mon verre, lui serrai la main, repris ma valise, et m'en allai.

Voilà que revenait, sous une autre forme, la même question : pourquoi, Freddie, pourquoi vis-tu comme ça ? Je méditai là-dessus, le lendemain matin, sur le chemin de Coolgrange. Le temps était à l'image de mon humeur, morose, gris, accablant. Le car piquait laborieusement du nez sur les petites routes de campagne, ballottant et cahotant, dans un crissement et un rugissement sinistres qui ressemblaient au bruit du sang qui pulsait dans ma tête. Les innombrables occasions du passé gisaient derrière moi, en une jonchée de décombres. Y avait-il, dans tout cela, une brèche – une décision prise, une route empruntée, un panneau indicateur suivi – susceptible de m'expliquer comment j'en étais arrivé là ? Non, bien sûr que non. Mon itinéraire, comme celui de tout un chacun, comme le vôtre, monsieur le juge, n'avait pas été une affaire de panneaux indicateurs ni de cheminement délibéré, mais une simple dérive, une sorte de lent effondrement à mesure que mes épaules ployaient sous l'accumulation progressive de tout ce que je n'avais pas fait. Néanmoins, je me rends compte que, pour quelqu'un comme Charlie, qui a les pieds bien sur terre, j'ai dû m'apparenter à telle créature de légende escaladant les pics lointains, toujours plus haut jusqu'au pinacle, pour s'élancer enfin, la tête couronnée de flammes, en un vol impétueux, merveilleux. Mais je ne m'appelle pas Euphorion. Je ne suis même pas son père.

Ma question est absurde, c'est là le problème. Elle laisse entendre que toute action dépend d'un vouloir, d'un calcul intellectuel, d'une évaluation scrupuleuse des faits, autant de tressautements de pantin qui passent pour l'expression de la conscience. Je vivais comme ça parce que je vivais comme ça, il n'y a pas d'autre réponse. Quand je me penche sur mon passé, je ne vois, quels que soient mes efforts, aucune transition nette entre une phase et une autre. C'est un flux uniforme – bien que flux me paraisse un terme trop fort. Plutôt une sorte de stase active, une sorte de course sur place. Pourtant, ça aussi, ça allait trop vite pour moi, j'ai toujours été un peu à la traîne, à trottiner derrière ma propre vie. A Dublin, j'étais encore le petit garçon de Coolgrange, en Amérique, le blanc-bec de Dublin, dans les îles, je devins une sorte d'Américain. Et rien ne me suffisait. Tout était en devenir, allait arriver, allait se matérialiser d'une minute à l'autre. Empêtré dans le passé, je ne cessais de porter mon regard au-delà du présent, vers un avenir infini. Désormais, je suppose qu'on peut dire que l'avenir s'est accompli.

Tout cela ne signifie rien. Rien d'important, je veux dire. Je ne fais que me distraire, rêvasser, me perdre dans un fatras de mots. Car, ici, les mots sont une forme de luxe, de volupté, du riche monde prodigue dont nous sommes coupés, c'est tout ce qu'on nous a permis de garder.

O Dieu, ô Christ, fais-moi sortir d'ici.

O quelqu'un.

Il faut que je m'arrête, la migraine me reprend. J'en souffre de plus en plus souvent. Ne vous inquiétez pas, monsieur le juge, inutile d'appeler l'huissier, ou le garde, ou je ne sais qui – ce n'est qu'une migraine. Je ne vais pas me transformer brusquement en fou furieux, me griffer les tempes et hurler pour réclamer ma – mais quand on parle du diable, la voici, mam Jarrett en personne. Allez, viens donc à la barre des témoins, mère.

J'arrivai à Coolgrange en début d'après-midi. Je descendis au calvaire, et regardai s'éloigner péniblement le car dont l'arrière massif me paraissait, je ne sais pourquoi, ridicule. Le bruit du moteur s'évanouit, et le silence lancinant de l'été retomba sur les champs. Le ciel était toujours couvert, mais le soleil s'affirmait ailleurs, et la lumière, grise et terne tout à l'heure, luisait d'un reflet gris perle, tendre. Je jetai un coup d'œil alentour. Quel étonnement perpétuel que les choses familières. Je retrouvais tout, le portail détraqué, l'allée, le grand pré, le bois de chênes – ma maison natale ! – tout était à sa place, qui m'attendait, un peu plus petit que dans mon souvenir, véritable réplique en modèle réduit. Je me mis à rire. Il ne s'agissait pas vraiment d'un rire, plutôt d'une exclamation de surprise et de récognition. Devant de telles vues – les arbres, les champs aux couleurs changeantes, cette douce lumière feutrée – je me fais toujours l'effet d'un voyageur en partance. Alors même que j'arrivais, il me semblait que je me détournais de la terre perdue en l'embrassant d'un long regard. Mon imperméable sur l'épaule et ma valise fatiguée à la main, je m'engageai dans l'allée, vivant cliché du fils prodigue, bien qu'à dire vrai j'eusse été un peu vieux, et plutôt bien en chair pour ce rôle. Un chien surgit furtivement de la haie, et s'élança sur moi dans un grondement guttural, les babines retroussées jusqu'aux gencives. Je m'arrêtai. Je n'aime pas les chiens. C'était une bête noir et blanc, aux yeux sournois, qui avançait et reculait à l'intérieur d'un demicercle, et, le ventre au ras du sol, me barrait la route, sans cesser de grogner. Je plaquai la valise contre mes genoux en guise de bouclier, et réprimandai l'animal d'un ton dur, comme si je m'adressais à un enfant indiscipliné, mais ne parvins qu'à émettre un fausset nasillard, et, l'espace d'un moment, j'eus la sensation d'avoir déclenché l'hilarité générale, comme s'il y avait, cachés dans les feuilles, des visages moqueurs. Puis un sifflement s'éleva, et la bête poussa un gémissement et fila, l'air coupable, vers la maison. Ma mère se tenait sur le perron. Elle éclata de rire. Brusquement, le soleil apparut, dans une sorte de détonation inaudible. Mon Dieu, dit-elle, c'est toi, j'ai cru que j'avais des visions.

J'hésite. Non que je sois en peine de mots, au contraire. Il y a tant à dire, je ne sais par où commencer. J'ai l'impression de faire une lente et chancelante marche arrière tout en serrant entre mes bras tendus un énorme fardeau, encombrant, et pourtant très léger. Ma mère représente tant, et, en même temps, rien. Il me faut avancer prudemment sur ce terrain glissant. Bien sûr, je sais que, quoi que je dise, les psychologues amateurs qui remplissent la salle d'audience souriront d'un air entendu. Quand on aborde le sujet des mères, la simplicité n'est pas de mise. N'importe, je vais essayer de me montrer honnête et clair. Elle s'appelle Dorothy, bien que tout le monde l'ait toujours surnommée Dolly la Poupée, pourquoi ? je n'en sais rien car elle n'en a pas l'apparence. C'est une grande femme vigoureuse, avec un visage large et la chevelure épaisse d'une femme de *tinker**, ces nomades de l'Irlande. En la décrivant ainsi, je ne cherche nullement à me montrer irrespectueux. Elle est impressionnante, dans son genre, à la fois majestueuse et négligée. Dans mes souvenirs d'enfance, je la revois comme une présence constante, mais distante, statuesque, le regard inexpressif, incroyablement séduisante à la façon des femmes de la Rome antique, pareille à une sculpture de marbre au fin fond d'une pelouse. Plus tard, cependant, elle grossit et arbora une poitrine massive, et un gros derrière sur des jambes restées minces, contraste qui, du temps où j'étais adolescent et morbidement intéressé par de tels détails, me poussait à méditer sur l'architecture complexe qui devait combler l'espace séparant, sous sa

* *Tinkers* : nomades irlandais à l'origine obligés de se déplacer pour exercer leur métier. Par la suite, des populations dépossédées de leurs biens ou affamées rejoignirent les rangs des *tinkers*. *(N.d.T.)*

jupe, ces genoux bien faits de cette taille épaisse. Bonjour, mère, dis-je, et je détournai les yeux en cherchant d'un air maussade quelque chose de neutre sur quoi concentrer mon attention. J'étais déjà furieux. C'est l'effet qu'elle me fait, il suffit que je me retrouve en face d'elle, et, aussitôt, irritation et ressentiment m'étouffent. Ma réaction me surprit. J'avais cru qu'après dix ans de séparation, il y aurait eu au moins un moment de répit entre l'instant de nos retrouvailles et la première manifestation de colère filiale, mais pas du tout, voilà que je me retrouvais mâchoires serrées, à fixer d'un œil haineux la touffe d'herbe qui jaillissait par la fissure de l'escalier de pierre sur lequel elle se tenait. Elle n'avait guère changé. Sa poitrine, qu'il faut qualifier de généreuse, lui tombait à présent juste au-dessus de la taille. Et il lui avait poussé une petite moustache. Elle portait un pantalon en velours dans lequel elle flottait, et un cardigan aux poches déformées. Elle descendit les marches, avança à ma rencontre, et rit de plus belle. Tu as pris du poids, Freddie, dit-elle, tu es devenu gros. Puis elle tendit la main vers mon ventre et – je vous jure que c'est vrai – m'attrapa un bourrelet qu'elle s'amusa à faire rouler entre son pouce et son index. J'avais trente-huit ans, j'étais un homme de valeur, avec femme et enfant, et un impressionnant bronzage méditerranéen, j'affichais un air grave et vaguement menaçant, et elle, que faisait-elle ? – elle me pinçait le ventre et riait de son rire gras. Est-il surprenant que j'aie fini en prison ? Est-ce vraiment surprenant ? Le chien, voyant qu'il fallait m'accepter, se coula auprès de moi et essaya de me lécher la main, ce qui me donna l'occasion de lui coller un bon coup de pied dans les côtes. Cela me permit de me sentir mieux, mais guère plus, et pas très longtemps.

Existe-t-il quelque chose au monde qui rappelle les souvenirs avec plus de force, plus d'acuité que l'odeur d'une maison dans laquelle on a passé son enfance ? Je m'efforce d'éviter les généralités, la Cour l'a sans doute remarqué, mais, sûrement, il s'agit là d'un phénomène universel, ce spasme de récognition qui survient lorsque l'on retrouve cette odeur brunâtre, morne, humble, à peine une odeur, une émanation plutôt, une sorte de soupir exhalé par les milliers de minuscules choses connues mais point reconnues qui, collectivement, constituent ce qu'on appelle un foyer. J'entrai dans le hall, et, un instant, ce fut comme si j'avais traversé en silence la membrane même du temps. Je chancelai, en proie à un vacillement intérieur. Ici, le porte-chapeaux au parapluie cassé, là, par terre, cette dalle, toujours descellée. Sors d'ici, Patch, sale bête ! s'écria ma mère dans mon dos, et le chien glapit. Inexplicablement, un goût de pomme m'emplit la bouche. J'eus l'impression vague que quelque chose d'important venait de se produire, comme si, en l'espace d'un battement de cils, on eût fait disparaître tout ce qui m'entourait pour le remplacer aussitôt par une copie minutieuse, parfaite dans ses moindres détails, fidèle jusqu'aux plus infimes atomes de poussière. Je continuai à avancer dans cet univers factice, en gardant prudemment un air impassible, et crus entendre un souffle désincarné, jusqu'alors retenu, s'exhaler, soulagé que la difficile supercherie eût marché une fois encore.

Nous passâmes à la cuisine. On aurait dit le repaire de quelque grande charognarde. Mon Dieu, mère, m'écriai-je, tu vis là-dedans ? Des vêtements, innommables haillons de vieillarde, s'amoncelaient entre les plats oubliés sur le buffet. Trois ou quatre paires de chaussures pointaient de dessous une armoire, vision inquiétante, comme si leurs propriétaires, enserrant de leurs bras rondouillards les épaules voûtées de leurs voisins respectifs, se fussent fourrés à l'intérieur, l'oreille tendue. Venus de toute la maison, des meubles avaient migré là, l'étroite petite table de travail du bureau de mon père, le bar en noyer du grand salon ainsi que le fauteuil inclinable recouvert de velours aux accoudoirs râpés, dans lequel ma grand-tante Alice, ce terrible petit bout de femme, était morte sans un murmure, un dimanche après-midi d'été. La vieille TSF énorme qui, d'ordinaire, trônait dans le petit salon était maintenant posée de guingois sur l'égouttoir, à chantonner en solitaire tandis que frémissait son unique œil vert. L'endroit était loin d'être propre. Il y avait un livre de comptes, ouvert sur la table, et des factures et diverses bricoles gisaient, éparpillées, au milieu d'assiettes sales, de tasses pas lavées. Ma mère venait de faire ses comptes. Un bref instant, j'envisageai d'aborder immédiatement la question qui m'amenait – c'est-à-dire l'argent – mais me dis qu'il valait mieux n'en rien faire. Comme si elle devinait ce que j'avais en tête, elle me regarda, puis posa les yeux sur les papiers, et les ramena vers moi sans se départir un instant de son air narquois. Je me détournai d'elle, allai vers la fenêtre. Dehors, sur la pelouse, une fille boulotte en jodhpurs faisait travailler sur le cercle une kyrielle de poneys du Connemara. Je me rappelai vaguement que ma mère m'avait parlé, dans l'une de ses rares lettres de quasi-analphabète, d'un projet insensé concernant ces animaux. Elle vint se planter à côté de moi. Nous regardâmes en silence les poneys qui tournaient patiemment. Vilaines bêtes, non, remarqua-t-elle d'un ton guilleret. A l'agacement sourd que je ressentais depuis mon arrivée s'ajoutait maintenant une sensation d'inanité totale. J'ai toujours eu tendance à l'apathie. C'est un état, ou, je dirais peut-être même, une force dont les historiens et leurs semblables semblent mésestimer l'importance dans les problèmes humains. Je crois que je ferais n'importe quoi pour y échapper – n'importe quoi. Ma mère parlait maintenant de ses clients, en majorité des Japonais et des Allemands, à ce qu'il semblait – ils sont en train de mettre la main sur ce fichu pays, Freddie, c'est moi qui te le dis. Pour faire plaisir à leurs insupportables moutards, ils avaient acheté les poneys à des prix, elle le reconnut volontiers, exorbitants. Des cinglés, tous, ajouta-t-elle. Nous rîmes puis retombâmes dans un silence hébété. Le soleil léchait la pelouse, et un gros nuage blanc se déployait avec lenteur au-dessus des hêtres accablés de chaleur. De mon côté, je méditais sur l'étrangeté de ma présence en ces lieux, à bouder un jour pareil, ennuyé et irritable, les mains dans les poches, tandis que, quelque part au fond de moi, à peine avoué, le chagrin gouttait, sorte d'ichor argenté, pur et étrangement précieux. La maison natale – oui –, la maison natale nous est un perpétuel étonnement.

Elle insista pour que j'aille visiter la propriété, comme elle le formula. Après tout, mon garçon, ajouta-t-elle, un jour, tout cela te reviendra. Et elle repartit de son ricanement guttural. Je ne me rappelais pas l'avoir entendue s'esclaffer si facilement par le passé. Il y avait quelque chose de presque déluré dans son rire, une sorte de désinvolture. Ça me dérangeait un peu, je trouvais que ça manquait de dignité. Elle alluma une cigarette, et, la main gauche crispée sur son paquet de tabac et ses allumettes, elle entreprit de faire le tour de la maison et m'entraîna, lugubre, dans son sillage de fumée. La demeure allait se délabrant à un point tel par endroits, et si rapidement, qu'elle-même en fut surprise. Elle n'arrêtait pas de parler. Moi, j'acquiesçais avec ennui, les yeux rivés sur les murs humides, les planchers affaissés et les encadrements de fenêtres qui tombaient en poussière. Dans mon ancienne chambre, le lit était cassé, et quelque chose poussait au milieu du matelas. La vue de la fenêtre – des arbres, un bout de champ en pente, le toit rouge d'une grange – avait la netteté familière d'une hallucination. Il y avait là l'armoire que j'avais faite, et, aussitôt, je me revis, garçonnet au regard farouche, une scie émoussée à la main, occupé à taillader une planche de contreplaqué, et mon cœur attristé tressaillit, comme si je retrouvais le souvenir, non de celui que j'avais été, mais d'une sorte de fils, chéri et vulnérable, perdu à jamais dans les profondeurs de mon propre passé. Quand je me retournai, ma mère avait disparu. Je la trouvai dans l'escalier, l'œil bizarre. Elle se remit en marche. Il fallait que je voie les terres, cria-t-elle, les écuries, le bois de chênes. Elle voulait absolument que je voie tout, tout.

Dehors, mon humeur s'améliora quelque peu. Que l'air de l'été était doux ici. J'avais vécu trop longtemps sous les âpres climats du Sud. Et les arbres, les grands arbres ! ces êtres patients qui souffraient en silence, comme pétrifiés dans une sorte de gêne, et dont les regards tragiques semblaient nous fuir. Le chien Patch – je vois bien que je ne vais pas pouvoir me dépêtrer de cette bête féroce –, le chien Patch surgit, en roulant des yeux fous et en se tortillant. Il traversa la pelouse sur nos talons, sans un aboiement. La fille de ferme, qui, du coin de l'œil, nous regardait approcher, paraissait prête à prendre ses jambes à son cou tant elle avait peur. Elle s'appelait Joan, ou Jean, quelque chose comme ça. Gros derrière, grosse poitrine – de toute évidence, mère s'était senti des affinités. Quand je lui adressai la parole, la pauvre fille devint cramoisie, et me tendit une menotte calleuse en tressaillant comme si elle craignait que je ne la lui rende pas. Je lui décochai un de ces sourires appuyés dont j'ai le secret, et me vis comme elle me voyait, grand séducteur bronzé, en costume de lin, qui se penchait vers elle, sur fond de pelouse estivale, pour lui murmurer des mots mystérieux. Voyou ! hurla-t-elle, va-t'en ! Le poney de tête, une bête chétive à l'œil féroce, avait, avec l'obstination sourde de son espèce, fait quelques pas de côté, et me poussait avec force. Je posai la main sur son flanc pour l'écarter, et découvris avec stupéfaction la solidité, la réalité de l'animal, sa robe rêche et sèche, sa chair ferme et pleine sous le pelage, la chaleur de son sang. Bouleversé, je retirai prestement ma main, et reculai. Tout d'un coup, je me percevais, de façon éclatante, écœurante, non plus comme un play-boy bronzé, mais comme quelque chose d'autre, quelque chose de blafard, de flasque et de mou. J'avais conscience de mes ongles de pied, de mon anus, de mon sexe humide, comprimé. Et j'avais honte. Je ne peux expliquer pourquoi. C'est-à-dire, je le pourrais, mais je n'en ai pas envie. Puis le chien se mit à aboyer, fonça sur les sabots du poney, et le poney renâcla, releva le museau en faisant claquer ses dents effrayantes. Ma mère donna un coup de pied au chien, et la fille obligea le poney à détourner la tête. Le chien hurla, la file de poneys rua et hennit. Quel vacarme ! Tout, toujours, tourne à la farce. Je me rappelai ma migraine. J'avais besoin de boire un verre.

Du gin, d'abord, puis un horrible xérès, puis plusieurs grandes rasades d'un bordeaux fin ayant appartenu à feu mon père, le dernier, hélas ! du casier. J'étais déjà à moitié fait quand je descendis à la cave chercher le vin de table. Je m'assis sur une caisse au milieu des moisissures et de l'obscurité, avec des vapeurs de gin qui me sortaient par les narines. Un flot de soleil, saturé de poussière, entrait par la fenêtre basse, tendue de toiles d'araignée, au-dessus de ma tête. Autour de moi, des objets aux contours flous, grisâtres, estompés – un cheval à bascule abîmé, une grande et vieille bicyclette, un tas de raquettes de tennis antédiluviennes –, s'amassaient dans la pénombre, comme si cette cave eût été une étape où le passé faisait halte avant de tomber dans l'oubli. J'éclatai de rire. Vieux salopard, dis-je à voix haute, et le silence résonna comme un verre que l'on choque. Il passait là tout son temps durant les mois qui avaient précédé sa mort. Lui qui, toute son existence, avait été poussé, jusqu'à l'obsession, par de furieuses forces de vie, s'était transformé en oisif. Ma mère m'envoyait le chercher en bas au cas où, pour reprendre sa formule délicate, il lui serait arrivé quelque chose. Je le trouvai occupé à farfouiller dans tous les coins, à jouer avec des bricoles, ou simplement debout, bizarrement penché, le regard dans le vide. Quand je lui adressais la parole, il tressautait violemment, et me répondait d'un ton furieux, fâché comme s'il avait été surpris en train de faire quelque chose de honteux. Mais ces sursauts de vivacité ne duraient guère, au bout d'un moment il retombait dans sa confusion. On aurait cru qu'il ne se mourait pas de maladie, mais d'une sorte de distraction totale : comme si, un jour, au milieu de ses activités frénétiques, quelque chose eût attiré son attention, l'eût incité à sortir de la pénombre, et que, fasciné, il se fût détourné et se fût avancé vers ce quelque chose avec la concentration troublée, douloureuse, d'un somnambule. J'avais, quoi, vingt-deux, vingt-trois ans. La lenteur de son agonie m'ennuyait autant qu'elle m'exaspérait. Bien entendu, j'avais pitié de lui, aussi, mais je crois que, chez moi, la pitié n'est jamais que l'expression, la seule permise, d'un besoin furieux de secouer les faibles. Il se mit à se ratatiner. Brusquement, ses cols de chemise devinrent trop larges pour ce cou de tortue qui bringuebalait sur ses deux cordes de harpe flasques. Tout lui était trop grand, ses vêtements avaient plus de substance que lui, il semblait flotter dedans. Il avait des yeux énormes, hantés, déjà voilés. A cette époque, c'était l'été, aussi. Il n'appartenait déjà plus au monde de la lumière, se préférait dans la cave, dans cette pénombre moussue, parmi les ombres qui allaient s'intensifiant.

Je me relevai péniblement, m'emparai d'une brassée de bouteilles poussiéreuses et remontai en titubant les marches de pierre humides.

Pourtant, c'est à l'étage qu'il mourut, dans la grande chambre de devant, la pièce la plus aérée de la maison. Quelle chaleur il fit toute cette semaine-là. On ouvrit la fenêtre en grand et on déplaça le lit jusqu'au balcon comme mon père l'avait exigé. Il gisait, les draps repoussés, le torse décharné, à nu, qui s'offrait au soleil, à l'immensité du ciel, et agonisait dans la clarté bleu et or de l'été. Ses mains. Le rythme rapide de sa respiration. Sa...

Suffit. Je parlais de ma mère.

J'avais posé les bouteilles sur la table, et, du bout des ongles, les débarrassais de leur poussière et de leurs toiles d'araignée quand elle m'annonça qu'elle ne buvait plus. Ce fut une surprise de taille – autrefois, elle vous descendait une bouteille comme les meilleurs des buveurs. J'ouvris des yeux étonnés, et elle haussa les épaules, détourna son regard. Prescription du docteur, fit-elle. Je l'examinai avec une attention accrue. Elle avait quelque chose de bizarre au niveau de l'œil gauche, et, du même côté, le coin de sa bouche tombait un peu. Je revis sa main gauche curieusement crispée sur son paquet de cigarettes et ses allumettes pendant qu'elle me faisait faire le tour de la maison. A nouveau, elle haussa les épaules. Une petite attaque, expliqua-t-elle, l'an passé. Je méditai sur cette formulation bizarre : une petite attaque. Comme si quelque puissance bienveillante mais maladroite l'eût agressée, lui eût décoché par jeu un coup affectueux et l'eût esquintée involontairement. Elle me jeta alors un coup d'œil à la dérobée, risqua un petit sourire mélancolique, presque enfantin. Peut-être cherchait-elle à avouer quelque chose, quelque peccadille, insignifiante mais embarrassante. Désolé d'apprendre ça, ma vieille, dis-je, et je la poussai à s'y remettre, à prendre une goutte de vin, au diable les médecins. Elle parut ne pas m'entendre. C'est à ce moment-là qu'il se produisit quelque chose de vraiment surprenant. Dans un hoquet de détresse, la fille, Joan ou Jean – je vais l'appeler Jane pour trancher –, bondit soudain de son siège, passa le bras gauchement autour de la tête de ma mère comme si elle lui faisait une prise de lutteur, et lui appliqua la main sur le front. Je m'attendais à ce que ma mère la repousse d'un geste vif et lui ordonne de s'en aller, mais non, elle resta assise là, à supporter patiemment l'étreinte de cette fille, à m'observer sans se départir de son petit sourire. Incapable d'abaisser la bouteille que je tenais toujours en l'air au-dessus du verre, je lui retournai un regard étonné. Ce fut une scène très étrange. La hanche large de la fille frôlait l'épaule de ma mère, et je ne pus m'empêcher de repenser au poney au regard féroce, buté, qui se pressait contre moi sur la pelouse. Il y eut un silence. Puis la fille, je veux dire Jane, surprit mon regard, blêmit, retira son bras, et se rassit précipitamment. Une question maintenant : si l'homme est un animal abject, un animal insensé, comme j'ai lieu de le croire, comment, en ce cas, expliquer ces petits gestes spontanés de tendresse et d'affection ? Vous rendez-vous compte, monsieur le juge – si l'on veut bien m'autoriser à me relever pour que je m'asseye un moment auprès de vous –, que les gens de notre espèce sont passés à côté de quelque chose, je veux dire quelque chose sans penser à rien de précis, un principe universel, si simple, si évident que personne n'a jamais songé à nous en parler ? Ils savent tous ce dont il s'agit, mon docte ami, ce savoir est l'insigne de leur confraternité. Et ils sont partout, vaste et triste foule d'initiés. Des profondeurs de la salle d'audience, ils nous regardent sans rien dire, se contentent d'afficher un petit sourire où la compassion se teinte d'une ironie affable, comme ma mère à présent. Elle tendit le bras, tapota la main de la fille assise en face d'elle, et lui dit de ne pas me prêter attention. J'écarquillai les yeux. Qu'avais-je fait ? La gamine gardait le nez baissé dans son assiette, et cherchait à tâtons son couteau et sa fourchette. Elle avait les joues en feu. C'est tout juste si je ne les entendais pas grésiller. Et il avait suffi d'un seul coup d'œil de ma part pour provoquer tout ça ? Je soupirai, pauvre ogre, et mangeai une pomme de terre. Elle était crue et d'un blanc cireux au milieu. Un autre verre.

Tu n'es pas en train de nous faire une de tes crises, n'est-ce pas, Freddie ? fit ma mère.

Ai-je mentionné mes accès d'humeur, je me le demande. Très noires, très noires. Comme si le monde se fût soudain obscurci, comme si quelque chose eût souillé l'air. Même quand j'étais enfant, mes crises de cafard effrayaient les gens. Voilà que ça te reprend, non ? disaient-ils, et ils gloussaient, mais de manière gênée, et s'écartaient de moi. A l'école, j'étais une terreur – mais non, non, je vous épargnerai cette époque. Je m'aperçus que ma morosité n'impressionnait plus beaucoup ma mère. Son sourire, qui tombait un peu d'un côté, se faisait carrément sardonique. J'annonçai que j'avais vu Charlie French en ville. Oh, Charlie, fit-elle, et elle secoua la tête et éclata de rire. Je hochai la tête. Pauvre Charlie, c'est bien le genre d'homme à propos duquel les gens font "Oh !", comme ça, et se mettent à rire. Nouveau silence, indifférent. Pourquoi diable étais-je revenu ici ? Je m'emparai de la bouteille et constatai avec surprise qu'elle était vide. J'en ouvris une autre que je bloquai entre mes genoux, tanguai et grognai tout en tirant sur le bouchon. Ah ! et il vint dans un flop sympathique. Dehors sur la pelouse, les derniers feux du soleil redoublèrent d'ardeur un bref moment, puis se dissipèrent. Ma mère était en train de demander des nouvelles de Daphné et de l'enfant. De penser à eux, quelque chose comme un grand sanglot, lugubre, vaguement comique, se dilata sous mon sternum. Jane – non, je ne peux pas lui donner ce nom, ça ne lui va pas –, Joan débarrassa la table, et ma mère exhiba, tenez-vous bien, une carafe de porto qu'elle posa sur la table et poussa vers moi. Tu ne veux pas qu'on s'en aille, n'est-ce pas ? dit-elle avec son sourire. Tu n'as qu'à imaginer que je suis un homme, après tout, je suis bien assez vieille pour ça. Je commençai à lui exposer mes problèmes financiers d'un ton sérieux, mais je m'embrouillai et dus m'interrompre. Par ailleurs, je la soupçonnais de ne pas vraiment m'écouter. Elle avait le visage à moitié tourné vers la lumière nickel du crépuscule qui tombait de la fenêtre, vieillarde aux yeux chassieux dont le front large et les pommettes hautes témoignaient de ses ancêtres hollandais, fidèles du roi Billy*. Tu devrais porter une fraise, mam, dis-je, et une coiffe en dentelle. Je partis d'un rire sonore, puis fronçai les sourcils. Mon visage s'engourdissait. Pleine de circonspection, Joan me proposa une tasse de café. Non, merci, mon petit, répondis-je avec sérieux, de ma voix de grand d'Espagne, tout en lui désignant mon verre de porto qui, je le remarquai, se trouvait inexplicablement vide. Je le remplis de nouveau, admirai la sûreté de la main qui tenait la carafe. Le temps passa. Des oiseaux criaient dans le crépuscule bleu-gris. L'esprit confus, je restai, le dos collé à ma chaise, dans une bienheureuse détresse, à les écouter. Puis, dans un grognement et un haut-le-cœur, je me levai et jetai un coup d'œil autour de moi, en faisant claquer mes lèvres et en battant des paupières. Ma mère et la fille avaient disparu.

Il mourut, le soir venu. La chaleur de cette longue journée pesait encore sur la chambre. J'étais assis sur une chaise à côté de son lit, et lui tenais la main. Sa main. A la texture cireuse. Que l'air au-dessus des arbres était lumineux, lumineux et bleu comme les cieux infinis de l'enfance. Je passai un bras autour de son épaule, posai la main sur son front. Il me dit : Ne prête pas attention à ta mère. Il me dit...

Arrête ça, arrête ça. Je n'étais pas là. Je n'ai jamais assisté à la mort de qui que ce soit. Il est mort

* Guillaume III d'Angleterre, prince d'Orange et roi d'Irlande sous le nom de Guillaume Ier d'Irlande (1650-1702). *(N.d.T.)*

seul, s'est esquivé pendant que tout le monde avait le dos tourné, nous laissant nous dépatouiller tout seuls. Quand j'arrivai de la ville, ils l'avaient déjà habillé pour le cercueil. Il gisait sur le lit, les mains croisées sur la poitrine, les yeux clos, comme un enfant sage. Ses cheveux formaient un cran impeccable sur le front. Quant à ses oreilles, je m'en souviens, elles étaient très pâles. Fait extraordinaire, toute sa rage et son ressentiment, cette furieuse énergie dispersée, s'étaient envolés.

Je m'emparai du reste de porto, et montai à l'étage en titubant. Mes genoux tremblaient, j'avais l'impression d'avoir un cadavre sur le dos. Les interrupteurs paraissaient avoir été déplacés, et, dans la pénombre, je ne cessais de me cogner, jurais, riais. Puis, par erreur, je me retrouvai dans la chambre de Joanne. (Joanne : c'est ça !) Elle n'était sûrement pas endormie, avait dû écouter mon chambard, j'avais à peine ouvert la porte qu'elle avait allumé sa lampe. Planté sur le seuil, je la regardai en roulant de grands yeux. Elle était couchée dans un grand lit creux, le drap remonté jusqu'au menton, et, je ne sais pourquoi, j'eus la conviction qu'elle avait gardé ses jodhpurs et son pull-over trop ample, et même ses bottes d'équitation. Elle ne dit mot, se contenta de me lancer un sourire effrayé, et, l'espace d'un moment fou, j'envisageai de grimper à côté d'elle, avec mes chaussures et tout, afin qu'elle pût bercer, entre ses jeunes bras ronds accueillants, cette pauvre tête qui me tournait. Je n'avais pas vraiment remarqué avant son extraordinaire chevelure d'un roux flamboyant et, en la découvrant répandue sur l'oreiller, dans la lueur de la lampe, je faillis pousser un cri. Puis le moment s'enfuit, et, dans un hochement de tête plein de gravité, je me retirai en silence, tel un vieux fantôme gris, triste et prêt à s'évanouir, et traversai le palier d'une démarche digne et prudente pour gagner la chambre où un lit avait été préparé à mon intention. Là, je m'aperçus que j'avais égaré le porto, quelque part, en cours de route.

Je m'assis sur le bord du lit, les bras ballant entre mes genoux, et ressentis soudain une intense fatigue. La tête me sifflait, les yeux me brûlaient, et pourtant je n'arrivais pas à me résoudre à m'allonger. J'étais comme un enfant de retour chez lui après une journée de folles randonnées. J'avais fait un long voyage. Lentement, avec les gestes d'un nageur des profondeurs, je défis mes lacets. Un soulier tomba, et puis...

Je me réveillai dans un sursaut épouvantable, les oreilles bourdonnantes, comme s'il y avait eu une explosion dans ma tête. Un rêve : une histoire de viande. Il faisait jour, mais était-ce l'aube ou toujours le crépuscule, je n'aurais pu le dire. Grisaille. Je ne savais pas davantage où je me trouvais. Même lorsque je me rendis compte que j'étais à Coolgrange, je ne reconnus pas immédiatement la pièce, longue et très haute de plafond, avec d'immenses fenêtres qui descendaient jusqu'au sol ; minable aussi, de façon singulière, indignée, comme si elle gardait le souvenir de sa grandeur révolue. Je me levai prudemment, et allai regarder la pelouse en contrebas. La tête m'élançait. Ce devait être l'aube : dans le bois de chênes, sous un ciel de fer, un oiseau solitaire prenait, d'une note flûtée inlassablement répétée, la mesure de l'air à la légèreté retrouvée. J'appuyai mon front contre la vitre, et frissonnai au contact froid et humide du verre. J'avais passé la majeure partie de la semaine à voyager, à manger peu, à boire trop, et, maintenant, je le payais. Je me sentais nauséeux, abruti, vidé. Les paupières me brûlaient, j'avais un goût de cendres dans la bouche. Il me semblait que le jardin m'observait, à sa façon furtive, taciturne, ou, du moins, qu'il avait conscience de ma présence, là, dans l'embrasure de la fenêtre, moi, ce témoin frappé d'accablement, aux mains nouées de désespoir – des témoins, il devait y en avoir eu tant d'autres, au cours des années passées ! –, et dont la silhouette se détachait sur l'impondérable pénombre de la chambre. J'avais dormi tout habillé.

Le rêve. (Il faudra que la Cour entende mes rêves.) Il me revint brusquement. Il ne s'y était pas passé grand-chose. Il n'y a pas, dans mes rêves, ces cascades d'événements chaotiques que d'autres prétendent connaître, mais des états émotionnels, des dispositions d'esprit plutôt, des humeurs particulières, des bouffées d'émotion souvent accompagnées de réactions physiques extrêmes : je pleure, me donne des coups, grince des dents, ris, hurle. Cette fois-ci, j'avais eu un haut-le-cœur, l'irritation de ma gorge au réveil m'aida à m'en souvenir. J'avais rêvé que je rongeais un sternum arraché à quelque créature, humaine peut-être. Il avait l'air à demi bouilli car la chair dessus était tendre et blanche. A peine tiède maintenant, il craquait dans ma bouche comme du gras de rognon, me soulevait le cœur. Croyez-moi, monsieur le juge, relater ces choses ne me plaît pas davantage qu'il ne plaît à la Cour de les entendre. Mais le pire reste à venir, vous le savez. Quoi qu'il en soit, j'étais bel et bien en train de mâchouiller ces effrayantes bouchées de chair, l'estomac retourné alors même que je dormais. C'est tout, vraiment, hormis une sensation sous-jacente de transgression, horriblement exquise, pourtant. Attendez un instant. Je veux que ceci soit clair, c'est important, pourquoi ? je n'en sais trop rien. Quelque obscure autorité m'obligeait à accomplir cette chose terrible, me surveillait d'un œil implacable, les bras croisés, tandis que je suçais et bavais, et pourtant malgré cela – ou, peut-être même, à cause de cela –, malgré l'horreur aussi, et la nausée, au fond de moi, quelque chose exultait.

Au fait, je suis frappé, en feuilletant mon dictionnaire, de la pauvreté du langage quand on en vient à nommer ou à décrire le mal. Malignité, méchanceté, malveillance, ces termes impliquent une intentionnalité, la faute commise consciemment ou du moins activement. Ils ne font pas référence au mal sous sa forme autonome, neutre, passive. Et puis, il y a les adjectifs : redoutable, abominable, exécrable, ignoble, et ainsi de suite. Ils ne correspondent pas tant à une description qu'à un jugement de valeur. Ils portent une charge de blâme mêlée de peur. N'est-ce pas bizarre ? Moi, ça m'étonne. J'en viens à me demander si la chose même – le mal – existe vraiment, si ces mots étrangement vagues et imprécis ne seraient pas une sorte de subterfuge, une sorte d'artifice subtil destinés à cacher le fait qu'il n'y a rien. Ou peut-être les mots visent-ils à lui donner une réalité ? Ou encore, peut-être y a-t-il quelque chose, mais quelque chose que les mots auraient inventé ? De telles considérations me donnent le tournis, comme si, l'espace d'un bref instant, une brèche se fût ouverte dans le monde. De quoi est-ce que je parlais ? De mes rêves, oui. Il y avait celui qui me revient toujours, celui où – mais non, non, laissons cela pour une autre fois.

Je suis planté près de la fenêtre, dans la chambre de mes parents. Oui, j'avais compris que c'était la leur, du moins autrefois. La grisaille de l'aube cédait la place à un pâle flot de soleil. J'avais les lèvres desséchées par le porto de la veille. La chambre, la maison, le jardin et les champs, tout m'était inconnu, je ne reconnaissais rien aujourd'hui – inconnu, et pourtant familier aussi, comme un lieu dont on a – oui –, dont on a rêvé. Et je restais là, dans mon costume fripé, la tête douloureuse et la bouche mauvaise, les yeux grands ouverts, mais pas vraiment réveillé, à regarder fixement ce bout de jardin éclaboussé de soleil avec la stupeur hébétée d'un amnésique. Cela dit, ne suis-je pas toujours comme ça, plus ou moins ? Quand j'y pense, il me semble avoir passé la majeure partie de ma vie ainsi, enlisé entre veille et sommeil, incapable de distinguer le monde de la lumière du rêve. Dans mon esprit, il y a des lieux, des moments, des événements tellement figés, tellement cloisonnés, que je doute qu'ils soient réels, mais qui, si je les avais évoqués ce matin-là, m'auraient frappé avec plus de vigueur et de force que la réalité qui m'entourait. Il y a, par exemple, le couloir de cette ferme où, enfant, je suis allé un jour acheter des pommes. Je vois le sol aux dalles brillantes, pourpres. Je sens l'odeur du produit d'entretien. Il y a un géranium noueux dans un pot, et une énorme horloge à balancier qui a perdu sa grande aiguille. J'entends parler la femme du fermier dans les profondeurs obscures de la maison, elle demande quelque chose à quelqu'un. Je perçois les champs alentour, la lumière au-dessus des champs, la longue, la lente journée de cette fin d'été. J'y suis. Je suis présent dans ces instants du souvenir comme jamais je ne l'ai été à Coolgrange, comme, apparemment, je ne l'ai jamais été, ou ne le suis jamais, nulle part, à n'importe quel moment, comme si mon être, ou quelque part fondamentale de mon être, n'était pas même présent en ce jour que j'évoque, ce jour où j'allai acheter des pommes à la femme du fermier, dans cette ferme au milieu des champs. Jamais tout à fait quelque part, ni avec quelqu'un non plus, c'était moi, toujours. Enfant déjà, je me faisais l'effet d'un voyageur arrêté au beau milieu d'un voyage important. La vie ressemblait à une attente invraisemblable, à faire les cent pas sur le quai de gare, en guettant l'arrivée du train. Les gens s'agglutinaient devant moi et me cachaient la vue. Pour y voir, il me fallait allonger le cou. Oui, c'était moi, vraiment moi.

Je descendis l'escalier et me frayai un chemin dans la maison silencieuse jusqu'à la cuisine. Dans la lumière du matin, la pièce paraissait propre, attrayante. Peu désireux de troubler l'atmosphère d'expectative feutrée, j'allais de-ci, de-là, avec l'impression d'être un profane assistant à quelque cérémonie, pleine de recueillement, et grandiose, en l'honneur de la lumière et du temps. Le chien était allongé sur un vieux tapis sale, à côté de la cuisinière, le museau entre les pattes, et me regardait, un croissant blanc à chaque œil. J'avais préparé du thé, et m'étais assis à la table en attendant qu'il infusât quand Joanne entra. Elle portait une robe de chambre gris souris étroitement serrée à la taille. Elle avait les cheveux relevés, fort à propos, en une épaisse queue de cheval. Ils avaient vraiment une couleur remarquable, flamboyaient d'un roux printanier. Aussitôt, ce n'était d'ailleurs pas la première fois, je me surpris à imaginer son autre toison, puis je me sentis coupable comme si j'avais abusé de la pauvre enfant. A ma vue, elle se figea, bien sûr, prête à fuir. De mon côté, je l'invitai à se joindre à moi en soulevant la théière d'un geste amical. Mais elle referma la porte et me contourna prudemment avec un sourire paniqué, en mettant la table entre nous, et s'en alla prendre une tasse et une soucoupe au vaisselier. Elle avait les talons rouges, et d'épais mollets très blancs. Je me dis qu'elle devait avoir environ dix-sept ans. A travers le brouillard de ma migraine, l'idée me vint qu'elle savait sûrement quelque chose de l'état des finances de ma mère – si, par exemple, ces poneys rapportaient de l'argent. Je lui lançai un sourire qui se voulait encourageant, gamin, bien qu'il se soldât, j'imagine, par une œillade un rien perverse, et lui dis de s'asseoir, qu'il fallait que nous causions. Le thé, cependant, n'était pas pour elle, mais pour ma mère – pour Dolly, dit-elle. Eh bien, pensai-je, Dolly, rien que ça ! Elle se sauva sur-le-champ, agrippant la soucoupe des deux mains, et fixant de son sourire nerveux le liquide qui tremblotait dans la tasse.

Quand elle fut partie, je furetai un moment, morose, à la recherche des papiers, factures, livres de comptes et talons de chéquiers, que j'avais vus la veille sur la table, mais en vain. Un des tiroirs de la petite table de travail du bureau de mon père était fermé à clé. J'envisageai de le forcer, me retins : avec la gueule de bois que je me tenais, je risquais de tout casser.

Je circulai dans la maison, la tasse à la main. Dans le salon, le tapis avait été retiré, l'une des fenêtres avait une vitre cassée, et le plancher était jonché de bouts de verre. Je m'aperçus que je ne portais pas de chaussures. J'ouvris la porte donnant sur le jardin et sortis en chaussettes. Dans l'air soyeux, épuré, il flottait une odeur d'herbe chauffée par le soleil et un vague relent de crottin. L'ombre noire de la maison s'étalait sur la pelouse comme une estrade effondrée. Je m'aventurai d'un ou deux pas sur le gazon élastique, et de la rosée vint se loger entre mes orteils. D'avancer à pas chancelants, comme ça, avec ma tasse et ma soucoupe tintinnabulantes, et mes revers de pantalons mouillés et fripés aux chevilles, je me fis l'impression d'être un vieillard. Les massifs de roses sous la fenêtre n'avaient pas été entretenus depuis une éternité, et un entrelacs de ronces grimpait furieusement à l'assaut des rebords. Des roses fanées pendaient en bouquets, lourdes comme du drap. Leur rose particulièrement pâle et le clair-obscur de la scène en général me rappelèrent quelque chose. Je m'arrêtai, fronçai les sourcils. Les tableaux – bien sûr. Je regagnai le salon. Oui, les murs étaient nus, avec, ici et là, un rectangle plus sombre aux endroits où le papier était moins défraîchi. Elle n'avait tout de même pas... ? D'un geste précautionneux, je reposai ma tasse sur le manteau de la cheminée, respirai lentement, profondément. La salope ! m'écriai-je tout fort, je te parie qu'elle l'a fait ! Mes pieds avaient laissé derrière moi des traces palmées, humides, sur le plancher.

J'examinai le rez-de-chaussée, pièce par pièce, scrutai les murs. Puis je m'attaquai aux étages. Mais je savais qu'il n'y aurait rien. Je m'arrêtai sur le palier du premier, jurai entre mes dents. J'entendis des voix tout près. J'ouvris à la volée la porte d'une chambre. Ma mère et Joanne étaient assises, côte à côte, dans le grand lit de la fille. Elles me regardèrent d'un air vaguement étonné, et, l'espace d'un moment, je chancelai comme quelque chose m'effleurait la conscience en un battement d'aile de conjecture incrédule. Ma mère portait une liseuse en tricot jaune avec des pompons et de minuscules nœuds en satin qui lui donnait l'apparence d'un monstrueux poussin de Pâques. Où, dis-je avec un calme qui me surprit, où sont les tableaux, je t'en prie ? Il s'ensuivit un petit échange cocasse, ma mère criant : *Quoi ? Quoi ?* et moi hurlant : *Les tableaux ! Les tableaux, bon sang !* A la fin, nous dûmes nous taire tous les deux. La fille nous avait observés, nous suivant du regard comme un spectateur à un match de tennis. Puis elle posa la main sur sa bouche, et se mit à rire. Je la regardai fixement, et elle s'empourpra. Il y eut un bref silence. Je t'attends en bas, mère, dis-je d'une voix si glaciale qu'elle en grinçait.

Comme je m'éloignais de la porte, je crus les entendre rire sous cape.

Ma mère arriva dans la cuisine, pieds nus. La vue de ses oignons et des ongles jaunis de ses gros orteils m'irrita. Enveloppée dans une impossible robe d'intérieur, en soie moirée, elle était attifée comme une des catins déjetées de Lautrec. J'essayai de dissimuler un peu le dégoût que je ressentais. De son côté, elle s'occupait de bricoles en affichant un air d'indifférence, en m'ignorant. Eh bien ? dis-je, mais elle se contenta de hausser les sourcils d'un air un peu narquois et répliqua : Eh bien, quoi ? C'est tout juste si elle ne souriait pas. C'en était trop. Je hurlai, je brandis les poings, j'arpentai la pièce à grandes enjambées, hors de moi. Où étaient-ils, les tableaux, criai-je, qu'en avait-elle fait ? *J'exigeais* de savoir. Ils m'appartenaient, représentaient mon héritage, mon avenir et l'avenir de mon fils. Et ainsi de suite. Ma colère, mon sentiment d'indignation m'impressionnèrent. J'en étais touché. Pour un peu, j'aurais versé des larmes, tellement mon sort me paraissait pitoyable. Debout, la main sur la hanche, la tête rejetée en arrière, elle me laissa continuer un moment sur ce ton tout en m'observant avec un calme sardonique. Puis, quand je m'interrompis pour reprendre mon souffle, elle démarra. J'exigeais, n'est-ce pas ? Moi, qui étais parti en abandonnant ma veuve de mère, qui avais fichu le camp en Amérique et qui m'étais marié sans même la prévenir, qui, pas une seule fois, ne lui avais présenté mon fils, son petit-fils – moi, qui, dix ans durant, avais couru le monde comme un *tinker*, sans jamais lever le petit doigt pour travailler, qui avais vécu sur le petit pécule de mon père décédé et saigné la propriété à blanc – de quel droit, brailla-t-elle, de quel droit venais-je exiger quoi que ce soit ici ? Elle se tut, et attendit, comme si elle espérait réellement une réponse. Je reculai d'un pas. J'avais oublié à quoi elle ressemble quand elle s'énerve. Puis je me repris, et l'attaquai de nouveau. Elle se dressa avec superbe pour m'affronter. Comme autrefois. Feu et flamme, oh, feu et flamme ! Si excitant que même le chien se mit de la partie, qui aboya, gémit et nous sauta dessus jusqu'à ce que ma mère lui collât une tape et lui ordonnât en rugissant d'aller se coucher. Je la traitai de salope, et elle me traita de bâtard. Je répondis que si, moi, j'étais un bâtard, elle était donc la mère d'un bâtard, et, vive comme l'éclair, elle répliqua : Si je suis une salope, *toi*, tu es donc le fils d'une salope, pauvre type ! Oh, ce fut grandiose, un affrontement grandiose. Nous étions comme des enfants déchaînés – non, pas comme des enfants, mais comme de grandes créatures primitives enragées – des mastodontes, quelque chose comme ça –, qui nous déchirions, qui nous écharpions au milieu d'une tempête de lianes cinglantes et d'une végétation déracinée. Entre nous, l'air pulsait un sang noir et épais. Et, alentour, les objets alignés se faisaient présents, minuscules êtres vivants tapis dans les broussailles, qui nous regardaient du fond d'une transe où la terreur se tissait de crainte révérencieuse. Enfin, notre fureur apaisée, nous dégageâmes nos défenses et nous tournâmes le dos. Je me pris la tête entre les mains pour apaiser la douleur lancinante qui me taraudait. Ma mère s'était postée devant l'évier, s'agrippait à l'un des robinets, et, la poitrine palpitante, regardait le jardin derrière la fenêtre. Nous nous entendions respirer. A l'étage, on actionna la chasse d'eau des toilettes, bruit hésitant, assourdi, comme si la fille nous rappelait discrètement sa présence. Ma mère soupira. Elle avait vendu les tableaux à Binkie Behrens. J'acquiesçai intérieurement. Behrens : bien sûr. Tous ? demandai-je. Elle ne répondit pas. Les minutes passèrent. Elle soupira de nouveau. Tu as eu l'argent, fit-elle, tout ce qu'il y avait – moi, il ne m'a laissé que des dettes. Soudain, elle éclata de rire. Je n'aurais jamais dû épouser un Irlandais. Elle me regarda du coin de l'œil, et haussa les épaules. Cette fois, ce fut à mon tour de soupirer. Pauvre de moi, dis-je. Oh, pauvre de moi.

Curieusement, les coïncidences perdent beaucoup de leur sel dans les dépositions présentées à la Cour – je suis certain que vous avez remarqué ce phénomène, monsieur le juge, au fil des ans –, un peu comme des blagues censées être très drôles, mais qui ne parviennent pas à susciter le moindre rire. L'assistance écoute avec une parfaite équanimité la description des actes les plus abracadabrants de l'accusé, et, pourtant, dès qu'on mentionne la concomitance banale de certains événements, le public commence à traîner des pieds dans la galerie, les avocats s'éclaircissent la gorge, et les journalistes se mettent à regarder rêveusement les moulures du plafond. A mon avis, il ne s'agit pas tant de signes d'incrédulité que de manifestations d'embarras. Comme si quelqu'un, l'ordonnateur secret de toute cette surprenante et complexe affaire, qui jusqu'à présent n'avait jamais fait le moindre faux pas, avait été un tout petit peu trop loin, avait cherché à se montrer un tout petit peu trop intelligent, et que, du coup, nous nous retrouvions tous déçus et quelque peu attristés.

Je suis, par exemple, frappé par la fréquence à laquelle les tableaux apparaissent dans cette histoire. Ce fut par le biais de l'art que mes parents rencontrèrent Helmut Behrens – enfin, pas exactement de l'art, mais du commerce de l'art. Mon père se piquait d'être un collectionneur, l'ai-je déjà dit ? Bien entendu, il ne s'intéressait pas du tout aux œuvres en tant que telles, il ne se souciait que de leur valeur marchande. Il se servit de sa réputation de cavalier et d'ancien joyeux drille pour s'insinuer chez de vieilles connaissances gâteuses sur les murs desquelles il avait remarqué, trente ou quarante ans auparavant, un paysage ou une nature morte, ou le portrait boucané d'un louchon d'ancêtre susceptible de valoir désormais quelques fifrelins. Il avait un flair inquiétant pour deviner le moment opportun, coiffait souvent l'héritier au poteau. Je l'imagine, au bord d'un lit à colonnes, à la lueur des chandelles, encore essoufflé d'avoir monté l'escalier, qui se penche sur une main parcheminée, paralytique, dans laquelle il presse instamment un billet de cinq livres. Il avait accumulé beaucoup de croûtes, mais il y avait quelques tableaux qui ne me paraissaient pas franchement mauvais, et qui valaient sans doute quelque chose. Il les avait soutirés, pour la plupart, à une vieille dame distraite que son propre père avait courtisée un bref moment du temps où elle était jeune fille. Il était énormément fier de cette rouerie, se figurait, je suppose, que cela le mettait sur un pied d'égalité avec ces grands filous qu'étaient les magnats d'antan qu'il admirait tant, les Guggenheim, les Pierpont Morgan, et, naturellement, les Behrens. Peut-être que ce furent ces tableaux-là qui présidèrent à sa rencontre avec Helmut Behrens. Peut-être se les disputèrent-ils sur le lit de mort de la vieille dame, dans un échange de regards vindicatifs, les lèvres pincées en une moue de détermination rageuse.

Ce fut aussi par le biais de la peinture que je rencontrai Anna Behrens – ou que je la retrouvai, devrais-je dire. Nous nous fréquentions un peu quand nous étions enfants. Je crois me rappeler un jour, à Whitewater, où l'on m'envoya jouer avec elle dans le parc. Jouer ! Elle est bien bonne, celle-là. Déjà à l'époque, elle avait cet air détaché, vaguement amusé et distant, qui m'a toujours paru déconcertant. Plus tard, à Dublin, je la vis faire d'occasionnelles apparitions, où, digne, muette, et d'une pâleur impressionnante, elle traversait comme une ombre nos fêtes estudiantines. On l'avait surnommée la reine des neiges, bien sûr. Je la perdis de vue, l'oubliai jusqu'au jour où, à Berkeley – là commencent les coïncidences –, je l'aperçus dans une galerie, sur Shattuck Avenue. J'ignorais qu'elle se trouvait en Amérique, pourtant cela ne me surprit pas. C'est l'une des choses qui caractérisent Anna, où qu'elle soit, elle s'adapte parfaitement. Je restai planté dans la rue un moment, à l'observer – à l'admirer, je suppose. La galerie était une grande et haute pièce blanche à la devanture vitrée. Une liasse de papiers à la main, Anna s'appuyait contre un bureau, lisait. Elle portait une robe blanche. Ses cheveux, argentés par le soleil, étaient coiffés de façon compliquée, avec une lourde tresse qui lui tombait sur l'épaule. Ainsi figée dans cette longue lumière sans ombre, derrière la vitre qui réfléchissait le soleil, elle aurait pu être une sculpture. J'entrai et lui adressai la parole tout en admirant à nouveau ce visage mélancolique, légèrement asymétrique et allongé, avec ses yeux gris rapprochés, et sa bouche florentine. Je n'avais pas oublié ces deux minuscules taches blanches sur l'arête de son nez à l'endroit où la peau se tendait sur l'os. Elle se montra amicale, à sa façon, sans se départir de sa réserve habituelle, garda les yeux rivés sur mes lèvres pendant que je parlais. Sur les murs, il y avait deux ou trois grandes toiles dans le style minimaliste, facétieux, de l'époque, et dont le dépouillement pastel ne permettait guère de les distinguer des espaces vides qui les entouraient. Je lui demandai si elle comptait acheter quelque chose. Ma question l'amusa. Je travaille ici, m'expliqua-t-elle en repoussant la tresse blonde qui lui tombait sur l'épaule. Je l'invitai à déjeuner, mais elle refusa d'un signe de tête. Elle me donna son numéro de téléphone. Quand je me retrouvai dans la rue inondée de soleil, un avion nous survolait à basse altitude, ses réacteurs faisaient vibrer l'air imprégné d'une odeur de cyprès mêlée de gaz d'échappement, ainsi que d'une légère bouffée de gaz lacrymogène émanant du campus. Tout ceci se passait il y a quinze ans. Je froissai la carte sur laquelle Anna avait inscrit son numéro de téléphone, faillis la jeter. Mais je la gardai.

Elle habitait sur les collines, dans un chalet au toit de bardeaux, contrefaçon du style tyrolien, qu'elle louait à une dingue de veuve. Lorsque je m'y rendis, je me relevai plus d'une fois de mon siège pour descendre du bus et rentrer chez moi, déjà ennuyé et à moitié fâché en repensant au regard scrutateur, amusé, d'Anna, à son sourire impénétrable. Quand je l'avais appelée, c'est à peine si elle avait prononcé une douzaine de mots, et, à deux reprises, elle avait posé la main sur le combiné pour discuter avec quelqu'un qui se trouvait à côté d'elle, dans la pièce. Ce matin-là, néanmoins, je m'étais rasé avec un soin tout particulier, avais enfilé une chemise neuve, et sélectionné un impressionnant ouvrage de théorie mathématique à emporter avec moi. Maintenant que le bus grimpait avec peine ces rues étroites, j'étais assailli par un sentiment de répugnance, je me faisais l'effet d'être un objet obscurément abject, honteux, à nu et obséquieux, avec ma chair poudrée et bichonnée, ma chemise bleu azur, et serrant, comme un morceau de viande, le livre broché dans ma main. Le ciel était couvert, et des nappes de brume flottaient entre les pins. Je grimpai les marches humides de l'escalier en zigzag qui menait à la porte d'entrée, regardai les alentours d'un air vaguement intéressé, et essayai de me montrer irréprochable comme je ne peux, apparemment, m'empêcher de le faire chaque fois que je me retrouve en territoire inconnu. Anna portait un short et avait lâché ses cheveux blond cendré. En la voyant là, sur le seuil, à l'aise, avec ses longues jambes nues, je ressentis une douleur à la base de la langue. L'intérieur de la maison était obscur. Quelques livres, des reproductions au mur, un chapeau de paille sur une patère. Les chats de la veuve avaient laissé des traces de leur passage sur les tapis et les chaises qui exhalaient une vive odeur de soufre, pas franchement déplaisante.

Daphné était assise en tailleur dans une chaise longue en toile, et écossait des petits pois au-dessus d'un récipient en nickel. Elle portait une sortie de bain, et avait noué une serviette autour de ses cheveux. Encore une coïncidence, vous voyez.

De quoi avons-nous parlé ce jour-là, tous les trois ? Qu'ai-je fait ? Je me suis assis, sans doute, j'ai dû boire une bière, étirer mes jambes, et me rejeter en arrière pour jouer les décontractés. Je ne me revois pas. Je suis une sorte d'œil mobile qui lorgne, note, complote. Anna fit des allers et retours entre la cuisine et le salon, rapporta du fromage et des oranges, coupa des avocats en lamelles. C'était un dimanche. L'endroit était calme. J'observai par la fenêtre la brume qui ondoyait entre les arbres. Le téléphone sonna et Anna répondit en nous tournant le dos pour chuchoter dans le récepteur. Daphné me sourit. Son regard ne se fixait sur rien comme s'il tâtonnait doucement au hasard des objets qui l'entouraient. Elle se leva, me tendit le récipient et le reste de pois à écosser, et monta à l'étage. Lorsqu'elle revint au bout de quelques instants, habillée, les cheveux secs, et chaussée de lunettes, je ne la reconnus pas, et crus tout d'abord qu'il s'agissait d'une troisième locataire. C'est à ce moment-là que je me rendis compte que c'était elle que j'avais vue sur la pelouse le jour de la fête du professeur je ne sais plus qui. Je me mis à lui parler de ça, du fait que je l'avais vue, mais je changeai d'avis pour la même raison obscure qui, lors de cette première fois, m'avait poussé à lui tourner le dos sans lui adresser la parole. Elle me reprit le récipient de pois et se rassit. Anna répondit à un autre coup de téléphone, en chuchotant, en riant doucement. Il me vint à l'esprit que ma présence ne bousculait guère leur journée, qu'elles auraient fait exactement les mêmes choses si je n'avais pas été là. C'était une pensée apaisante. Je n'avais pas été invité à dîner, mais il semblait entendu que j'allais rester. Le repas terminé, nous demeurâmes assis à la table un long moment. Le brouillard s'épaissit, se mit à peser contre les carreaux. Je les revois, toutes les deux, en face de moi, dans ce crépuscule laiteux, la brune et la blonde : elles ressemblent à deux complices qui s'amusent en secret, comme si elles partageaient une petite blague, pas très méchante, à mes dépens. Que tout cela paraît loin, on dirait une éternité, en ce temps-là nous étions encore innocents, si tel est le terme, ce dont je doute.

J'étais, je l'avoue, captivé par elles deux, par leur physique, leur flegme, leur égoïsme insouciant. Elles incarnaient un idéal que, jusqu'à présent, je n'avais pas eu conscience d'avoir. A l'époque, je m'occupais encore de mes recherches scientifiques, je m'apprêtais à devenir un de ces grands et froids techniciens, maîtres secrets du monde. Et voilà qu'un autre avenir venait de s'ouvrir devant moi, comme si ces deux femmes avaient provoqué l'effondrement d'une paroi rocheuse qui m'eût révélé, derrière un tourbillon de poussière, de vastes horizons radieux. Elles étaient splendides, à la fois langoureuses et fougueuses, m'évoquaient un couple d'aventurières du siècle passé. Elles étaient arrivées à New York l'hiver précédent et avaient, par étapes, dérivé à travers le pays jusqu'à ce rivage ensoleillé, bistré, où elles se trouvaient maintenant en équilibre, comme sur la pointe des pieds, mains jointes et bras tendus, avec l'immensité du Pacifique devant elles. Bien qu'elles eussent passé près d'un semestre dans cette maison, leur empreinte était si légère, si fugace, que les pièces avaient à peine enregistré leur présence. Elles semblaient ne rien posséder – même le chapeau de paille accroché à la patère de la porte avait été oublié par un ancien locataire. Elles devaient avoir des amis, ou des relations du moins – je pense à ces coups de téléphone –, mais je ne les ai jamais rencontrés. De temps à autre, leur propriétaire survenait à l'improviste, une femme sombrement spectaculaire avec des yeux pensifs, et une torsade de cheveux très noirs relevés en chignon et maintenus par une broche en bois travaillé. Elle s'habillait comme une squaw, s'ornant de perles et de foulards aux couleurs éclatantes. Elle errait sans but dans la maison, en parlant par-dessus son épaule et en répandant un lourd parfum musqué, puis, d'un bond de ballerine, elle se jetait sur le sofa du salon, et, une heure durant, racontait ses malheurs – qui découlaient principalement d'un *problème d'homme*, comme elle l'expliquait avec un sanglot dans la voix – tout en se soûlant méthodiquement, et jusqu'à en pleurer, au calvados qu'elle gardait en réserve dans un placard fermé à clé de la cuisine. Epouvantable bonne femme, je ne pouvais la sentir, je ne pouvais supporter cette peau tannée et cette bouche peinturlurée, toute cette hystérie, cette solitude écœurante. Les filles, pourtant, la trouvaient très amusante. Elles aimaient l'imiter, et relevaient certaines de ses remarques pour en faire des phrases-chocs. Parfois, en les écoutant la pasticher, je me demandai si, en mon absence, elles ne *me* soumettaient pas au même traitement, et ne se renvoyaient pas, en reprenant ma voix, des commentaires d'une solennité comique dont elles riaient mollement, sur ce mode alangui qui leur appartenait, comme si cette blague n'était pas vraiment risible, mais plaisante tout de même.

Le pays aussi leur paraissait désopilant, surtout la Californie. Nous passions ensemble des moments très drôles, à rire des Américains qui entraient tout juste dans cette phase de gaieté hédoniste sans issue que nous autres, représentants de la jeunesse dorée de cette pauvre vieille Europe vilainement fardée, avions déjà vécue, du moins le croyions-nous. Comme ils nous semblaient innocents, avec leurs fleurs et leurs bâtons d'encens, et l'embrouillamini de leurs convictions religieuses. Bien entendu, j'éprouvais, à les dénigrer de la sorte, une secrète pointe de culpabilité. A mon arrivée, le pays m'avait fasciné, maintenant, c'était comme si je me joignais à ceux qui se moquaient de quelque heureuse créature au grand cœur, de cette grosse fille contre laquelle, protégé par l'euphorie générale de la fête, je m'étais frotté, un moment auparavant, en une extase turgescente, muette.

Peut-être le mépris trahissait-il, chez nous, une forme de nostalgie, de mal du pays, même ? Vivre ici, parmi ces tendres couleurs d'aquarelle, sous ce dôme d'un bleu sans tache, c'était comme vivre dans un autre monde, dans un lieu de conte de fées. (Je rêvais régulièrement de pluie – de vraie pluie, de cette pluie irlandaise qui tombe pendant des journées entières – comme si c'eût été quelque chose dont on m'eût parlé, mais que je n'eusse jamais vu.) Ou peut-être nos moqueries constituaient-elles une défense face à l'Amérique ? C'est vrai, parfois, il nous venait à l'esprit, ou du moins il *me* venait à l'esprit, que nous étions éventuellement un rien cocasses, nous aussi. N'étions-nous pas un tantinet saugrenus, avec nos tweeds, nos grosses chaussures confortables, nos accents outrés, notre attitude raffinée jusqu'à l'insolence ? Plus d'une fois, je crus détecter l'ombre d'un sourire réprimé sur les lèvres d'une personne censée ignorer qu'elle faisait l'objet de nos railleries. Même entre nous, il était des moments de silence, d'embarras, lorsqu'un aveu à demi formulé planait entre nous, pareil à une mauvaise odeur gênante. Un trio d'expatriés se retrouvant dans la douceur de vivre de ce lieu de divertissement – quoi de plus fleur bleue ? Nous formions un triangle, pour l'amour de Dieu !

Nous formions un triangle. L'inévitable se produisit, un après-midi, un mois environ après notre rencontre. Assis sur le perron à l'arrière de la maison, nous avions bu du gin, et fumé quelque chose au goût horrible et aux effets très bizarres. C'était une journée chaude et brumeuse. Au-dessus de nous, un soleil couleur de pièce de monnaie était fiché au beau milieu d'un ciel blanc. J'observais un nuage d'oiseaux-mouches occupés à boire à petites gorgées dans un massif de chèvrefeuilles proche des marches. Daphné, en short, bain de soleil et sandales à hauts talons, se leva, un peu vacillante, battit des paupières, et s'enfonça dans la maison. Je l'imitai. Je ne pensais à rien – j'allais rechercher des glaçons, quelque chose comme ça. Ebloui par la luminosité du dehors, j'avais du mal à distinguer quoi que ce soit à l'intérieur, partout où je posais les yeux, je ne voyais qu'un grand trou noir. Histoire de passer le temps, je partis à la recherche de Daphné, suivis le bruit des glaçons qui tintinnabulaient dans son verre, et, de la cuisine, traversai le salon pour arriver à la chambre. Le store était baissé. Elle était assise sur le bord du lit, regardait droit devant elle dans la pénombre ambrée. Brusquement, la migraine me prit. Daphné termina sa boisson d'une longue gorgée, et elle tenait encore son verre quand nous nous allongeâmes, et une perle de glace glissa et tomba au creux de mon épaule. Elle avait les lèvres glacées et humides. Elle se mit à dire quelque chose, puis éclata de rire, doucement, dans ma bouche. Nos vêtements nous collaient à la peau comme un bandage, je les arrachai du bout des doigts, en grognant d'impatience. Puis, soudain, nous nous retrouvâmes nus. D'étonnement, nous nous figeâmes. Quelque part, tout près, des enfants jouaient. Daphné posa la main sur ma hanche. Elle avait les yeux fermés, et souriait, les sourcils haussés, comme si elle écoutait, dans le lointain, une mélodie langoureuse, et un peu drôle. J'entendis un bruit, et jetai un coup d'œil par-dessus mon épaule. Anna se tenait dans l'embrasure de la porte. Je m'entrevis tel qu'elle me voyait, avec mes flancs luisants, mon derrière pâle, ma bouche béante à l'image d'un poisson. Elle hésita un moment, puis s'approcha du lit, les yeux rivés sur le sol, comme perdue dans ses pensées, puis s'assit à côté de nous, et se déshabilla. Daphné et moi étions simplement enlacés, et la regardions. Elle ôta son chemisier par la tête, en émergea comme un nageur, secoua la tête. Un fermoir métallique lui avait laissé une empreinte mauve au milieu du dos. Pourquoi la vis-je alors tellement plus âgée que nous, blasée, un peu flétrie, pareille à une adulte qui, dans un esprit de tolérance, se joint à un jeu d'enfants pas vraiment permis. Daphné respirait à peine, crispait de plus en plus les doigts sur ma hanche. Elle avait les lèvres entrouvertes, fronçait un peu les sourcils, et, perdue dans une sorte de vague stupeur, contemplait la chair nue d'Anna. Je sentais battre son cœur, et le mien. On aurait juré que nous assistions à un déshabillage rituel.

Un rituel, oui, c'est ce que ce fut. Sur le lit, tous les trois, nous rivalisâmes d'efforts, avec des gestes pleins de lenteur, comme si nous participions à une archaïque cérémonie consacrée au labeur et à l'idolâtrie, que nous mimions l'édification de quelque chose, un autel, par exemple, ou le dôme d'un temple. Que nous étions graves, que nous étions pensifs, et quelle attention dans nos caresses. Nul ne disait mot. Les femmes avaient commencé par échanger un chaste baiser. Elles souriaient, un peu pudiquement. Mes mains tremblaient. J'avais ressenti cette sensation suffocante de transgression une fois déjà, longtemps auparavant, quand, enfant, j'avais bataillé avec deux cousines dans l'obscurité de l'escalier, un soir d'hiver, à Coolgrange – la même terreur et la même incrédulité, la même béatitude infantile, douloureuse, voluptueuse. Comme dans un rêve, nous nous cherchions et nous caressions, en frissonnant, en soupirant. Par moments, l'un d'entre nous s'agrippait aux deux autres avec la ferveur avide, impatiente, d'un enfant, et poussait un petit cri doux comme sous l'effet de la douleur ou d'un chagrin désespéré. Par moments, il me semblait qu'il n'y avait pas deux femmes, mais une seule, distante créature inconnue, aux multiples bras, qui, derrière un masque d'émail, se voyait absorbée par quelque problème dont je ne pouvais encore saisir le sens. A la fin, quand le spasme final monta en moi, je me soulevai sur des bras tremblants, les talons de Daphné pressés au creux de mes reins, et les regardai se mordre avec une tendre avidité, bouche contre bouche ouverte, et, l'espace d'une seconde, comme le sang sourdait dans mes yeux, je vis leurs têtes se fondre, la blonde et la brune, la fauve et la panthère. Aussitôt, un frisson me parcourut le pubis, et je retombai sur elles, exultant et effrayé.

Mais, plus tard, seule Daphné demeura dans mes bras, qui me gardait encore en elle, tandis qu'Anna se levait et se dirigeait vers la fenêtre pour relever, d'un doigt, le store en toile, et contempler l'éclat brumeux de l'après-midi. Les enfants jouaient toujours. Il y a une école, murmura Anna, en haut de la colline. Elle rit doucement, et ajouta : *Mais qu'est-ce que je sais, moi, je vous le demande ?* C'était une des phrases-chocs empruntées à la dingue de veuve. Soudain, tout bascula dans la tristesse, la grisaille et le gâchis. Daphné appuya son visage contre mon épaule, et se mit à pleurer silencieusement. Je n'oublierai jamais ces voix d'enfants.

Ce fut une étrange confrontation, qui ne se répéta jamais. J'y repense souvent à présent, non pour d'évidentes raisons, mais parce que cette scène m'intrigue. L'acte en lui-même, le triolisme, n'avait rien de bien extraordinaire : à l'époque, tout le monde faisait ce genre de choses. Non, ce qui me frappa alors, et qui me frappe encore, c'est la curieuse passivité de mon rôle dans le déroulement de cet après-midi-là. De nous trois, c'était moi l'homme, et, pourtant, il me semblait que c'était moi que, doucement, irrésistiblement, on pénétrait. Je n'étais, dira le sage, que le lien qui leur avait permis, peu à peu, de négocier leur étreinte. C'est peut-être vrai, mais cela n'a pas grand sens, et ce n'est certainement pas l'essentiel. Je ne pouvais me défaire de la sensation que nous accomplissions un rite dont Anna Behrens était la prêtresse et Daphné, l'offrande sacrificielle, tandis que je n'étais, moi, qu'un simple instrument.

Elles me manipulaient comme un phallus de pierre, se prosternant et se contorsionnant devant moi, avec des soupirs incantatoires. Elles se...

Elles se disaient adieu. Bien sûr. Je viens tout juste de le comprendre. Elles n'étaient pas en train de se découvrir, mais de se séparer. D'où la tristesse et le sentiment de gâchis, d'où les larmes amères de Daphné. Ça n'avait rien à voir avec moi, rien du tout.

Bien, bien. C'est l'avantage de la prison, on a vraiment le temps et le loisir d'aller au fond des choses.

Je devais garder longtemps cette illusion éprouvée à la fin de notre séance sur le lit, ce jour où je les avais vues se fondre l'une dans l'autre. Encore maintenant, quand je repense à elles deux, ensemble, je vois une sorte de pièce de monnaie à deux têtes sur laquelle sont frappés leurs profils jumelés, sereins, emblématiques, le regard dans le vide, représentation stylisée de leurs vertus conjuguées – Calme et Fortitude, disons, ou, mieux encore, Silence et Sacrifice. Je me rappelle un certain moment où Anna releva sa bouche luisante, meurtrie, d'entre les cuisses de Daphné, et où, se retournant vers moi avec un petit sourire de complicité forcé, elle s'écarta pour que je pusse apercevoir la fente distendue de la fille allongée là, ouverte, complexe et innocente comme un fruit fendu en deux. Tout était contenu là, je le comprends à présent, dans ce bref interlude de renoncement et de découverte. Tout un avenir commençait là.

Je ne me rappelle pas avoir demandé Daphné en mariage. Sa main, pour ainsi dire, m'avait déjà été accordée. Nous fûmes mariés par un après-midi chaud et brumeux du mois d'août. La cérémonie fut brève et sordide. J'eus mal à la tête tout du long. Anna et un de mes collègues de l'université remplirent le rôle de témoins. Ensuite, nous regagnâmes, tous les quatre, la maison sur les collines, et bûmes un champagne bon marché. Cette réunion se solda par un ratage. Mon collègue avança une piètre excuse pour s'éclipser au bout d'une demi-heure, et nous laissa tous les trois dans un tourbillon de silence troublé. Entre nous, une foule de choses non dites se mouvaient dans l'air comme autant de poissons dangereux, glissants. Puis Anna, avec son sourire habituel, déclara qu'elle supposait que nous, les jeunes, avions envie de rester seuls, et s'éclipsa. Je me retrouvai soudain en proie à une gêne absurde. Je bondis sur mes pieds, et me mis à ramasser les cadavres de bouteilles et les verres, en évitant le regard de Daphné. Derrière la fenêtre de la cuisine, le soleil se tissait de brume. Je me postai devant l'évier pour observer les fantômes noir bleuté des arbres sur la colline, et deux grandes et grosses larmes inexplicables ourlèrent le bord de mes paupières sans vouloir tomber.

J'ignore si j'aimais Daphné à la manière dont on entend ce terme, mais ce que je sais c'est que j'aimais sa façon d'être. Y verra-t-on la marque d'une bizarrerie, d'une froideur, d'une inhumanité même, si je dis que je ne m'intéressais vraiment qu'à ce qu'elle était en surface ? Pouah ! que m'importe ce qu'on en pensera. Il n'y a pas d'autre moyen de connaître quelqu'un : c'est à la surface qu'il y a la profondeur. Daphné en train de parcourir une pièce à la recherche de ses lunettes, d'effleurer des objets d'un geste doux, pressé, de déchiffrer des choses du bout des doigts. Et sa façon de se détourner pour fouiller son porte-monnaie du regard, sourcils froncés, lèvres pincées, comme une vieille tante célibataire cherchant un shilling pour des bonbons. Sa pingrerie, ses brusques accès de cupidité, enfantins et irrésistibles. Et ce jour, il y a des années, je n'arrive plus à me souvenir du lieu, où je lui suis tombé dessus, à la fin d'une réception, qu'elle était plantée devant une fenêtre, vêtue d'une robe blanche dans la semi-clarté d'une aube d'avril, perdue dans ses rêves – rêves dont, gris et de mauvaise humeur, je la tirai sans cérémonie alors que j'aurais pu – mon Dieu ! – alors que j'aurais pu me rejeter dans l'ombre et la peindre jusqu'aux moindres, jusqu'aux plus tendres détails sur la paroi nue de l'intérieur de mon cœur où elle se serait figée, aussi éclatante que dans cette aube d'avril, ma sombre, ma mystérieuse chérie.

Nous décidâmes bientôt – tacitement, comme toujours – de quitter l'Amérique. J'abandonnai mes études, l'université, ma carrière universitaire, tout, sans presque y réfléchir, et l'année n'était pas terminée que nous faisions route vers l'Europe.

MAOLSEACHLAINN MAC GIOLLA GUNNA, mon avocat et, il insiste, mon ami, a l'art de s'appuyer, pour étayer les affaires qu'il plaide, sur ce qui relève apparemment du banal. C'est sa méthode, et, à ce propos, des anecdotes circulent dans les couloirs de la chancellerie, et sur les passerelles, ici. Les détails, les détails, voilà son obsession. C'est un homme de haute taille, lourd, gauche – des mètres, littéralement des mètres de rayures –, avec une grosse tête carrée, des cheveux en broussaille et des petits yeux hagards. Il a consacré toute sa vie à fureter dans les failles des vilaines petites tragédies d'autrui, et, à mon avis, ça lui a laissé des séquelles. Il respire la frustration. Il paraît que, devant la Cour, c'est une terreur, mais quand il s'assied à la table abîmée dans le parloir des avocats, et que je le vois, avec ses petites lunettes accrochées à sa grosse tête, penché sur ses papiers en train de coucher des notes de son écriture appliquée, qui halète un peu et se parle à voix basse, je ne peux m'empêcher de penser à un certain gros garçonnet du temps où j'allais en classe, désespérément amoureux de moi, et que j'obligeais à faire mes devoirs.

Et voici que Maolseachlainn s'intéresse beaucoup aux raisons qui, au départ, m'ont poussé à me rendre à Whitewater. Mais pourquoi n'y serais-je pas allé ? Je connaissais les Behrens – ou, du moins, Dieu m'est témoin que je connaissais Anna. J'avais été parti dix ans, je leur rendais une visite de politesse, en ami de la famille. Cependant, il semble que cela ne suffise pas. Maolseachlainn sourcille, hoche lentement la tête, et, sans même s'en rendre compte, reprend ses habitudes professionnelles. N'est-il pas vrai que j'ai quitté la maison de ma mère, dans la colère, le lendemain même de mon arrivée ? N'est-il pas exact que j'étais dans un état de vive indignation parce que j'avais appris que la collection de tableaux de mon père avait été vendue à Helmut Behrens pour une somme qui me paraissait ridicule ? Et n'est-il pas encore plus exact que j'avais déjà des raisons d'en vouloir au sieur Behrens qui avait tenté de cocufier mon père par le... Mais arrêtez là, mon vieux, m'écriai-je : ce dernier élément n'est apparu au grand jour que par la suite. Il a l'air toujours si déconfit lorsque je le stoppe net, comme ça. N'empêche, les faits sont les faits.

C'est vrai, j'ai bel et bien eu une nouvelle dispute avec ma mère, j'ai bel et bien quitté la maison dans un mouvement de colère (le chien à mes trousses, naturellement, qui essayait de me mordre les talons). Néanmoins, Binkie Behrens n'était pas à l'origine de cette scène, pas directement, en tout cas. Autant que je me souvienne, c'était la même vieille querelle : l'argent, la trahison, mon départ pour les

Etats-Unis, mon mariage, la carrière à laquelle j'avais renoncé, tout ça, les reproches habituels – et, oui, le fait qu'elle avait bradé mon patrimoine pour une kyrielle d'affreux poneys dont elle avait imaginé tirer une fortune destinée à la mettre à l'abri du besoin dans la décrépitude de sa vieillesse, cette putain de demeurée de salope. Il y avait aussi l'histoire de la Joanne. Alors que je m'en allais, je m'arrêtai et dis, en pesant mes mots, qu'il ne me paraissait guère convenable pour une femme occupant la position sociale de ma mère – sa position ! – sociale ! – de se montrer si familière avec une fille de ferme. J'avoue avoir eu l'intention de blesser, mais je crains d'avoir été le seul à me retrouver les yeux à fleur de tête. Ma mère, après un moment de silence, me regarda bien en face, avec une insouciance impudente, et déclara que Joanne n'était pas une enfant, qu'elle avait en fait vingt-sept ans. Elle est – ici, une pause, pour ménager son effet – elle est un vrai fils pour moi, le fils que je n'ai jamais eu. Eh bien, répliquai-je, en ravalant ma salive, j'en suis content pour vous deux, c'est certain ! et, blessé dans ma dignité, je sortis précipitamment de la maison. Dans l'allée, pourtant, je dus m'arrêter et attendre, pour reprendre mon souffle, que s'atténuent un peu mon indignation et ma colère. Parfois, j'ai vraiment l'impression d'être un grand sentimental.

J'arrivai à Whitewater le même soir. Je pris un taxi au village pour parcourir la dernière partie du trajet. Le chauffeur était un homme émacié, immensément grand, coiffé d'une casquette et vêtu d'un vieux costume en flanelle bleue. Il m'étudiait avec intérêt dans le rétroviseur sans trop se soucier de regarder la route devant nous. J'essayai de lui retourner un regard sinistre, mais il ne perdit pas contenance, et se contenta d'afficher un petit sourire en coin, de l'air singulièrement amical de celui qui sait. Pourquoi ai-je toujours un souvenir aussi précis de ce genre de personne ? Ces gens-là m'encombrent l'esprit, quand je relève le nez de ma page ils se pressent dans la pénombre autour de moi, silencieux, un rien curieux – soucieux peut-être même. Ils forment les témoins à charge, j'imagine, ces innocents badauds venus, sans malveillance, déposer contre moi.

Je ne peux jamais approcher de Whitewater sans un petit sursaut, involontaire, d'admiration. De la route, l'allée grimpe en une longue et profonde courbe, libre d'arbres, de sorte que la demeure donne l'impression de tourner sur elle-même, lentement, rêveusement, pour mieux dévoiler ses colonnes palladiennes. Le taxi s'arrêta sur les gravillons au pied du grand perron, et, dans le silence qui s'abattit, je me rendis compte – oui, Maolseachlainn, je l'admets – que je n'avais aucun motif valable de me trouver là. Je restai assis un moment, à regarder autour de moi, en proie à un ébahissement consterné, pareil au somnambule qu'on a tiré de son sommeil, mais, dans le rétroviseur, le chauffeur m'observait avec un profond intérêt, et je dus feindre de savoir ce que je voulais faire. Je descendis de la voiture, et me tapotai les poches en fronçant les sourcils d'un air d'importance, mais je ne pus le duper, son sourire en biais se fit plus sournois encore, et, l'espace d'une seconde, je crus qu'il allait me faire un clin d'œil. D'un ton brusque, je lui demandai d'attendre et montai les marches avec la ferme impression d'être l'objet de la risée générale.

Au bout d'un long moment, un petit vieux ratatiné et courroucé, vêtu de ce qui me parut être, au premier abord, un uniforme de receveur d'autobus, m'ouvrit la porte. Il avait, plaquées sur le crâne, de longues mèches de cheveux très noirs, pareilles à des traînées de cirage. Il posa sur moi un regard empreint d'un profond écœurement. Pas ouvert aujourd'hui, décréta-t-il, et il allait me refermer la porte au nez quand je le pris de vitesse et entrai dans le vestibule. Je jetai un coup d'œil autour de moi, me frottai les mains d'un geste lent, souriai, et jouai les expatriés de retour au pays. Ah, fis-je, ce cher vieux manoir ! Dans l'escalier, le grand Tintoret, avec ses cohortes d'anges et de martyrs aux yeux fous, me jetait au visage sa vaste palette chromatique. Derrière moi, le portier, ou ce que vous voudrez, sautillait nerveusement d'un pied sur l'autre. Je me retournai et me penchai vers lui, un rien menaçant, mais sans me départir de mon sourire, et dis que non, je n'étais pas un excursionniste, mais un ami de la famille – Mlle Behrens seraitelle chez elle par hasard ? Il hésita, toujours méfiant, puis me demanda de patienter, et détala dans le vestibule, en battant l'air d'un de ses pieds plats et en lissant avec soin ses cheveux brillantinés.

J'attendis. Hormis le tic-tac d'une grande horloge allemande du XVIIe siècle, le silence était total. Sur le mur à côté de moi, il y avait une série de six ravissantes petites aquarelles de Bonington, j'aurais pu, séance tenante, m'en coller deux sous le bras, et m'en aller. L'horloge prit une inspiration laborieuse, et sonna la demie de l'heure, et alors, de partout, de pièce en pièce, d'autres horloges lâchèrent, à leur tour, leur unique note argentine, et ce fut comme si un minuscule frémissement eût parcouru la demeure. Je regardai à nouveau le Tintoret. Il y avait un Fragonard aussi, et un Watteau. Et on n'était que dans l'entrée. Que se passait-il, qu'est-il arrivé pour qu'on laissât tout cela sans surveillance ? J'entendis le chauffeur de taxi, dehors, lancer comme à regret un petit coup de klaxon hésitant. Il avait dû penser que je l'avais oublié. (C'était le cas.) Quelque part, au fond de la maison, une porte claqua, et, une seconde plus tard, un souffle d'air froid me balaya le visage. J'avançai en faisant craquer le plancher du vestibule, oppressé par un frisson d'appréhension brûlant, presque sensuel. Je suis, au fond, un homme timide, les grandes demeures désertes m'impressionnent. L'un des personnages du Fragonard, une dame vêtue de soie, aux yeux bleus et à la lèvre inférieure charnue, qui paraissait plongée dans une réflexion catastrophée mais passionnante, m'observait du coin de l'œil. J'ouvris une porte précautionneusement. Sous ma main, le gros bouton tourna avec une douceur confiante, merveilleuse. J'entrai dans une longue pièce, étroite, haute de plafond, qu'éclairaient de nombreuses fenêtres. Le papier peint était couleur d'or terni. L'air aussi était doré, inondé de la lumière douce et dense du crépuscule. J'eus l'impression d'avoir pénétré de plain-pied dans le XVIIIe siècle. Il n'y avait guère de meubles, à peine cinq ou six – quelques chaises au dossier ajouré d'un motif lyre, délicates, un buffet raffiné, une petite table en or moulu – disposés juste comme il fallait, de sorte que c'était l'espace, la lumière même, et non les objets, qui paraissaient avoir été agencés avec soin. Je demeurai immobile, à tendre l'oreille, pour écouter quoi ? je n'en savais rien. Sur la table basse, se trouvait un grand jeu de patience compliqué, à moitié reconstitué. Certaines pièces étaient tombées par terre. Je les regardai, pareilles à des flaques d'eau sur le parquet, et, une fois encore, un vague frisson sembla parcourir la maison. A l'autre extrémité de la pièce, il y avait une porte-fenêtre grande ouverte, et un rideau de gaze ondoyait au vent. Dehors, se déployait une longue pente gazonnée où, à mi-distance, un cheval héraldique, solitaire, caracolait. Plus loin, il y avait la courbe de la rivière, aux bas-fonds clairs, et, au-delà, des arbres, et au-delà encore, de vagues montagnes, et enfin, le bleu doré, infini, de l'été. J'eus l'impression que la perspective de ce paysage avait quelque chose de faux. Les choses ne paraissaient pas se perdre dans le lointain comme elles auraient dû, mais se déployer devant moi – les meubles, la fenêtre ouverte, la pelouse, la rivière, et les montagnes en arrière-plan – comme si, au lieu d'être regardées, elles eussent elles-mêmes regardé, fixé un point prêt à disparaître, ici, à l'intérieur de la pièce. Je pivotai alors, et, tout en pivotant, je me vis en train de pivoter, comme j'ai l'impression de continuer à pivoter, comme j'imagine parfois devoir pivoter toujours, comme si c'était là ma punition, ma damnation, ce pivotement éternel, flou, essoufflé, qui m'oblige à me tourner vers elle.

Vous avez vu sa photo dans les journaux, vous savez à quoi elle ressemble. C'est une jeune femme, vêtue d'une robe noire avec un grand col blanc, debout, les mains croisées devant elle, l'une gantée, l'autre dissimulée, à l'exception des doigts, fléchis, dénués de bagues. Elle porte quelque chose sur la tête, une coiffe ou une barrette quelconque qui lui tire les cheveux en arrière et lui dégage le front. Ses yeux noirs en amande, proéminents, ont un air vaguement oriental. Elle a le nez large, les lèvres pleines. Elle n'est pas belle. Dans sa main droite, elle serre un éventail fermé, à moins qu'il ne s'agisse d'un livre. Elle se tient dans ce que je crois être l'embrasure illuminée d'une porte. On aperçoit un bout de sofa, ou de lit peut-être, recouvert de brocart. Il règne, derrière elle, une pénombre dense et pourtant mystérieusement légère. Son regard est calme, vide d'espoir, bien qu'il y ait une trace de défi, d'hostilité même, dans le modelé de sa bouche. Elle n'a pas envie d'être là, mais n'a pas le choix. La broche en or qui maintient les pans de son large col est coûteuse et laide. Tout cela, vous l'avez vu, tout cela, vous le savez. Pourtant, n'est-il pas vrai, messieurs les connaisseurs du jury, que, même en sachant tout cela, vous ne savez toujours rien, presque rien. Vous ne savez pas la fortitude et le pathétisme de sa présence. Vous n'avez pas, comme moi, fondu sur elle dans une chambre dorée, par un soir d'été. Vous ne l'avez pas serrée dans vos bras, vous ne l'avez pas vue, abandonnée, dans un fossé. Vous n'avez pas – ah non ! –, vous n'avez pas tué pour elle.

Je restai là, en contemplation, un long moment apparemment, et peu à peu une sorte de gêne s'empara de moi, une prise de conscience honteuse, brûlante, de moi-même, comme si j'étais l'objet de cette attention froide, minutieuse, moi, l'infâme tas de chair souillée. Ce n'était pas seulement le regard peint de la femme qui m'observait. Tout sur le tableau, cette broche, ces gants, la pénombre floconneuse dans son dos, le moindre point sur la toile était un œil qui me fixait sans ciller. Je reculai d'un pas, légèrement stupéfait. Alentour, le silence s'effilochait. J'entendis les vaches meugler, une voiture démarrer. Je me rappelai le taxi, et tournai les talons pour m'en aller. Une servante se tenait dans la porte-fenêtre ouverte. Elle avait dû entrer à l'instant, me voir, et, paniquée, esquivait un mouvement de recul. Elle avait les yeux écarquillés, un genou fléchi et une main levée comme pour parer un coup. L'espace d'un moment, ni elle ni moi n'esquissâmes un geste. Derrière elle, une brusque rafale de vent lissa la pente herbeuse. Nous gardâmes le silence. Puis, lentement, sans baisser la main, elle sortit à reculons, en vacillant un peu comme ses talons cherchaient en aveugle le passage dallé, à l'extérieur. Je ressentis une brève bouffée d'agacement, inexplicable – un pressentiment peut-être, zéphir isolé annonciateur de l'orage à venir. Un téléphone sonnait quelque part. Je me détournai d'un mouvement vif et quittai la pièce.

Il n'y avait personne dans le vestibule. Le téléphone continuait à sonner, avec une insistance geignarde. Je descendais les marches du perron que je l'entendais encore. Le taxi était parti, bien sûr. Je poussai un juron, et m'élançai dans l'allée caillouteuse, clopinant dans mes chaussures espagnoles aux fines semelles. Le soleil déclinant miroitait devant mon visage. Quand je me retournai pour regarder la demeure, les fenêtres flamboyaient, et semblaient me railler d'un rire gras. Je me mis à transpirer, ce qui attira les moucherons. Une fois de plus, je me demandai ce qui m'avait pris de venir à Whitewater. Je connaissais la réponse, bien sûr. C'était l'odeur de l'argent qui m'avait attiré, comme l'odeur de la sueur attirait ces fichus insectes. Je me vis alors, comme si je me voyais d'une de ses fenêtres frappées de soleil, qui m'éloignai furtivement dans la poussière, suffoquant de chaleur, mécontent, le corps alourdi par les kilos, la tête penchée, le dos gras et voûté, mon costume blanc froissé aux aisselles et déformé au derrière, silhouette risible, fleuron d'une mauvaise blague, et je m'attendris sur mon sort. Mon Dieu ! N'y avait-il donc personne pour m'aider ? Je m'arrêtai, et jetai un regard inquiet alentour comme s'il y eût quelque bonne âme cachée entre les arbres. Le silence distillait une impression de sourde délectation. Je repartis d'un pas vif, et entendis un bruit de moteur, et, peu après, une énorme limousine noire, qui balançait doucement sur ses amortisseurs, surgit au détour de l'allée, suivie par une voiture de sport rouge aux lignes pures. Les deux véhicules avançaient à une allure majestueuse, et, l'espace d'une seconde, je crus qu'il s'agissait d'un enterrement. Je me mis sur le bas-côté herbeux, mais n'en continuai pas moins à avancer. Droit comme un *i*, le chauffeur de la limousine, un homme de grande taille, aux cheveux ras, l'œil en alerte, agrippait légèrement son volant comme s'il tenait un projectile qu'il allait pouvoir arracher à son ancrage et lancer avec une précision meurtrière. A côté de lui, il y avait une silhouette ratatinée, voûtée, et tandis que le véhicule me croisait dans un ronronnement doux, j'aperçus un regard sombre, un crâne couvert de taches de pigmentation, et des mains énormes posées, l'une par-dessus l'autre, sur la crosse d'une canne. Une femme blonde portant des lunettes noires conduisait la voiture de sport. Nous nous regardâmes avec un morne intérêt, comme des étrangers, quand elle passa à ma hauteur. Je l'avais reconnue, bien sûr.

Dix minutes plus tard, j'avançais toujours péniblement, pouce tendu, quand je l'entendis stopper derrière moi. Je savais que c'était elle. Je m'arrêtai, me retournai. Elle resta assise, les poignets croisés sur le volant. L'espace d'un moment, nous nous défiâmes, sans rien dire, pour voir lequel de nous deux ferait le premier pas. Nous trouvâmes un compromis. Je me dirigeai vers la voiture, et elle sortit pour venir à ma rencontre. Je *pensais bien* que c'était toi, dit-elle. Nous sourîmes, et demeurâmes silencieux. Elle portait un ensemble crème et un chemisier blanc. Du sang maculait ses chaussures. Ses cheveux étaient plus blonds que dans mon souvenir, je me demandai si elle les teignait à présent. Je lui dis qu'elle avait l'air superbe. J'étais sincère, mais les mots me parurent sonner creux, et je rougis. Anna, dis-je. Je venais de retrouver, avec un léger choc, le souvenir du jour, longtemps auparavant, où j'avais volé l'enveloppe d'une de ses lettres à Daphné et l'avais emportée dans les toilettes pour, le cœur battant, en soulever le rabat et lécher la colle qu'elle avait léchée. Une pensée me vint à l'esprit : je l'avais aimée ! et je partis d'une sorte de rire étonné, absurde. Elle ôta ses lunettes de soleil, et me lança un regard interrogateur. Mes mains tremblaient. Viens voir mon père, dit-elle, il a besoin qu'on le réconforte.

Elle conduisait très vite, manœuvrait les commandes avec application, comme si elle cherchait à découvrir une logique, une formule secrète, cachées dans cet engrenage de petits gestes habiles. J'étais impressionné, un peu intimidé même. Elle respirait l'assurance impatiente des riches. Nous ne parlions pas. Nous arrivâmes au manoir en un clin d'œil, freinâmes dans un jet de gravillons. Elle ouvrit sa portière, s'arrêta, me regarda un moment en silence, et hocha la tête. Freddie Montgomery, dit-elle. Eh bien !

Tandis que nous montions les marches menant à la porte principale, elle glissa son bras familièrement sous le mien. Ça me surprit. Du temps où je la fréquentais, des années auparavant, elle n'était pas du genre à s'abandonner à des privautés faciles – des privautés, oui, mais pas faciles. Elle éclata de rire et dit : Mon Dieu, je suis un peu partie, je crois. Elle revenait de l'hôpital – Behrens avait fait une sorte de légère attaque. L'hôpital était en effervescence. Une bombe, placée dans une voiture garée dans une rue commerçante de la ville, avait explosé, un tout petit engin, apparemment, mais très efficace. Anna avait erré dans la salle des urgences sans que personne lui demande quoi que ce soit. Il y avait des corps allongés partout. Elle avait circulé au milieu des morts et des mourants avec l'impression d'être une survivante. Mon Dieu, Anna, fis-je. Elle eut un petit rire crispé. Quelle expérience, s'écria-t-elle – par chance, Flynn a toujours une bouteille de quelque chose dans la boîte à gants. Elle avait avalé quelques bonnes rasades, et commençait à le regretter.

Nous entrâmes. Le portier en uniforme demeura invisible. Je racontai à Anna comment il avait filé et m'avait laissé le loisir de parcourir les lieux à ma guise. Elle haussa les épaules. Elle supposait que tout le monde s'était retrouvé en bas, à regarder à la télévision les informations concernant l'attentat. Tout de même, insistai-je, n'importe qui aurait pu entrer. Pourquoi, demanda-t-elle, tu penses que quelqu'un pourrait venir poser une bombe ici ? Et elle me regarda avec un sourire amer, singulier.

Elle m'entraîna vers le salon doré. La porte-fenêtre était restée ouverte. On ne voyait pas trace de la servante. Une sorte de timidité m'interdit de tourner les yeux vers le mur, à l'autre extrémité de la salle, où le tableau penchait un peu comme s'il tendait l'oreille. Je m'assis délicatement sur l'une des chaises Louis XV pendant qu'Anna se penchait vers le buffet ouvré aux motifs compliqués et nous versait deux énormes doses de gin. Il n'y avait pas de glace, et l'eau gazeuse n'avait plus rien de pétillant, mais ça m'était égal, j'avais besoin d'un verre. De penser que j'avais été amoureux d'elle, j'étais encore sous le choc. Je me sentais ému, stupéfait, et ridiculement heureux, comme un enfant qui s'est vu offrir quelque chose de précieux pour jouer. Je me le répétai une fois de plus – je l'avais aimée ! –, essayai de murmurer ces mots rien que pour le plaisir de les entendre. Cette pensée, sublime, grandiose, et légèrement insensée, cadrait mal avec l'environnement. Anna, les deux mains serrées sur son verre, n'arrêtait pas de faire les cent pas entre ma chaise et la fenêtre. Le rideau de gaze se gonflait paresseusement à la lisière de mon champ de vision. Il y avait comme des vibrations dans l'air. Soudain, le téléphone, sur la table basse à côté de moi, se mit en branle dans un bruit fracassant. Anna décrocha d'un geste brusque et cria : Oui, oui, pardon ? Elle éclata de rire. C'est un chauffeur de taxi, me dit-elle, qui cherche à se faire régler sa course. Je pris le combiné et répondis d'un ton sec au bonhomme. Anna m'observait avec attention, avec une sorte d'amusement avide. Quand je reposai le récepteur, elle déclara gaiement : Oh, Freddie, tu es devenu tellement suffisant ! Je cillai. Comment fallait-il réagir ? je n'en savais trop rien. Son rire, son regard vitreux se teintaient d'hystérie. Mais, moi aussi, j'étais loin d'être calme. Regarde-moi ça, s'exclama-t-elle. Elle contemplait d'un air contrarié ses chaussures maculées de sang. Elle claqua de la langue, reposa son verre, et quitta la pièce d'un pas pressé. J'attendis. J'avais déjà vécu tout cela. J'allai me poster devant la fenêtre ouverte, une main dans la poche, avalai mon gin à grands traits. Suffisant, vraiment – que voulait-elle dire ? Le soleil était presque couché, des faisceaux de lumière se rassemblaient au-dessus de la rivière. Je sortis sur la terrasse. Un baume d'air doux me caressa le visage. Je me dis qu'il était vraiment étrange que je me retrouve là, comme ça, un verre à la main, dans le silence et le calme d'un soir d'été, alors qu'il y avait tant de noirceur dans mon cœur. Je me tournai et relevai la tête vers le manoir. Avec le ciel à l'arrière-plan, il donnait l'impression de voler à tire-d'aile. Je voulais ma part de cette richesse, de cette aisance dorée. Des profondeurs de la pièce, une paire d'yeux veillait, sombre, calme, aveugle.

Flynn, le chauffeur aux cheveux ras, contourna alors le bâtiment, et, tout en se dandinant sur la demi-pointe des pieds – d'une délicatesse disproportionnée à sa personne –, m'approcha avec un air de politesse sinistre un rien menaçante. Il arborait une moustache de bandit, noir bleuté, tombante, taillée avec soin, et aux bouts équarris, qui donnait l'impression d'avoir été peinte sur son large visage terreux. Je n'aime pas les moustaches. L'ai-je déjà précisé ? Elles ont quelque chose de lubrique qui me répugne. Je suis sûr que le psy de la prison saurait expliquer une telle aversion – et je suis tout aussi sûr que, dans mon cas, il se tromperait. Celle de Flynn constituait un spécimen particulièrement déplaisant, mais sa vue me mit soudain le cœur au ventre, me remonta le moral, je ne sais pourquoi. Je suivis le chauffeur avec empressement. La salle à manger était une grande caverne obscure éclairée de toutes parts par l'éclat et le chatoiement des objets précieux. Behrens entra, appuyé au bras d'Anna, longue silhouette fragile vêtue de tweeds luxueux et d'un nœud papillon. Il se déplaçait avec lenteur, mesurait ses pas. Sa tête, qui tremblotait un peu, était lisse et pointue comme un œuf desséché, prodigieux. Il devait bien y avoir vingt ans que je ne l'avais vu. J'avoue qu'à présent il m'impressionnait énormément. Il avait la patine délicate d'un bibelot travaillé avec amour, telle l'une de ces ravissantes figurines de jade, si petites qu'elles en étaient tentantes, que j'avais aperçues, rien qu'un moment auparavant, sur le manteau de la cheminée.

Il me prit la main, et la serra lentement de sa poigne d'étrangleur tout en me regardant au fond des yeux comme s'il cherchait à y retrouver l'image fugitive de quelqu'un d'autre. Frederick, dit-il de cette voix essoufflée que je lui avais toujours connue. Vous ressemblez tant à votre mère.

Nous dînâmes autour d'une table branlante dans le renfoncement d'une grande fenêtre surplombant le jardin. Les couverts n'avaient aucune valeur, les assiettes étaient dépareillées. C'était une caractéristique de Whitewater, je m'en souvenais, cette façon de vivre à la va-comme-je-te-pousse dans de drôles de recoins, à la lisière des choses. La demeure n'était pas faite pour les gens, cette magnificence ne tolérait pas leurs activités futiles. J'observai Behrens tandis qu'il coupait un morceau de viande sanguinolente. Ces mains énormes me fascinaient. Je n'arrivais pas à me défaire de la conviction qu'à une époque il avait tué quelqu'un. J'essayai de l'imaginer jeune, en pantalon de flanelle et blazer, une raquette de tennis sous le bras – *Oh, regarde, voilà Binkie !* – mais impossible. Il parlait de l'attentat. Cinq morts – à moins que ce ne fût six, maintenant ? – avec rien qu'un malheureux kilo d'explosif ! Il soupira et hocha la tête. Il paraissait plus impressionné que bouleversé. Anna ne disait pas grand-chose. Elle était pâle, et paraissait fatiguée, préoccupée. Pour la première fois, je remarquai à quel point elle avait vieilli. La femme que j'avais connue, quinze ans auparavant, était toujours présente, mais figée à l'intérieur d'une gangue plus grossière, telle l'une des amantes serties de gemmes de Klimt. Je levai les yeux vers le crépuscule d'un gris lumineux, stupéfait et obscurément fier en pensant à ce que j'avais perdu, à ce qui aurait pu être. Amoncellement de nuages, ultime enclave de ciel brillant. Soudain, un merle se mit à siffler. Un jour, je perdrais tout cela aussi, je mourrais, et c'en serait fini de tout, de ce moment estival près de cette fenêtre, à la frontière fragile de la nuit. C'était étonnant, et pourtant vrai, ça arriverait. Anna craqua une allumette et alluma une bougie sur la table, et, l'espace d'un instant, ce fut comme si quelque chose planait, oscillait dans l'air sombre, doux.

Ma mère, dis-je à Behrens, et je dus m'interrompre et m'éclaircir la gorge – ma mère vous a donné des tableaux, il me semble. Il tourna son regard de rapace vers moi. *Vendu*, répondit-il, et ce fut presque un murmure, vendu, pas donné. Il sourit. Il y eut un bref silence. Behrens paraissait très à l'aise. Il était désolé, ajouta-t-il, si j'étais venu dans l'espoir de revoir les tableaux. Il comprenait que je puisse y être attaché. Mais il s'en était défait presque immédiatement. Il sourit à nouveau, poliment. Il y avait une ou deux choses très intéressantes, fit-il, mais Whitewater ne leur aurait pas convenu.

Au temps pour toi, père, songeai-je, bravo pour ton œil de connaisseur.

Je désirais faire quelque chose pour votre mère, vous voyez, poursuivait Behrens. Elle venait d'avoir des ennuis de santé, vous savez. Je lui ai offert une somme bien supérieure à la valeur marchande des pièces – ne le lui dites pas, bien entendu. Elle voulait monter une affaire, je crois. Il se mit à rire. Quelle femme dynamique ! dit-il. Il y eut un nouveau silence. Amusé, il jouait avec son couteau, attendait la suite. Je me rendis compte, avec un certain étonnement, qu'il avait dû penser que je venais lui demander de me restituer la collection. Puis, bien sûr, je me demandai si, malgré ses dénégations, il n'avait pas triché sur le prix. Cette idée me ragaillardit énormément. Tiens, espèce de vieille canaille, me dis-je en riant intérieurement, tu es bien comme nous tous. Je regardai le profil d'Anna qui se reflétait vaguement dans la vitre devant moi. Et elle, qu'était-elle, sinon une vieille fille décrépite, avec ses rides et ses cheveux teints – sans doute Flynn la saute-t-il une ou deux fois par mois quand il a fini de laver la voiture et avant d'aller se faire tailler la moustache chez le barbier. Qu'ils aillent tous au diable ! Je me remplis un plein verre de vin, en renversai un peu sur la nappe, et m'en réjouis. Oh ! que de noir, que de noir.

Je pensai qu'on allait me proposer de passer la nuit à Whitewater, mais, le café terminé, Anna nous pria de l'excuser un instant, et revint une minute plus tard en déclarant qu'elle avait appelé un taxi. Ça m'irrita. J'avais fait tout ce chemin pour venir les voir, et ils ne m'offraient même pas un lit. Un vilain silence tomba. Behrens, sur mes prières, avait discouru sur les peintres hollandais. Mon imagination m'avait-elle joué un tour, ou m'avait-il regardé avec un sourire narquois quand il m'avait demandé si j'avais fait un tour dans la pièce donnant sur le jardin ? Avant que j'eusse compris qu'il parlait du salon doré, il était passé à autre chose. A présent, assis, à dodeliner de la tête, la bouche entrouverte, il considérait la flamme de la bougie d'un œil terne. Comme s'il allait reprendre la parole, il leva la main, mais la laissa retomber avec lenteur. Les phares d'un véhicule balayèrent la fenêtre, et un klaxon retentit. Behrens ne se leva pas. Quel plaisir de vous avoir revu, murmura-t-il en me tendant sa main gauche. Quel plaisir.

Anna me raccompagna jusqu'à la porte d'entrée. J'avais, je ne sais pourquoi, l'impression de m'être couvert de ridicule, mais de quelle façon ? je ne le comprenais pas très bien. Dans le vestibule, le bruit de nos pas résonnait bruyamment, vacarme confus et un peu absurde. C'est la nuit de congé de Flynn, dit Anna, sinon je lui aurais demandé de te reconduire. Je répondis d'un ton pincé que ce n'était pas grave. Je me demandais si nous étions bien les deux mêmes personnes qui avaient roulé avec Daphné, nus, sur un lit, par un chaud dimanche après-midi, sur l'autre berge du monde, sur l'autre berge du temps. Comment avais-je pu imaginer l'avoir jamais aimée. Ton père a l'air en forme, dis-je. Elle haussa les épaules. Oh, fit-elle, il va mourir. A la porte, je ne sais pas ce qui me passa par la tête, je cherchai sa main, et essayai de l'embrasser. Elle se recula vivement, et je manquai tomber. Le taxi se remit à klaxonner. Anna ! m'écriai-je, sans rien trouver à ajouter. Elle partit d'un rire froid. Rentre chez toi,

Freddie, ajouta-t-elle avec un pâle sourire, et, lentement, elle me referma la porte au nez.

Je savais, bien sûr, qui conduisait le taxi. Taisez-vous, lui lançai-je d'une voix sévère, pas un mot ! Il me regarda dans le rétroviseur d'un œil accusateur, lugubre, et nous descendîmes l'allée en bringuebalant. Je me rendis compte que je n'avais nulle part où aller.

Nous sommes en septembre. Ça fait deux mois que je suis ici. J'ai l'impression que ça fait plus longtemps. L'arbre que j'aperçois de la fenêtre de ma cellule a un aspect gris poudreux, il ne va pas tarder à jaunir. On dirait qu'il en tremble à l'avance, la nuit, j'ai l'impression de l'entendre bruire d'agitation, dehors, dans le noir. Au matin, le ciel est splendide, immensément haut et clair. J'aime à regarder s'amonceler et se disperser les nuages. Quelle tâche délicate, colossale. Aujourd'hui, il y avait un arc-en-ciel, j'ai éclaté de rire, comme à une blague absurde, merveilleuse. De temps à autre, des gens surgissent, passent sous l'arbre. Ce doit être un raccourci, ce chemin. A neuf heures, surviennent les employées de bureau avec leurs cigarettes et leurs coiffures tarabiscotées, et, un peu plus tard, les ménagères rêveuses traînant leurs cabas et leurs bébés. A seize heures, tous les après-midi, un écolier vient musarder par là, qui porte, comme une bosse sur le dos, un énorme cartable. Les chiens se manifestent aussi, ils arrivent à toute allure, l'air déterminé, s'arrêtent, lèvent la patte sur l'arbre un bref instant, et repartent.

Toutes ces vies, toutes ces vies. Ces derniers temps, depuis que nous avons commencé à changer de saison, on jurerait que tous, même l'écolier, se déplacent d'un pas plus léger, aérien, comme s'ils volaient dans l'air bleu transparent de l'automne.

A cette époque de l'année, je rêve souvent de mon père. C'est toujours le même rêve, même si les détails varient. Le protagoniste est bien mon père, mais il ne ressemble pas du tout à l'homme que j'ai connu. Il est plus jeune, plus robuste, plein d'entrain, il a un humour cocasse. Moi, j'arrive dans un hôpital, ou dans quelque grande institution du même genre, et, après de longues recherches et de nombreux imbroglios, je le trouve, assis dans un lit, une tasse de thé fumant à la main. Il a les cheveux en bataille, comme un jeune garçon, et porte un pyjama qui ne lui appartient pas. Il m'accueille avec un sourire timide. Spontanément, parce que je suis bouleversé, que j'ai été si inquiet, je l'étreins avec ferveur. Il subit avec équanimité ces manifestations d'émotion inhabituelles, en me tapotant l'épaule, en riant un peu. Puis, je m'assieds sur une chaise à côté du lit, et nous demeurons silencieux un moment sans savoir que faire, ni où poser les yeux. A ce que je comprends, il a survécu à quelque chose, à un accident, ou à un naufrage, ou à une maladie hectique. D'une façon ou d'une autre, c'est sa propre imprudence, sa témérité (mon père, téméraire !) qui l'ont mis en danger, et, maintenant, il se trouve stupide, et, si comique que cela puisse paraître, il a honte de lui. Dans ce rêve, c'est toujours moi qui le sauve de justesse, en donnant l'alarme, en appelant l'ambulance, en sortant le canot de sauvetage, quelque chose de ce genre. Mon acte pèse entre nous, énorme, difficile à appréhender, pareil à l'amour, preuve enfin d'un vrai respect filial. Je m'éveille en souriant, le cœur gonflé de tendresse. Je croyais que, dans ce rêve, c'était de la mort que je le tirais, mais, ces derniers temps, j'ai commencé à penser qu'en réalité, j'étais en train de défaire, d'un seul coup, la longue calamité qu'avait été sa vie. A présent, il va peut-être me falloir accomplir une autre tâche, similaire. On m'a en effet annoncé, aujourd'hui, la mort de ma mère.

Quand le taxi atteignit le village, le dernier bus assurant la liaison avec la ville était déjà parti, ainsi que me l'avait prédit mon chauffeur, avec un plaisir mélancolique. Nous restâmes à l'intérieur de la voiture, moteur ronflant, dans la grand-rue mal éclairée, à côté d'une quincaillerie. Le chauffeur se retourna, souleva sa casquette pour, d'un doigt, se gratter la tête un bref moment, puis se rassit normalement en attendant de voir ce que j'allais faire. Une fois de plus, je fus frappé par la façon dont ce genre de personne vous fixait, par la candeur brute, lourde, de leur intérêt. Je ferais mieux de lui donner un nom – Reck*, j'en ai peur – parce que je vais devoir le supporter encore un moment. Il

* Reck signifie chauffard. *(N.d.T.)*

m'accompagnerait volontiers jusqu'à la ville, dit-il. Je refusai d'un signe de tête : il y avait une bonne cinquantaine de kilomètres à parcourir, et je lui devais déjà de l'argent. Sinon, ajouta-t-il avec un sourire horriblement patelin, sa mère pouvait peut-être m'héberger – à ce qu'il semblait, Mme Reck tenait un pub avec une chambre à l'étage. Cette suggestion ne me tentait pas, mais la rue était sombre, il y régnait un silence sinistre, et ces outils en vitrine avaient quelque chose de très déprimant, et, oui, répondis-je d'une voix éteinte en portant la main à mon front, oui, emmenez-moi chez votre mère.

Mais elle n'était pas là, dormait, ou je ne sais quoi, et c'est Reck lui-même qui me guida dans l'escalier de service qu'il monta sur la pointe des pieds, comme une grosse araignée aux pattes branlantes. Dans la chambre éclairée par une petite fenêtre basse, il y avait une chaise, et un lit creusé en son milieu comme si on venait tout juste d'en enlever un cadavre. Il flottait une odeur de pisse et de bière brune. Reck restait sur place, à me sourire d'un air timide, à triturer sa casquette entre ses mains. Je lui souhaitai bonne nuit d'un ton ferme, et il se retira en prenant tout son temps. La dernière chose que je vis de lui fut une main osseuse qui refermait lentement la porte sur lui. J'arpentai une ou deux fois la pièce avec précaution, fis craquer le plancher. Me suis-je tordu les mains de désespoir, je me le demande ? La fenêtre basse et le matelas défoncé bousculaient, de façon vertigineuse, mon sens des proportions, j'avais l'impression d'être trop grand, d'avoir des pieds gigantesques. Je m'assis sur le bord du lit. Une vague lueur éclairait encore la fenêtre. En me penchant, je pouvais apercevoir, sur le côté, un pot de cheminée tordu et des silhouettes d'arbres. Je me sentais l'âme d'un ténébreux héros de roman russe, à ruminer dans mon trou à rat au-dessus du débit de boissons du village de Trait, en l'an de grâce Point, avec mon histoire devant moi, qui attendait d'être contée.

Je ne fermai pas l'œil de la nuit. Les draps étaient humides et un peu glissants, et j'avais la conviction que je n'étais pas le premier à virer et à tourner dedans, depuis leur dernier nettoyage. Je m'efforçai de rester tendu comme un ressort, de façon à subir leur contact au minimum. Au loin, une cloche d'église, particulièrement lugubre, marquait les heures. Comme toujours, partout, les chiens aboyaient, le bétail meuglait. D'entendre mes soupirs furieux m'agaçait. De temps à autre, une voiture ou un camion passait, et un dessin géométrique glissait rapidement sur le plafond et sur les murs avant de se fondre dans un coin. J'avais furieusement soif. Des rêves éveillés m'assaillaient de visions obscènes et grotesques. A un moment où j'allais m'endormir, j'eus soudain l'impression horrible que je tombais, et je m'éveillai en sursaut. J'avais beau essayer de la chasser de mon esprit, je ne cessais de penser à Anna Behrens. Que lui était-il arrivé pour qu'elle se cloîtrât dans ce lugubre musée, avec, pour seule compagnie, un vieillard à l'agonie ? Mais il ne s'était peut-être rien passé, peut-être l'histoire s'arrêtait-elle là ? Peut-être les jours s'étaient-ils bornés à passer, un à un, sans bruit, jusqu'à ce qu'il fût trop tard, et qu'elle se fût réveillée un matin, complètement prisonnière de sa vie. Je l'imaginai là-bas, triste et solitaire, envoûtée dans son château magique, année après année, et – oh, toutes sortes d'aberrations me vinrent à l'esprit, je me sens trop gêné pour en parler. Et, tandis que je pensais à tout cela, une autre idée, à un niveau autrement plus ténébreux, allait dévidant son noir écheveau. Ce fut donc à partir de rêveries où se mêlaient confusément chevalerie errante, délivrance et récompense que naquit mon plan. Je vous assure, monsieur le juge, ma remarque n'a rien d'un artifice visant à me disculper : je ne cherche qu'à expliquer mes motivations, je veux dire les plus profondes, si une telle chose est possible. Tandis que les heures s'égrenaient, que les étoiles scintillaient derrière la petite fenêtre, puis, lentement, s'éteignaient à nouveau, Anna Behrens en vint à se confondre, dans mon esprit, avec les autres femmes dont j'avais en quelque sorte la responsabilité – Daphné, bien sûr, et ma mère aussi, et même la fille de ferme – mais, à la fin, quand l'aube se leva, ce fut l'héroïne hollandaise du tableau de la pièce donnant sur le jardin qui plana au-dessus de mon lit et me fixa d'un œil sceptique, curieux et calme. Je me levai, m'habillai, m'assis sur la chaise près de la fenêtre, et regardai la lumière cendreuse du jour descendre sur les toits et se couler entre les arbres. Les pensées se pressaient dans ma tête, le sang pétillait dans mes veines. Je savais maintenant ce que j'allais faire. J'étais surexcité, et, en même temps, j'éprouvais une terreur profonde. Il y eut du remue-ménage au rez-de-chaussée. Moi, j'avais envie d'être dehors, dehors, pour vivre et agir. J'allais quitter la pièce, mais je me ravisai, et m'allongeai un moment sur le lit afin de me calmer, et sombrai aussitôt dans un sommeil terrible et profond. Comme si on m'avait assommé. Je ne peux décrire ce qui s'est passé. Ça ne dura pas plus d'une minute ou deux. Je m'éveillai en tremblant. C'était comme si le cœur même des choses avait, l'espace d'un instant, cessé de battre. Ce fut ainsi que cette journée commença, comme elle allait se poursuivre, dans l'horreur.

Mme Reck était grande et mince. Non, elle était petite et boulotte. Elle ne m'a pas laissé un souvenir très précis. Je n'ai pas envie de me souvenir d'elle avec trop de précision. Pour l'amour de Dieu, combien de ces grotesques suis-je censé inventer ? Je la ferai citer comme témoin, et vous pourrez vous charger vous-même de ce travail. Au début, je la crus souffrante, mais elle était seulement affligée d'une timidité terrible qui lui nouait la langue, la contraignait à baisser la tête, et la faisait tressaillir. Elle me servit des saucisses, des tranches de lard et du boudin noir derrière le bar (le bourreau se prenait un solide petit déjeuner). Un silence touffu emplissait la pièce. Je m'entendais déglutir. Des ombres pendaient le long des murs comme des toiles d'araignée aux allures de frondes. On voyait, peinture en dures nuances cramoisi et crème, un Jésus au cœur ruisselant de sang, ainsi que la photographie de je ne sais quel pape en train de bénir les foules du haut d'un balcon du Vatican. Une sensation de mélancolie me tordit la poitrine, pareille à une brûlure. Reck apparut, en bretelles et manches de chemise, et me demanda timidement si tout allait bien. Epatant, dis-je d'un ton énergique, épatant ! Il me regarda en souriant tendrement, avec une sorte de fierté heureuse. J'aurais pu être une plante qu'il eût fait pousser en l'espace d'une nuit. Ah, ces pauvres hères, si nombreux, sur lesquels j'ai laissé mon empreinte baveuse. Pas une fois il n'avait fait allusion aux petites sommes que je lui devais – au téléphone, il m'avait même présenté des excuses pour ne pas m'avoir attendu. Je me levai, passai devant lui, et sortis de la pièce. Je vais juste faire un petit tour, dis-je, histoire de respirer un peu d'air frais. Je sentais mon sourire horrible, pareil à quelque chose de poisseux qui m'eût dégouliné sur le visage. Il hocha la tête, et une légère ombre de tristesse courut sur son front et sur son museau de mouton. Vous saviez que j'allais lever le pied, n'est-ce pas ? Pourquoi ne pas m'avoir retenu ? Je ne comprends pas ces gens-là. Je l'ai déjà dit. Je ne les comprends pas.

Le soleil brillait à travers une brume qui allait s'effilochant. Il était encore ridiculement tôt. Crispé d'impatience, je descendis la grand-rue d'un côté, la remontai de l'autre. Il y avait peu de monde dehors. D'où vient cette idée qui veut que les gens de la campagne soient des lève-tôt ? Une camionnette passa, traînant derrière elle une remorque avec un cochon dedans. Au bout de la rue, il y avait un pont qui enjambait un ruisseau brun et peu profond. Je m'assis sur le parapet et regardai l'eau un moment. J'avais besoin de me raser. J'envisageai la possibilité de retourner auprès de Reck pour lui emprunter un rasoir, mais je n'étais pas ruffian au point d'avoir une telle effronterie. Il faisait déjà chaud. Je commençai à me sentir le cerveau vide, là, au soleil, à observer l'eau qui ondoyait et gargouillait en dessous de moi. Peu après, un grand vieillard survint, qui entreprit de me parler d'un ton sérieux. Il portait des sandales et un imperméable déchiré posé sur l'épaule comme un tartan irlandais, et s'appuyait sur un gros bâton de pèlerin. Il avait les cheveux longs, la barbe emmêlée. Pour je ne sais quelle raison, je me surpris à imaginer sa tête servie sur un plateau. Il s'exprimait avec calme, d'une voix forte, puissante. Je ne comprenais pas un mot de ce qu'il disait – il semblait avoir perdu le pouvoir d'articuler – et, pourtant, je trouvais qu'il y avait quelque chose de curieusement touchant dans la façon dont il se tenait, appuyé sur son bâton de route, un genou fléchi, les yeux rivés sur moi, pour m'énoncer son testament. J'observais le mouvement de ses lèvres dans les broussailles de sa barbe, et hochais la tête, lentement, avec sérieux. Les fous ne me font pas peur, pas plus qu'ils ne me mettent mal à l'aise. En fait, leur délire m'apaise. Je crois que c'est parce que tout, depuis l'explosion d'une nova jusqu'à la chute d'une poussière dans une pièce déserte, leur paraît aussi riche de sens, et donc absurde. Il acheva son discours, et continua à me regarder, en silence, un moment. Puis il hocha la tête d'un air grave, et, sur un dernier coup d'œil éloquent, il tourna les talons, et s'engagea sur le pont.

Monsieur le juge, j'ai parlé d'un plan, je le sais, mais il ne s'agissait d'un plan qu'au sens large du terme. Je n'ai jamais été très doué pour les détails. Dans la nuit, quand l'œuf s'est ouvert, et que la chose a commencé à déployer ses ailes fragiles, collantes, je me suis dit qu'au matin, lorsque la vraie vie reprendrait ses droits, je rirais d'une idée aussi saugrenue. Et j'ai ri, en effet, même si ce fut d'une façon quelque peu pensive, et j'ai la conviction, la conviction sincère, que si je ne m'étais pas retrouvé coincé dans ce trou à rat, sans rien pour meubler le temps que mes sombres pensées, rien de tout cela ne se serait produit. J'aurais été voir Charlie French, je lui aurais emprunté un peu d'argent, j'aurais regagné l'île et réglé ma dette envers le *señor* Aguirre, puis j'aurais récupéré ma femme et mon fils, je serais revenu chez moi, à Coolgrange, j'aurais fait la paix avec ma mère, je me serais installé, je serais devenu un hobereau comme mon père, et j'aurais vécu heureux. Ah...

Qu'est-ce que je disais ? Mon plan, oui. Monsieur le juge, je ne suis pas un cerveau. Les journaux, qui se sont immédiatement beaucoup déchaînés – c'étaient les vacances, après tout, et je leur ai fourni la matière d'un superbe feuilleton –, m'ont dépeint comme une brute irréfléchie en même temps qu'un salopard blond à la volonté de fer, implacable, minutieux. Mais je le jure, tout cela n'a relevé que d'une impulsion, comme le reste. Je suppose que j'ai commencé par jouer avec cette idée, en me la racontant comme une sorte d'histoire, tandis que j'étais allongé là, prince au bois rêvant, dans la maison de pain d'épice de mère Reck, et que les étoiles innocentes se pressaient, muettes, à la fenêtre. Au matin, je me levai et la brandis dans la lumière, et déjà elle avait commencé de durcir, de prendre forme. Si étrange que cela puisse paraître, j'avais l'impression d'avoir à évaluer, à tester l'œuvre de quelqu'un d'autre. Ce processus de distanciation semble avoir constitué un préliminaire fondamental à l'accomplissement de l'acte. Peut-être cela explique-t-il la sensation singulière qui me submergea, là, sur ce pont, au-dessus de ce ruisseau gargouillant. C'est difficile à décrire. J'avais l'impression d'être quelqu'un de complètement différent. C'est-à-dire, je connaissais parfaitement ce grand blond, un peu rond, assis là dans son costume fripé à se tourner les pouces d'un air contrarié, et, en même temps, c'était comme si mon moi – le vrai moi sensible et pensant – se fût retrouvé en quelque sorte prisonnier à l'intérieur d'un corps qui ne lui appartenait pas. Mais non, ce n'est pas tout à fait cela. Car je ne connaissais pas davantage la personne qui se trouvait à l'intérieur, je la connaissais même bien moins, et de loin, que la créature physique. Cela n'est pas clair, je le sais. Je veux dire que mon *moi* ne connaissait pas l'être de l'intérieur, mais à quelle version de mon *moi* fais-je allusion ? Non, ce n'est pas clair du tout. Mais cette sensation n'avait rien de neuf. J'ai toujours eu l'impression de – quel est le terme ? – de me dédoubler, c'est cela. Ce jour-là, cependant, ce sentiment était plus fort, plus marqué que d'habitude. Bunter était nerveux, impatient de sortir. Il était enfermé depuis si longtemps, à débiter des inepties, à marmonner et à grogner des menaces, à l'intérieur, et je savais que, lorsqu'il finirait par sortir, il n'arrêterait pas de s'exprimer. La tête me tournait. Des nausées grises me tordaient les entrailles. Je me demande si la Cour se rend compte de l'état de nervosité dans lequel je me trouvais, non seulement ce jour-là, mais durant toute cette période ? De méchantes gens retenaient en otage ma femme et mon enfant, j'étais pratiquement sans le sou, il me restait encore deux mois à attendre avant de toucher l'allocation trimestrielle que je percevais sur la maigre somme d'argent que m'avait laissée mon père, et j'étais là, après une nuit épouvantable, les yeux rouges, pas rasé, enlisé au milieu de nulle part à envisager des actions désespérées. Comment la tête me m'aurait-elle pas tourné, comment aurais-je pu ne pas être victime de violents haut-le-cœur ?

Puis mon intuition me prévint que le village derrière moi revenait paresseusement à la vie, et je remontai la grand-rue, l'œil ouvert, au cas où j'aurais rencontré cet importun de Reck, ou, pis, la mère de

Reck. C'était une matinée ensoleillée, encore lourde de rosée, et un peu ahurie comme si sa jeunesse la grisait. Il y avait des taches d'humidité sur les trottoirs. La journée s'annonçait radieuse. Oh oui, radieuse.

Il fallut que je me retrouve en face de la quincaillerie devant laquelle Reck avait arrêté le taxi, la nuit précédente ; que je comprisse que je l'avais cherchée. Mon bras se tendit, ouvrit la porte, une cloche tinta, mes jambes me portèrent à l'intérieur.

Pénombre, odeur de paraffine et d'huile de lin, grappes d'outils pendant du plafond. Un vieux bonhomme un peu déplumé, petit et trapu, balayait le sol. Il portait des pantoufles en tapisserie, et une blouse de travail cannelle comme je n'en avais pas vu depuis mon enfance. Il sourit, m'adressa un signe de tête, et abandonna son balai. Il ne dit pas un mot, cependant – étiquette professionnelle oblige –, jusqu'à ce qu'il eût pris position derrière le comptoir, en appui sur les bras, penché en avant, la tête de côté. Je me dis que des lunettes cerclées de métal auraient complété le tableau. Il me plut immédiatement. Bien le bonjour, monsieur, me lança-t-il d'une voix guillerette, aguichante. Je me sentais déjà mieux. Il était poli juste comme il fallait, sans obséquiosité déplacée, et sans l'ombre d'une curiosité indiscrète. J'achetai une pelote de ficelle, et un rouleau de papier kraft. Et aussi une glène de corde – roulée, je me rappelle, en cylindre serré comme la corde du bourreau – en bon chanvre lisse et solide, pas de ces machins modernes en fibres de plastique.

Ce que je comptais faire avec ce matériel, je n'en savais trop rien. La corde, par exemple, relevait d'une pure faiblesse. Ça m'était égal. Il y avait des années – des décennies – que je n'avais éprouvé un plaisir aussi gourmand, aussi simple. Tout en chantonnant entre ses dents, en souriant, en retroussant ses lèvres en une moue approbatrice, le commerçant posa amoureusement mes achats devant moi, sur le comptoir. C'était l'heure de la détente. Dans ce monde réinventé, je pouvais avoir tout ce que je voulais. Une scie à tenons, par exemple, avec un manche en bois de rose. Un jeu de tisonniers en laiton avec des poignées en forme de singe accroupi. Ce seau blanc émaillé, avec, sur le côté, une ombre bleu chair, délicate. Oh, tout ! Puis je repérai le marteau. Une pièce en acier inoxydable, polie, moulée, pareille au fémur d'un animal véloce, avec une poignée en caoutchouc noir velouté, et une tête et un arrache-clou bleutés. Je ne suis foncièrement pas doué pour le bricolage, je ne pense pas être capable d'enfoncer un clou droit, mais j'avoue que j'ai toujours eu le désir secret de posséder un marteau comme ça. Les rires redoublent dans l'assistance, bien sûr, ces gros rires obscènes des prétendus sages qui remplissent la salle d'audience. Mais j'insiste, monsieur le juge, et messieurs les dignes bricoleurs du jury, j'insiste, c'était un désir innocent, un souhait, une furieuse envie, qui émanaient de l'enfant spolié – pas Bunter, pas lui, mais le vrai fantôme perdu de mon enfance –, de posséder ce jouet merveilleux. Pour la première fois, mon parrain de conte de fées hésita. Il y a d'autres modèles, se risqua-t-il à dire, moins – un murmure bruyant, précipité –, moins coûteux, monsieur. Mais non, non, je ne pouvais y résister. Il me le fallait. Celui-là. Oui, celui-là, là, avec l'étiquette dessus. Pièce à conviction A, en d'autres termes.

Je sortis du magasin en trébuchant, mon paquet sous le bras, le regard trouble et un sourire aux lèvres, heureux comme un écolier ivre. Le commerçant se planta derrière sa porte pour me regarder partir. Il m'avait serré la main d'une façon bizarre, cryptique. Peut-être était-il franc-maçon, et me testait-il pour voir si je n'appartenais pas, moi aussi, à la fraternité ? – mais non, je préfère penser que c'était simplement un homme gentil, brave, qui avait les meilleures intentions du monde. Il n'y en a pas beaucoup comme lui, dans ces aveux.

J'avais désormais l'impression de connaître le village. J'avais en fait l'impression d'être déjà venu là, et même d'avoir déjà erré sans but dans le petit matin, de m'être assis sur le pont, et d'être entré dans un magasin pour y acheter tous ces articles. A cela, je n'ai pas d'explication : ce n'était qu'une impression. Comme si j'eusse fait un rêve prophétique que j'eusse ensuite oublié, et qu'à travers tout cela, la prophétie se révélât vraie. Mais, dès cet instant, un je-ne-sais-quoi de ce sentiment d'inéluctable entacha tout ce que je fis ce jour-là – attention, dans mon vocabulaire, inéluctable ne signifie pas excusable. Non vraiment, un puissant mélange de sang calviniste et catholique court dans mes veines.

Il me vint brusquement à l'esprit, avec une joyeuse légèreté, que c'était le jour de la Saint-Jean.

Ce pays est merveilleux, un homme doté d'un accent décent peut y faire pratiquement n'importe quoi. Je pensais me diriger vers l'arrêt de bus, voir s'il y avait un bus en direction de la ville, mais au lieu de cela – l'inéluctable allait en empirant – je me retrouvai devant un garage délabré sur la place du village. Un garçon en salopette crasseuse, dix fois trop petite pour lui, déplaçait des pneus, et sifflait faux, la bouche de traviole. Cloué au mur au-dessus de sa tête, un panneau en tôle ondulée rouillée annonçait : *Voitures à louer Melmoth.* Le garçon s'arrêta pour me regarder d'un œil vide d'expression. Il ne sifflotait plus, mais ses lèvres étaient toujours plissées. Voiture à louer ? dis-je en pointant le panneau, c'est ça ? Je tournai un invisible volant. Il ne répondit rien, se contenta de froncer les sourcils en signe de profonde perplexité, comme si je lui avais demandé quelque chose de totalement incongru. Puis une femme trapue, à la poitrine opulente, sortit de la caisse, et l'apostropha avec rudesse. Elle portait un chemisier pourpre, un pantalon noir collant, et des sandales à hauts talons. Ses cheveux, aile de corbeau, étaient remontés en brioche sur le haut du crâne, et des bouclettes lui retombaient sur les côtés. Elle me faisait penser à quelqu'un, mais à qui ? je ne me le rappelais pas. Elle me guida vers le bureau où, dans un sursaut, je repérai, parmi toute une collection de cartes postales de mauvais goût, punaisées derrière sa table de travail, une vue de l'île, du port et du bar même où j'avais, pour la première fois, rencontré Randolph l'Américain. Ce fut effrayant, ce présage, cet avertissement peut-être. La femme m'étudiait des pieds à la tête avec une sorte de méfiance larvée. Dans un nouveau tressaillement, je compris à qui elle me faisait penser : à la mère du bébé braillard dans l'appartement du *señor* Aguirre.

La voiture était une Humber, un grand modèle, haut sur pattes, lourd, pas assez ancien pour se voir classer dans ce qu'on appelle les véhicules de collection, juste irrémédiablement démodé. Elle paraissait avoir été conçue pour une époque plus innocente, plus simple que celle-ci, une époque peuplée par une race de grands enfants. La garniture intérieure distillait une vague odeur fécale. Je traversai le village, calmement, en troisième, perché au-dessus de la route comme si j'eusse circulé en palanquin. Le bruit du moteur évoquait de sourds applaudissements. J'avais laissé cinq livres en caution, et signé un document au nom de Smyth (le *y* me semblait être un détail diaboliquement malin). La femme n'avait même pas demandé à voir un permis de conduire. Comme je le dis, c'est un pays merveilleux. Je me sentais extraordinairement gai.

A propos de balades, je suis allé aux funérailles de ma mère, aujourd'hui. Trois policiers en civil m'ont emmené dans une voiture à deux portes, j'étais très impressionné. Nous avons traversé la ville à une allure folle, toutes sirènes hurlantes, comme lors de mon arrestation, mais à l'envers. Un matin vivifiant, ensoleillé, charmant ; dans l'air, une pâle fumée ; sur les trottoirs, quelques feuilles déjà tombées. J'étais en proie à des émotions qui se mêlaient de façon très bizarre – une certaine inexpérience, bien sûr, une certaine souffrance, mais de la joie, aussi, et une pointe de chagrin qui, pourtant, n'allait pas sans douceur. Je ne pleurais pas seulement sur ma mère, peut-être ne la pleurais-je pas du tout, mais sur les choses en général. Peut-être n'était-ce que la classique mélancolie de septembre à laquelle les circonstances prêtaient un caractère inhabituel. Nous longeâmes la rivière sous un ciel où s'amoncelaient des cohortes de nuages hollandais, puis nous bifurquâmes vers le sud, et traversâmes des banlieues feuillues. La mer me surprit, comme toujours, vasque de métal bleuté en mouvement d'où la lumière s'élève en paillettes. Les trois agents fumaient cigarette sur cigarette avec un zèle acharné, comme si cela faisait partie de leur mission. L'un d'eux m'en offrit une. Je n'ai pas ce vice-là, répondis-je, et ils émirent un rire poli. Ils paraissaient gênés, et ne cessaient de jeter des coups d'œil méfiants par la fenêtre, comme si on les eût obligés à faire une sortie en compagnie d'un proche célèbre et dépravé, et qu'ils eussent peur que quelqu'un de leur connaissance ne les vît. A présent, nous étions en pleine campagne, les champs disparaissaient encore sous la brume, et les haies étaient trempées. On l'enterrait dans la concession familiale du vieux cimetière de Coolgrange. Je ne fus pas autorisé à descendre de voiture, ni même à baisser ma vitre. J'en fus secrètement heureux, car, d'une certaine façon, je n'arrivais pas à m'imaginer faisant irruption, tout à trac, dans le monde. Le chauffeur se gara aussi près que possible de la tombe, et je demeurai assis dans un brouillard de fumée de cigarettes, à observer le bref petit drame rebattu qui se déroulait derrière la vitre enfumée, au milieu des pierres tombales inclinées. Il n'y avait guère de monde pour l'accompagner à sa dernière demeure : une tante ou deux, et un vieillard qui, des années auparavant, avait travaillé au service de mon père. Vêtue d'un pull-over rugueux et d'une vilaine jupe, la Joanne était là, bien sûr, les yeux rouges, le visage bouffi et marbré de rougeurs. Charlie French se tenait un peu en retrait, les mains gauchement jointes. Je fus surpris de le voir. C'était gentil de sa part d'être venu, courageux aussi. Ni lui ni la fille ne tournèrent les yeux dans ma direction, pourtant ils avaient dû sentir le poids de mon regard humide. Le cercueil me parut étonnamment petit, il restait de la place à revendre quand on le descendit dans le trou. Pauvre mam. Je n'arrive pas à croire qu'elle est partie, je veux dire que je n'ai pas encore pris conscience de ce fait. Comme si, d'une certaine façon, on l'eût embarquée pour pouvoir passer à quelque chose de plus important. Bien sûr, l'ironie de la situation ne m'échappe pas : si seulement j'avais patienté quelques mois, il n'y aurait pas eu besoin de – mais non, ça suffit. Ils liront le testament sans moi, ce n'est que justice. La dernière fois que je l'ai vue, je me suis disputé avec elle. C'était le jour où je suis allé à Whitewater. Elle n'est pas venue me voir en prison. Je ne le lui reproche pas. Je ne lui ai même pas amené l'enfant. Elle n'était pas aussi dure que je l'imaginais. Est-ce que j'ai brisé sa vie, à elle aussi ? Toutes ces femmes mortes.

Quand la cérémonie prit fin, Charlie passa devant la voiture tête baissée. Il parut hésiter, mais se ravisa, poursuivit sa route. Je crois qu'il m'aurait parlé, n'eût été la présence des policiers, et de mes tantes, en émoi, derrière lui, et, oh, l'horreur générale.

Voilà donc que je m'éloigne du village, au volant de l'Humber Hawk, un sourire idiot plaqué sur le visage. J'avais l'impression, injustifiée, de me soustraire à tous mes ennuis, je les voyais se fondre dans l'espace et le temps comme le village lui-même, étrange confusion de problèmes qui s'estompaient peu à peu. Si je m'étais arrêté un moment pour réfléchir, j'aurais, bien entendu, compris que ce n'était pas mon fatras de soucis que je laissais derrière moi, comme je me le figurais naïvement, mais, au contraire, une foule de preuves aussi claires et nettes qu'une touffe de cheveux emmêlés, qu'un échantillon de sang. J'avais décampé de chez maman Reck sans régler le prix de mon hébergement, j'avais acheté un attirail de voleur au magasin du village, et maintenant j'avais pratiquement volé une voiture – et tout cela à moins de dix kilomètres du lieu qui ne tarderait pas à être connu comme la scène du crime. La Cour en conviendra, ces actes ne témoignent guère d'une froide préméditation. (Pourquoi faut-il qu'une fois sur deux mes déclarations ressemblent au préambule astucieux d'un appel à la clémence ?) Le fait est que je ne réfléchissais pas du tout, pas au sens où on entend le terme “réfléchir”. Une main sur le volant, et un coude à la fenêtre, je me contentais de rouler, entre soleil et ombre, au gré de ces petites routes tachetées, les narines émoustillées par les senteurs de la campagne, le vent dans les cheveux. Tout se passerait bien, tout allait s'arranger. Je ne sais pas pourquoi je me sentais si exalté, peut-être était-ce une forme de délire. De toute façon, me disais-je, il ne s'agissait que d'un jeu idiot, je m'arrêterais quand je le voudrais.

En attendant, voici que Whitewater s'élevait au-dessus des arbres.

Il y avait un car de tourisme vide garé devant les grilles. La porte de droite était ouverte, et, assis sur les marches de son véhicule, le chauffeur prenait le soleil. Sous ses yeux, je négociai mon virage et m'engageai dans l'allée. Je le saluai de la main. Il portait des lunettes teintées. Il ne me sourit pas. Il allait se souvenir de moi.

Par la suite, la police eut du mal à comprendre pourquoi j'avais fait montre de si peu de circonspection, en empruntant effrontément l'allée, comme ça, en plein jour, au volant d'une voiture aussi voyante. Mais je croyais, vous voyez, que ce problème resterait exclusivement entre Behrens et moi, avec, peut-être, Anna comme intermédiaire. Je n'ai jamais imaginé qu'il puisse y avoir quoi que ce soit d'aussi vulgaire qu'une enquête de police, de gros titres dans les journaux, et tout le reste. Une simple transaction financière entre gens civilisés, voilà ce que je me proposais. Je comptais me montrer poli, mais ferme, et c'est tout. Je ne voyais pas les choses en termes de menaces ni de demandes de rançon, pas du tout. Quand, plus tard, je lus ce qu'avaient écrit ces journalistes – "La traque de la Saint-Jean", ainsi qu'ils intitulèrent cette affaire – je ne pus me reconnaître dans ce personnage implacable, impitoyable, qu'ils dépeignaient. Impitoyable – moi ! Non, tandis que je remontais l'allée de Whitewater, ce n'était pas à la police que je songeais, mais à Flynn, le chauffeur, avec ses petits yeux de porc, et ses grosses pattes de boxeur. Oui, Flynn était un homme à éviter.

A mi-parcours, l'allée formait...

Dieu, ces détails fastidieux.

A mi-parcours, l'allée formait une fourche. Une flèche en bois avec MANOIR, écrit en blanc, pointait vers la droite, alors qu'à gauche un panneau disait INTERDIT AU PUBLIC. J'arrêtai la voiture. Imaginez-moi donc, avec mon grand visage flou derrière le pare-brise, qui regarde, d'abord, de ce côté-ci, puis de l'autre. On jurerait une illustration tirée d'un opuscule édifiant : le pécheur hésite à la croisée des chemins. Je redémarrai, et pris à gauche, et, d'appréhension, mon cœur fit un bond. Voyez, l'infortuné se détourne de la voie de la vertu.

Je contournai l'aile sud de la demeure, me garai sur la pelouse que je traversai pour gagner la pièce donnant sur le jardin. La porte-fenêtre était ouverte. Une profonde inspiration. Il n'était pas encore midi. Quelque part, dans les champs au loin, un tracteur travaillait dans un bourdonnement somnolent qui rappelait la voix même de l'été, je l'entends encore, ce chant ténu, lointain, d'avant la chute. J'avais laissé la corde et le marteau dans la voiture, et emporté la ficelle et le rouleau de papier kraft. Soudain, l'absurdité de la situation me frappa. Je me mis à rire, et c'est en riant que je pénétrai dans la pièce.

Le tableau s'appelle, tout le monde doit le savoir à présent, *Portrait d'une femme aux gants.* Il mesure quatre-vingt-deux centimètres sur soixante-cinq. D'après des preuves intrinsèques – la tenue de la femme, en particulier – on peut le dater entre 1655 et 1660. Seuls une broche et des agréments en or sur les gants éclairent la robe noire, le grand col blanc et les manchettes de la femme. Le visage a un faux air oriental. (Je cite le guide illustré du manoir de Whitewater.) Le tableau a été successivement attribué à Rembrandt et à Frans Hals, et même à Vermeer. Il serait néanmoins plus sage d'y voir l'œuvre d'un maître anonyme.

Il n'y a pas le moindre sens dans tout cela.

J'ai contemplé d'autres peintures, plus belles peut-être, mais elles ne m'ont pas touché comme celle-là me touche. J'en ai une reproduction, ici, accrochée au-dessus de ma table – que m'a envoyée, devinez qui, Anna Behrens –, quand je la regarde, mon cœur se serre. Il y a dans la façon dont cette femme m'observe, dans l'insistance muette, chagrine, de ses prunelles, quelque chose auquel je ne peux échapper, que je ne peux apaiser. Sous l'emprise de son regard scrutateur, je me sens très mal à l'aise. Elle exige de ma part un grand effort, des trésors de concentration et d'attention dont je ne me crois pas capable. Comme si elle me demandait de lui donner vie.

Elle. Il n'y a pas d'elle, bien entendu. Il n'y a qu'un agencement de formes et de couleurs. Pourtant j'essaie de lui inventer une existence. Elle a, je dirais, trente-cinq, trente-six ans, bien que, spontanément, les gens continuent à parler d'elle comme d'une jeune fille. Elle vit avec son père, un négociant (en tabac, en épices, qui, tout le monde l'ignore, fait aussi la traite des esclaves). Elle tient la maison paternelle depuis la mort de sa mère. Elle n'aimait pas sa mère. Son père l'adore, sa fille unique. Elle est, affirme-t-il haut et fort, son trésor. Elle fixe les menus – père a l'estomac fragile –, inspecte la cuisine, veille même sur sa cave à vins. Elle serre un inventaire du linge de maison dans un petit carnet retenu à sa ceinture par une jolie chaîne en or, et, parce qu'elle n'a jamais appris à lire et à écrire, recourt à un code de son invention. Elle se montre sévère avec les serviteurs, et ne saurait tolérer la moindre familiarité. Leur animosité, elle la tient pour du respect. Son intérieur ne suffit pas à absorber toute son énergie, elle se consacre aussi aux bonnes œuvres : elle va voir les malades, et se rend régulièrement à l'hospice de la ville. Elle est vive, parfois impatiente, et les vieillards de l'institution, les femmes surtout, marmonnent à son endroit. Parfois, au printemps et au début de l'hiver en général, tout lui devient insupportable. Voyez la pâleur maladive de son teint : elle est victime d'obscurs maux. Elle se couche et reste alitée des jours entiers sans parler, c'est à peine si elle respire, tandis que, dehors, sous la lumière argent du Nord, le monde continue de vivre à son rythme trépidant. Elle s'efforce de prier, mais Dieu reste distant. Son père vient lui rendre visite, le soir, sur la pointe des pieds. Il s'effraie de ces périodes de prostration qui lui rappellent l'agonie de sa femme, l'épouvantable silence de ses dernières semaines. Et s'il allait perdre sa fille aussi – mais elle se lève, s'y oblige, et, très vite, les serviteurs se retrouvent à courber le front sous sa langue acérée, et il ne peut réprimer son soulagement qu'il exprime par de petits rires, des caresses polissonnes, une sorte d'exubérance maladroite. Elle l'observe avec un sourire forcé, puis s'en retourne aux tâches qui l'attendent. Elle n'arrive pas à comprendre l'idée qui l'a pris : il veut qu'on fasse son portrait. Je vieillis, voilà tout ce qu'il lui dit, je suis un vieillard, regarde-moi ! Et il part d'un rire gêné, et détourne les yeux. Mon portrait ? s'exclame-t-elle, moi ? je n'ai rien d'un bon modèle pour un peintre. Il hausse les épaules, ce qui commence par l'étonner, puis la fait rire jaune : il aurait, au moins, pu essayer de la contredire. Il semble deviner ce qui lui passe par la tête, essaie de réparer, mais se trouble et, de le voir s'agiter, s'énerver et tirailler sur ses manchettes, elle se rend compte, avec un serrement de cœur, que c'est vrai, qu'il a vieilli. Son père, un vieillard. Il y a dans cette idée une pointe de cocasserie déprimante qu'elle ne peut expliquer. Tu as de belles mains, dit-il, de plus en plus irascible, fâché qu'il est contre lui, contre elle, les mains de ta mère – nous lui demanderons de les mettre en valeur. Et ainsi, pour lui faire plaisir, mais aussi parce qu'une secrète curiosité l'agite, elle se rend un matin à l'atelier. Ce qui la frappe tout d'abord, c'est la crasse. De la poussière et des taches de peinture partout, des os de poulet rongés sur une assiette sale, un pot de chambre, par terre, dans un coin. Avec cette blouse et ces ongles innommables, le peintre va bien avec les lieux. Il a le nez aplati et piqueté d'un ivrogne. Elle s'imagine que c'est l'atelier qui empeste jusqu'au moment où elle surprend l'haleine de son vis-à-vis. Elle s'aperçoit qu'elle est soulagée : elle avait cru avoir affaire à quelqu'un de jeune, de dissolu, de menaçant, pas à ce vieux pochetron pansu. Mais il la fixe alors de ses petits yeux humides, un bref instant, avec une sorte d'attention détachée, et elle tressaille, comme surprise par un éclair. Personne ne l'a encore jamais regardée comme ça. Tel est donc l'effet de la renommée ! Ça frise l'indécence. Il commence par la faire poser, debout, près de la fenêtre, mais ça ne lui convient pas, la lumière est mauvaise, décrète-t-il. Il la déplace, en la tenant par les bras, en la poussant à reculons d'un endroit à l'autre. Elle a l'impression qu'elle devrait s'indigner, mais, apparemment, ses réactions habituelles lui font défaut, ici. Elle le dépasse d'une tête. Il fait quelques croquis, jette une note de couleur ou deux, puis lui demande de revenir le lendemain à la même heure. Et mettez une robe plus sombre, ajoute-t-il. Ça alors ! Elle manque lui dire son fait, mais il s'est déjà détourné pour se consacrer à une autre tâche. Sa servante, assise près de la porte, se mord les lèvres, minaude. Elle laisse passer le jour suivant, et l'autre, pour lui donner une leçon. Quand elle finit par revenir, il ne fait aucune remarque sur le rendez-vous manqué, se borne à regarder sa robe noire – en pure soie, avec un grand col en dentelle d'Espagne –, puis hoche la tête d'un air indifférent, et elle éprouve alors une telle fureur contre lui que sa réaction la choque, qu'elle s'en étonne. Il l'oblige à se placer devant le lit de repos. Otez vos gants, fait-il, je dois mettre les mains en évidence. Elle entend la note de dédain ironique dans sa voix. Elle refuse. (Ah oui, *ses* mains !) Il insiste. Ils se lancent dans une brève petite querelle guindée, se renvoient des politesses glaciales. A la fin, elle consent à retirer un gant, puis s'empresse d'essayer de cacher la main qu'elle vient de dénuder. Il soupire, hausse les épaules, mais se voit obligé de réprimer un sourire, elle s'en aperçoit. La pluie ruisselle sur les carreaux, des lambeaux de fumée flottent au-dessus des toits. Une grande trouée argent déchire le ciel. Au début, elle se sent incapable de rester en place, puis on dirait qu'elle franchit silencieusement quelque barrière, et un calme rêveur s'empare d'elle. Jour après jour, les choses se répètent, il y a d'abord l'agitation, puis la transition, puis le silence et une sorte de quiétude, comme si elle se mettait à planer, loin, loin d'elle-même. Pendant qu'il travaille, il n'arrête pas de marmonner entre ses dents. Il est coléreux, jure, claque la langue, soupire, gémit. Quand il peint, le nez sur la toile, il s'écoule de longs moments fiévreux et, de lui, elle ne voit que les jambes trapues, et ces vieilles bottes déformées. Même ses pieds paraissent affairés. Elle a envie de rire quand sa tête surgit d'un côté du chevalet et qu'il la dévisage d'une prunelle pénétrante, que des tics plissent son nez en patate. Il ne veut pas qu'elle regarde ce qu'il est en train de faire, ne lui permet même pas un petit coup d'œil. Puis un jour, elle perçoit une sorte de fracas inaudible provenant de l'autre bout de la pièce, et il se recule avec un air de lassitude écœurée, répudie la toile d'un geste de la main, et se détourne pour nettoyer son pinceau. Elle approche et regarde. L'espace d'une seconde, elle ne voit rien, tant elle est saisie par la seule sensation de s'arrêter comme ça, de se tourner : comme si – comme si elle était en quelque sorte sortie d'elle-même. Un long moment passe. La broche, dit-elle, est merveilleusement rendue. Le son de sa propre voix la fait sursauter, c'est une inconnue qui parle, et elle se sent intimidée. Il rit, sans méchanceté, mais parce qu'il est réellement amusé, et qu'il éprouve, c'est l'impression qu'elle ressent, une sorte de compassion curieuse. C'est un aveu de – elle ne sait de quoi. Elle se perd dans sa contemplation. Elle avait imaginé se voir comme dans un miroir, mais découvre quelqu'un qu'elle ne reconnaît pas, et pourtant qu'elle connaît. Les mots, spontanément, lui viennent à l'esprit : maintenant, je sais à quoi ressemble la mort. Elle enfile son gant, fait signe à sa servante. Dans son dos, le peintre dit quelque chose au sujet de son père, et de l'argent, bien sûr, mais elle n'écoute pas. Elle est calme. Elle est heureuse. Elle se sent engourdie, vide, pareille à une coquille ambulante. Elle descend l'escalier, traverse le vestibule sale, et débouche sur un univers banal.

Ne vous y méprenez pas : là non plus, il n'y a pas le moindre sens.

J'avais soigneusement posé la ficelle et le papier kraft sur le sol, et m'approchai, à présent, bras tendus. La porte derrière moi s'ouvrit, et une femme de haute taille, en jupe de tweed et cardigan, entra dans la pièce. Quand elle me vit là, les bras grands ouverts devant le tableau, et, qui, l'œil hagard, la regardais par-dessus mon épaule tout en essayant, du pied, de dissimuler le papier et la pelote de ficelle, elle se figea. Elle avait les cheveux gris-bleu, et portait, autour du cou, une paire de lunettes retenues par une cordelette. Elle fronça les sourcils. Vous devez rester avec votre groupe, s'écria-t-elle haut et fort, d'un ton fâché – je ne sais vraiment pas combien de fois il faut que je répète ça. Je reculai. Dans son dos, une douzaine de personnes, habillées de façon voyante, se pressaient sur le seuil, se dévissaient la tête pour m'apercevoir. Désolé, m'entendis-je répondre humblement, je me suis perdu. Elle secoua la tête dans un mouvement d'impatience, avança jusqu'au milieu de la pièce, et se mit aussitôt à clamer d'un ton monocorde l'histoire des tables de

Carlin et des horloges de Berthoud ; des semaines plus tard, quand la police l'interrogea et lui présenta ma photo, elle allait nier m'avoir jamais vu. Son groupe de touristes entra en traînant les pieds, en se bousculant mine de rien pour tenter de rester en dehors de son champ de vision. Ils prirent place, les mains jointes devant eux comme s'ils étaient à l'église, et regardèrent ce qui les entourait d'un air plein de respectueuse indifférence. Un vieux monsieur aux cheveux gris et vêtu d'une chemise hawaïenne me sourit, et m'adressa un clin d'œil. J'avoue que j'étais démonté. J'avais un nœud au creux de l'estomac, et les paumes moites. L'allégresse que j'avais éprouvée pendant le trajet s'était évanouie, cédait la place à un sombre pressentiment. J'étais frappé, pour la première fois vraiment, par l'énormité de ce que j'entreprenais. Je me faisais l'effet d'un enfant qui, tout à son jeu, s'est enfoncé dans la forêt, et qui, surpris par la nuit, voit surgir entre les arbres des silhouettes indistinctes. Le guide termina son exposé sur les trésors de la pièce – elle avait consacré deux phrases au tableau, *mon* tableau, et lui avait attribué une fausse paternité –, sortit, le bras en l'air, sans cesser de parler et entraîna à sa suite son troupeau de touristes. Quand ils furent partis, je passai un moment à attendre, les yeux rivés sur le bouton de la porte, qu'elle revienne m'attraper par la peau du cou pour me tirer de là sans ménagement. Quelque part au fond de moi, une voix muette gémissait sous l'emprise de la panique et de l'effroi. C'est là, me semble-t-il, un facteur que personne ne prend en compte – je l'ai déjà souligné –, je fais allusion à mon extrême émotivité, à la facilité avec laquelle je me laisse abattre. Mais le guide ne revint pas, et je les entendis s'éloigner, monter l'escalier à pas pesants. Je me remis au travail avec fébrilité. Je me revois, tel le méchant d'un vieux film, tout en tics, en grimaces menaçantes et en froncements de sourcils. Je décrochai le tableau du mur, non sans difficulté, le posai à plat par terre – j'évitai son regard sombre – et me mis à déchirer le papier d'emballage. Je n'aurais pas pensé qu'il pouvait faire autant de bruit, autant de crissements, de crépitements, de craquements éperdus, comme si on écorchait vif quelque grand animal. Et les choses ne se passaient pas comme je voulais, mes mains tremblaient, j'étais empoté, les feuilles de papier n'arrêtaient pas de se réenrouler, et je n'avais rien pour couper la ficelle, et, en plus, le tableau, avec son cadre lourd et épais, était bien trop grand pour être emballé. Je courais sur les genoux, en me parlant tout seul, et en poussant de petits cris de détresse. Tout allait de travers. Laisse tomber tout ça, me disais-je, oh, je t'en prie, je t'en prie, laisse tomber tout ça pendant qu'il est encore temps ! Mais une autre part de moi-même grinçait des dents et répliquait, non, pas question, espèce de trouillard, redresse-toi, remets-toi sur tes pieds, vas-y. Je me relevai donc péniblement, en gémissant et en pleurnichant, pris le tableau dans mes bras et, le nez collé dessus, me dirigeai en titubant, à l'aveuglette, vers la porte-fenêtre. Devant ces yeux sombres fixés sur moi, je faillis rougir. Et à ce moment-là – comment exprimer cela – à ce moment-là, je sentis, derrière ce regard insistant, une autre présence qui m'observait. Je m'arrêtai, abaissai le tableau, et la vis, debout dans la fenêtre ouverte, exactement comme la veille, les yeux écarquillés, la main en l'air. Ça, ai-je pensé avec amertume – je m'en rappelle –, ça, c'est le comble. J'étais outré. Comment le monde ose-t-il jeter tous ces obstacles sur mon chemin. C'était injuste, tout bonnement injuste ! Bon, lui dis-je, tenez, prenez ceci, et je lui collai le tableau dans les bras, et l'obligeai à faire demi-tour, à traverser la pelouse devant moi. Elle ne répondit rien, ou, si elle le fit, je n'écoutais pas. Elle avait du mal à marcher sur le gazon, le tableau était trop lourd pour elle, et si grand qu'elle ne voyait quasiment rien d'autre. Lorsqu'elle trébucha, je lui donnai un coup de poing entre les omoplates. J'étais vraiment très furieux. Nous arrivâmes à la voiture. Il y avait une vive odeur de poisson dans le coffre profond qui abritait le traditionnel fatras d'ustensiles mystérieux, un cric, des clés, divers bidules – je n'ai pas le sens de la mécanique, ni intellectuellement ni manuellement, l'ai-je déjà dit ? – et, jeté dans un coin avec une désinvolture trompeuse par le mystérieux orchestrateur de tout ce bric-à-brac, un vieux pull-over sale, que je remarquai à peine à ce moment-là. Je sortis les outils, les jetai sur le gazon, derrière moi, puis repris le tableau des bras de la servante, et le posai, sur l'endroit, contre le tapis de sol en feutre usé. C'était la première fois que je voyais l'envers de la toile, et, brusquement, son ancienneté me frappa. Trois cents ans auparavant, on l'avait tendue, préparée et mise à sécher contre un mur blanchi à la chaux. Je fermai les yeux une seconde, et entrevis aussitôt un atelier dans une rue étroite d'Amsterdam ou d'Anvers, à la fenêtre éclairée par un rai de soleil fumé, et des camelots qui déambulaient dehors tandis que sonnaient les cloches de la cathédrale. La servante me regardait. Elle avait des yeux du violet pâle le plus extraordinaire qui fût, ils paraissaient translucides, en les contemplant, j'eus l'impression de lire jusqu'au fond de sa pensée. Pourquoi ne se sauva-t-elle pas ? Derrière elle, à l'une des immenses fenêtres de l'étage, une douzaine de têtes se pressaient qui nous observaient en roulant de gros yeux. Je distinguais les lunettes du guide, et la chemise consternante de l'Américain. J'ai dû hurler de rage, je crois, en vieux lion qui gronde devant le fouet et la chaise, car la servante tressaillit et recula d'un pas. Je la saisis avec brutalité par le poignet, ouvris la porte de la voiture à la volée, et la jetai carrément sur le siège arrière. Oh ! pourquoi ne se sauva-t-elle pas ! Quand je me retrouvai derrière le volant, à tâtonner et à m'embrouiller, quelque chose me taquina les narines, une vague et pénétrante odeur de métal, de pièces de monnaie usées. Quant à elle, je la voyais dans le rétroviseur, recroquevillée derrière moi comme dans un profond écrin de verre, coincée entre la portière et le dossier du siège, les coudes pointés, les doigts écartés, et le visage tendu dans ma direction, pareille à une héroïne de mélodrame prise au piège. Un violent élan d'impatience, suffocant, me prit. De l'impatience, oui, voilà ce que j'éprouvais surtout – ça, et aussi un sentiment de gêne pénible. Je me sentais mortifié. De ma vie, je n'avais jamais été aussi à nu. Les gens me regardaient – elle, à l'arrière de la voiture, les touristes, à la fenêtre, mais aussi, me semblait-il, une foule d'autres personnages, de spectateurs fantômes, prémonitoires, je suppose, de toute cette horde qui, fascinée et horrifiée, allait bientôt s'agglutiner autour de moi. Je lançai le moteur. Les vitesses poussèrent un cri perçant. Dans mon énervement, je n'arrêtai pas d'en faire trop, et me trouvai obligé de reprendre tout de zéro et de répéter les gestes les plus simples. Quand j'eus quitté la pelouse et gagné l'allée, je lâchai ma pédale d'embrayage trop rapidement, le véhicule bondit et effectua une série d'embardées particulièrement tape-cul, tandis que le capot tanguait comme la proue d'un navire pris dans une lame, que les amortisseurs protestaient. Les badauds à la fenêtre devaient en être morts de rire. Une perle de sueur dégoulina le long de ma joue. Sous l'effet du soleil, le volant était très chaud, j'avais du mal à le tenir, et un reflet sur le pare-brise m'aveuglait. La servante tripotait la poignée de la porte, je poussai un rugissement, et elle s'arrêta immédiatement, et me regarda avec de grands yeux, comme un enfant rabroué. De l'autre côté des grilles, le chauffeur de bus était toujours assis au soleil. Quand elle le vit, elle essaya d'ouvrir la vitre, mais en vain, le mécanisme devait être cassé. Elle se mit à marteler la paroi vitrée à coups de poing. Je pris mon virage, et, dans un crissement de pneus, la voiture s'éloigna en bringuebalant sur la route. Nous nous injurions à présent, comme un couple marié en pleine querelle. Elle me bourra l'épaule de coups de poing, me passa la main devant la figure, et essaya de me griffer les yeux. Son pouce me rentra dans le nez, je crus qu'elle allait me déchirer la narine. La voiture zigzaguait d'un bas-côté à l'autre. J'appuyai des deux pieds sur la pédale de frein, et nous décrivîmes une courbe lente, irrésistible, pour atterrir finalement dans une haie. La servante retomba en arrière. Je me retournai. J'avais le marteau à la main. Je le regardai, surpris. Le silence qui s'élevait nous cernait comme la marée montante. Ne faites pas ça, dit-elle. Elle était recroquevillée comme auparavant, les bras fléchis, et le dos plaqué contre l'un des coins de l'habitacle. Je n'arrivais pas à dire un mot, j'étais rempli d'une sorte d'émerveillement. Je n'avais jamais ressenti la présence de quelqu'un avec autant d'immédiateté, avec autant de force brute. A présent, je la voyais, je la voyais vraiment, pour la première fois, avec ses cheveux queue de vache, sa vilaine peau, cet aspect meurtri autour des yeux. Elle était tout à fait banale, et pourtant, d'une certaine façon, je ne sais pas – d'une certaine façon –, elle rayonnait. Elle s'éclaircit la voix, se redressa sur son siège, et repoussa une mèche de cheveux qui s'était collée dans la commissure de ses lèvres.

Vous devriez me relâcher, dit-elle, sinon vous aurez des ennuis.

Il n'est pas facile de se servir d'un marteau dans une voiture. Quand je la frappai pour la première fois, je m'attendais à sentir l'impact brutal, net, de l'acier sur l'os, mais j'eus plutôt l'impression de percuter de l'argile, ou du mastic durci. Le terme *fontanelle* me vint brusquement à l'esprit. Je pensais qu'un bon coup aurait suffi, mais, comme l'autopsie allait le révéler, elle avait le crâne remarquablement dur – même à ce niveau-là, vous voyez, elle n'avait pas de chance. Le premier coup l'atteignit à la naissance des cheveux, au-dessus de l'œil gauche. Ça ne saigna pas beaucoup, il y eut juste une marque d'un rouge sombre brillant avec des cheveux collés dedans. Elle frissonna, mais ne fléchit pas le corps, oscilla un peu tout en posant sur moi des yeux incapables d'accommoder. Peut-être me serais-je arrêté à ce moment-là si elle ne s'était pas brusquement jetée par-dessus le siège et précipitée sur moi, en s'agitant, en criant. J'en fus épouvanté. Comment tout cela pouvait-il m'arriver à moi – c'était tellement injuste. J'étais si bouleversé par mon sort que des larmes amères me vinrent aux yeux. Je la repoussai, et lui assenai un puissant revers. La force du choc la projeta contre la portière, sa tête heurta le carreau, et un mince filet de sang lui sortit de la narine, lui zébra la joue. Il y avait du sang sur la vitre aussi, une giclée de minuscules gouttelettes en forme d'éventail. Elle ferma les paupières, et détourna son visage dans un bruit guttural, grave, qui lui venait du fond de la gorge. Elle porta la main à sa tête à l'instant précis où je levai de nouveau mon bras, et quand le marteau s'abattit sur sa tempe, ses doigts étaient là, j'en entendis craquer un, et je tressaillis, et faillis marmonner des excuses. Oh ! fit-elle, et, brusquement, comme si, en elle-même, tout s'était effondré, elle se laissa glisser du siège, et tomba sur le plancher.

Le silence revint, clair et surprenant. Je sortis de la voiture et demeurai là, un moment, à reprendre mon souffle. J'avais des étourdissements. On aurait dit que la lumière du jour s'était modifiée, partout où je portais les yeux il y avait une pénombre sous-marine. Je pensais n'avoir parcouru qu'un bref trajet, et m'attendais à voir les grilles de Whitewater, le car de tourisme, et le chauffeur arriver sur mes talons, mais, à ma grande surprise, la route était vide dans un sens comme dans l'autre, et je n'avais pas idée de l'endroit où je me trouvais. D'un côté, s'élevait une colline escarpée, et, de l'autre, j'apercevais, par-dessus la cime des pins, la houle des prés dans le lointain. Tout cela me paraissait nettement invraisemblable. Ça ressemblait à un arrière-plan peint à la hâte, en particulier cette distance miroitante, barbouillée, et les boucles de la route qui s'estompait innocemment dans le lointain. Je m'aperçus que je n'avais toujours pas lâché le marteau. Dans un grand geste circulaire, je m'en débarrassai, et le regardai voltiger, tournoyer lentement sur lui-même en un long arc de cercle émouvant, loin, loin, au-dessus de la cime bleue des pins. Puis, brusquement, je me penchai et vomis les restes glutineux du petit déjeuner que j'avais pris, une éternité auparavant, dans une autre vie.

Je regagnai la voiture d'un pas traînant, en évitant de tourner les yeux vers la forme ratatinée, coincée derrière le siège avant. Sur le pare-brise, le soleil se morcelait en une multitude d'éclaboussures, et je crus une seconde que la vitre était brisée jusqu'au moment où je portai la main à mon visage et m'aperçus que je pleurais. Cette constatation me parut encourageante. A ce qu'il me semblait, mes larmes n'étaient pas seulement un signe avant-coureur du remords, mais témoignaient d'un mobile plus simple, plus commun, d'un affect pour lequel il n'existait pas de terme, mais qui constituerait peut-être mon ultime lien, l'unique lien qui me lierait au monde de la normalité. Car tout était différent, en ce lieu où je me trouvais désormais, je n'étais encore jamais allé. Je tremblais, et tout autour de moi tremblait, et il y avait dans les choses une sensation de viscosité, de léthargie, comme si tout ce qui m'entourait – voiture, route, arbres, et ces prés au loin – et moi-même venions de batailler pour naître, muets et stupéfaits, d'une béance de l'air. Je tournai la clé de contact, m'armai de courage, convaincu que le moteur ne démarrerait pas, qu'il se passerait quelque chose, qu'il se produirait un bruit déchirant, terrible, ou un éclair, ou que, du tableau de bord, une coulée de boue allait me ruisseler sur les jambes. Je pris le milieu de la route, en seconde. Odeurs, odeurs. Le sang a une odeur tenace, chaude.

J'avais envie d'ouvrir les vitres, mais n'osais pas, j'avais peur de ce qui risquait d'entrer à l'intérieur – dehors, la lumière paraissait moite et épaisse comme la glaire, je l'imaginais dans ma bouche, dans mes narines.

Je roulai, roulai. Whitewater n'est qu'à une cinquantaine de kilomètres de la ville, mais j'eus l'impression qu'il s'était écoulé des heures avant que je ne me retrouve dans la banlieue. De la journée, je garde peu de souvenirs. C'est-à-dire que je ne me rappelle pas avoir changé les vitesses, accéléré, ralenti, appuyé sur les pédales, rien de tout ça. Je me revois en train d'évoluer, sans problèmes, comme dans une bulle de cristal, planant en silence au-dessus d'un paysage scintillant, ensoleillé, inconnu. Je crois que je roulais très vite, parce que je me souviens d'une sensation de pression dans les oreilles, d'un bruit violent et sourd. J'ai donc dû tourner en rond, inlassablement, au hasard de ces petites routes de campagne. Puis il y eut des maisons, des lotissements, des usines éparpillées, des supermarchés grands comme des hangars d'avions. Derrière le pare-brise, j'ouvrais des yeux pleins de stupeur rêveuse. Il me semblait être un visiteur venu de l'autre bout du globe, incrédule devant ce décor si semblable à mon univers, et pourtant si différent. Je ne savais pas où j'allais, je veux dire, je n'allais nulle part, je ne faisais que rouler. C'était presque reposant, de conduire comme ça en manœuvrant le volant d'un doigt, de me retrouver coupé de tout. C'était comme si toute ma vie, j'avais escaladé une côte raide et difficile, et que j'eusse enfin atteint le sommet, et sauté allégrement dans le bleu. Je me sentais tellement libre. Au premier feu rouge, la voiture s'arrêta dans un flottement doux comme si elle s'enfonçait dans l'air. Je me retrouvais à l'embranchement de deux routes de banlieue. Sur la gauche, il y avait une butte verte avec un châtaignier et une rangée de maisons neuves tirées au cordeau. Des enfants jouaient sur les talus herbeux. Des chiens gambadaient. Le soleil brillait. J'ai toujours éprouvé une secrète tendresse pour ce genre d'endroit paisible, ces lotissements, effacés et pourtant chéris, qui abritent tant d'activités et de besognes. Je rejetai la tête contre le siège, et souris en regardant les gamins qui jouaient. Le feu passa au vert, mais je ne bougeai pas. Je n'étais pas vraiment là, plutôt perdu quelque part, dans quelque recoin ensoleillé de mon passé. Soudain on frappa à la vitre, tout contre mon oreille. Je sursautai. Une femme au visage chevalin, large, massif – elle me rappela, mon Dieu, ma mère ! – me regardait, disait quelque chose. Je baissai la vitre. Cette dame avait une voix forte, du moins qui me paraissait très forte. Je n'arrivais pas à la comprendre, elle parlait d'un accident, et me demandait si je n'avais rien. Puis elle avança la tête, lorgna par-dessus mon épaule, ouvrit la bouche, et poussa un gémissement. Oh, s'écria-t-elle, la pauvre enfant ! Je tournai la tête. Il y avait du sang partout sur le siège arrière, maintenant, beaucoup trop, à coup sûr, pour qu'il eût été versé par une seule personne. L'espace d'un instant fou durant lequel une sournoise étincelle d'espoir flamba et s'éteignit, je me demandai s'il n'y *avait* pas eu un accident dont je ne me serais pas rendu compte, ou que j'aurais oublié, si nous n'avions pas été emboutis par un véhicule en surcharge qui nous aurait projeté des cadavres et tout ce sang par la vitre arrière. Je n'arrivais pas à dire un mot. Je l'avais crue morte, mais voilà qu'elle était là, agenouillée entre les sièges, à chercher la vitre à tâtons, j'entendais ses doigts crisser sur le carreau. Ses cheveux pendaient en cordelettes sanguinolentes, son visage était un masque d'argile strié de cuivre et de pourpre. La femme dehors me débitait à l'oreille des histoires de téléphone, d'ambulance, et de police – la police ! Je lui jetai un regard terrible. Madame ! déclarai-je d'un ton sévère (plus tard, elle décrivit ma voix comme *cultivée* et *autoritaire*), voudriez-vous, s'il vous plaît, retourner à vos occupations ! Elle recula en me dévisageant d'un air effaré. J'avoue que j'étais moi-même impressionné, je n'aurais jamais cru pouvoir m'exprimer sur un ton aussi impérieux. Je remontai la vitre, embrayai brutalement, et redémarrai en remarquant, trop tard, que le feu était repassé au rouge. La camionnette d'un commerçant, survenant de ma gauche, freina sèchement et émit un cri rauque d'indignation. Je poursuivis ma route. Cependant, j'étais à peine une ou deux rues plus loin qu'une ambulance surgissait derrière moi, dans le hurlement de sa sirène, et le clignotement bleu de son gyrophare. J'en fus éberlué. Comment avait-elle pu arriver aussi vite ? En fait, il s'agissait encore d'une de ces coïncidences accablantes qui pullulent dans cette affaire. L'ambulance, j'allais l'apprendre par la suite, n'était pas lancée à ma recherche, mais revenait du – oui – du lieu d'un accident de voiture avec, à son bord – j'en suis navré, mais c'est comme cela – une mourante. Je continuai mon chemin, à toute vitesse, la tête baissée, le nez pratiquement collé au volant. Je ne crois pas que j'aurais pu m'arrêter, tant j'étais muré dans ma panique. L'ambulance arriva à ma hauteur, en faisant de dangereux écarts et en trompetant comme une grande bête sauvage affolée. Sur le siège du passager, l'assistant, un jeune gars robuste en manches de chemise, avec un visage rougeaud et d'étroits favoris, contempla la vitre zébrée de sang derrière moi avec un vague intérêt professionnel. Il discuta un bref instant avec le chauffeur, puis m'invita, par des gestes compliqués, des signes de la tête et des grimaces, à les suivre. Ils pensaient que je revenais, moi aussi, du lieu de l'accident, que j'emmenais une autre victime à l'hôpital. Ils m'ouvrirent la voie. Je me mis à leur remorque, l'esprit brouillé par l'inquiétude et la perplexité. Je ne voyais rien hormis cette grosse chose carrée et lourde qui filait devant moi en faisant voler des nuages de poussière dans un sifflement continu, et en rebondissant grassement sur ses amortisseurs. Puis, brusquement, le véhicule freina, tourna et franchit un large portail, et un bras surgit par la vitre latérale, me fit signe de suivre. La vue de ce bras charnu rompit le charme. Dans un éclat de rire dément, je passai devant la porte de l'hôpital, et poursuivis ma route, pied au plancher, et, derrière moi, le bruit de la sirène s'estompa, se transforma en un gémissement inquiet, et je me retrouvai libre.

Je jetai un coup d'œil dans le rétroviseur. Elle était affalée sur le siège, la tête tombante, les mains sur les cuisses, paumes offertes.

Soudain, la mer apparut sur ma gauche, loin en contrebas, bleue, figée. Je descendis un raidillon, puis empruntai une route cimentée, rectiligne, qui longeait une voie ferrée. Un hôtel blanc et rose, crénelé, avec des fanions flottant au vent, s'éleva sur ma droite, énorme et vide. La route se perdit alors dans un lopin de terre marécageux plein de broussailles et de chardons, et je m'arrêtai là, au cœur d'un vaste silence définitif. Derrière moi, je l'entendais respirer. Quand je me retournai, elle souleva sa redoutable tête de sibylle, et me regarda. *Aidez-moi*, murmura-t-elle. *Aidez-moi*. Une bulle de sang lui sortit de la bouche, et creva. *Graham !* fit-elle, ou quelque chose comme ça, et puis : *Je t'aime.* Qu'ai-je ressenti à ce moment-là ? Du remords, du chagrin, un terrible – non, non, non, je ne mentirai pas. Je ne me rappelle pas avoir ressenti quoi que ce soit, sinon que j'avais bizarrement l'impression de me retrouver en un lieu que je connaissais, mais ne parvenais pas à reconnaître. Quand je descendis de la voiture, j'eus un étourdissement, et dus m'appuyer un moment contre la portière, les yeux clos. Ma veste était tachée de sang, je m'en défis avec force contorsions, et la jetai dans les buissons rabougris – on ne l'a jamais retrouvée, je ne vois pas pourquoi. Je me souvins du pull-over dans le coffre, et l'enfilai. Il sentait le poisson, la sueur, et la graisse pour essieux. Je ramassai la corde du bourreau et m'en débarrassai aussi. Puis je pris le tableau dans mes bras, et me dirigeai vers une clôture de barbelés distendue, et un fossé avec un soupçon d'eau au fond, et, là, je le laissai tomber. Qu'avais-je en tête, je n'en ai pas idée. Peut-être était-ce un acte de renoncement, ou je ne sais quoi. Renoncement ! Comment est-ce que j'ose utiliser de tels termes. Dans un dernier regard, la femme aux gants me congédia. Elle ne s'était jamais fait d'illusion sur mon compte. Je repartis dans la direction de la Humber en m'efforçant de ne pas la regarder, de ne pas regarder ses vitres maculées. Quelque chose me tombait dessus : une fine pluie silencieuse. Je levai les yeux vers la lumière scintillante du soleil, et aperçus un nuage juste au-dessus de ma tête, infime tache de gris contre le bleu de l'été. Je me dis : je ne suis pas humain. Puis je tournai les talons, et m'éloignai à pied.

II

Toute ma vie d'adulte, j'ai fait un rêve récurrent (oui, oui, encore des rêves !), il me revient une ou deux fois par an, et me perturbe pendant plusieurs jours. Il ne s'agit jamais d'un rêve au sens classique du terme, car, à vrai dire, il ne s'y passe pas grand-chose, et rien n'est explicite. Il s'en dégage surtout une sensation vague, mais profonde et croissante, de malaise qui, à la fin, se transforme en panique totale. Longtemps auparavant, semble-t-il, j'ai commis un délit. Non, c'est trop fort. J'ai fait quelque chose, quoi ? ce n'est jamais vraiment clair. Peut-être ai-je découvert un truc par hasard, peut-être même s'agissait-il d'un cadavre, et je me suis tu, et j'ai presque oublié cet incident. A présent, des années plus tard, on a déterré l'affaire, et on vient m'interroger. Pour le moment, rien ne laisse supposer que j'aie pu être directement impliqué, pas l'ombre d'un soupçon ne s'attache à moi. Je ne suis qu'un nom comme un autre sur une liste. Les policiers se montrent gentils, mielleux, un peu ennuyés, me manifestent une déférence flegmatique. Le plus jeune a la bougeotte. Je réponds à leurs questions poliment, avec une certaine ironie, en souriant, un sourcil arqué. Cette histoire, me dis-je avec suffisance, c'est l'exploit de ma vie, un chef-d'œuvre de dissimulation. Pourtant, je m'aperçois que le plus vieux me regarde avec un intérêt croissant, il en plisse ses yeux rusés. J'ai dû dire quelque chose. Qu'ai-je dit ? Je commence à m'empourprer, ne parviens pas à me dominer. Une horrible contracture me saisit. Je babille, ce qui devait être un petit rire désinvolte se transforme en un hoquet étranglé. A la fin, je m'arrête comme un jouet mécanique au ressort détendu, m'assieds, et, à court d'imagination, les fixe d'un air hébété, en haletant. Désormais, même le plus jeune, l'inspecteur, se montre intéressé. Un silence consternant s'installe, se prolonge jusqu'au moment où mon moi endormi prend la poudre d'escampette, et où je me réveille en sursaut, stupéfait et en sueur. Le plus horrible dans tout cela, ce n'est pas la perspective de me voir traîné devant les tribunaux et jeté en prison pour un délit que je ne suis même pas sûr d'avoir commis, mais le simple et terrible fait d'avoir été démasqué. Voilà ce qui me donne des sueurs froides, voilà ce qui me laisse un goût de cendres dans la bouche et me remplit le cœur de honte.

Et maintenant que j'avançais d'un pas pressé sur la route cimentée, avec la voie ferrée à côté de moi, et la mer en contrebas, je retrouvais ce même sentiment d'ignominie. Quel idiot j'avais fait. Que de problèmes en perspective dans les jours, les semaines, les années à venir. Pourtant, j'éprouvais aussi une sensation de légèreté, d'entrain, comme si je m'étais débarrassé d'un malencontreux fardeau. Depuis que j'avais atteint ce qu'on appelle l'âge de raison, j'avais toujours dissocié mes actions et mes pensées parce que le poids de l'action me semblait beaucoup plus lourd que celui de la pensée. Mes propos ne correspondaient jamais tout à fait à mes sentiments, mes sentiments ne correspondaient jamais aux sentiments qu'à mon sens j'aurais dû éprouver, et pourtant ils me paraissaient authentiques, logiques et incontournables. A présent, j'avais accompli un geste décisif pour la libération de l'être de l'intérieur, ce gros bonhomme ricanant, au langage ordurier, qui n'avait cessé de me répéter que je vivais un mensonge. Et il avait fini par se manifester au grand jour, c'était lui, l'ogre, qui avançait d'un pas lourd dans cette lumière jaune pâle, le pelage taché de sang, et moi, je gisais, impuissant, sur son dos. Tout s'était enfui, le passé, Coolgrange, Daphné, toute ma vie antérieure, enfuis, abandonnés, vidés de leur essence, de leur sens. Accomplir le pire, le pire du pire, voilà le moyen d'accéder à la liberté. Plus jamais, il ne me faudrait feindre d'être ce que je n'étais pas. A cette idée, la tête me tournait, et mon estomac vide se soulevait.

Une foule de soucis insignifiants me harcelaient. Mon pull-over sentait mauvais, et me serrait. Le genou de la jambe gauche de mon pantalon avait un petit trou. Les gens allaient remarquer que je ne m'étais pas rasé de la journée. Et j'avais besoin, je mourais littéralement d'envie, de me laver les mains, de me plonger jusqu'aux coudes dans de l'eau savonneuse bouillante, de m'inonder, de me mouiller, de me rincer, de me récurer – d'être propre. En face de l'hôtel déserté, s'élevait un ensemble confus de bâtiments gris qui avaient autrefois abrité une gare ferroviaire. De mauvaises herbes poussaient sur le quai, et toutes les vitres du poste d'aiguillage étaient brisées. Un panneau émaillé, grêlé, et orné d'une main peinte avec amour, désignait un blockhaus en ciment, érigé un peu plus loin sur le quai, à distance raisonnable. Un massif de buddleias mauves poussait à la porte des toilettes pour hommes. J'entrai chez les femmes – après tout, il n'y avait plus de règlement. A l'intérieur, l'air était frais et humide. Il flottait une odeur de chaux vive, et quelque chose de vert brillant montait à l'assaut des murs. On avait enlevé la robinetterie depuis longtemps, même les portes des cabinets avaient disparu. Vu l'état du sol, il était cependant évident qu'on utilisait encore fréquemment les lieux. Dans un coin, il y avait un petit monticule – de condoms usagés, je crois, de boules de coton décolorées, de lambeaux de vêtements même – dont je détournai promptement les yeux. Sur le mur, à l'ancien emplacement des lavabos, il subsistait encore un robinet au bout d'un tuyau en cuivre vert-de-gris. Quand je tournai la clé, il se produisit, au loin, un gémissement et un bruit métallique, et, peu après, m'arrivait un filet d'eau rouille. Je me lavai les mains du mieux possible, puis les essuyai sur le pan de ma chemise. Pourtant, quand j'eus terminé, que j'allais sortir, je découvris une tache de sang entre mes doigts.

J'ignore d'où elle venait. Peut-être s'était-elle trouvée sur le pull-over, ou même dans mes cheveux. Le sang était épais maintenant, sombre et poisseux. Rien, ni les taches dans la voiture, ni les éclaboussures sur la fenêtre, ni les cris de la servante, ni même les odeurs qui avaient accompagné son agonie, rien ne m'avait affecté autant que cette goutte de gomme brunâtre. Je replongeai les poings sous le robinet, et, dans un gémissement de détresse, frottai de toutes mes forces, mais je ne pus m'en défaire. Le sang s'en alla, mais quelque chose me resta, toute cette longue journée, je le sentis, secrète tache chaude et moite, collée à la fourche de chair tendre entre mes doigts.

J'ai peur de penser à ce que j'ai fait.

Je regagnai le quai et m'assis un moment au soleil sur un banc déglingué. Que la mer était bleue, que les petits drapeaux qui flottaient et claquaient au-dessus des créneaux de l'hôtel étaient gais ! Tout était paisible, à part la brise marine qui fredonnait dans les fils télégraphiques, et un quelque chose, quelque part, qui grinçait et cognait, qui grinçait et cognait. Je souris. De rêver tout éveillé, ici, dans cet environnement aux allures de jouet, il me semblait être redevenu un enfant. Je sentais la mer, et le varech sur la plage, et l'odeur de chat du sable. Un train arrivait, oui, un tortillard, les rails en bruissaient, en frémissaient à l'avance. Il n'y avait pas une âme en vue, pas un adulte où que ce fût, sinon, loin sur la plage, quelques amateurs de bains de soleil, terrassés sur leurs serviettes. Pourquoi cet endroit était-il si désert ? je me le demande. Peut-être ne l'était-il pas, peut-être une foule de vacanciers m'entourait-elle, que je n'ai pas remarquée, avec ma faiblesse invétérée pour les arrière-plans. Je fermai les yeux, et un souvenir, une image, quelque chose, remonta rêveusement des profondeurs de mon être, mais sombra à nouveau avant d'avoir pu émerger. J'essayai de m'en emparer avant que cette impression ne m'échappe, mais je n'eus qu'une seule vision furtive : celle d'une porte, je crois, s'ouvrant sur une pièce obscure, et cette vision s'accompagnait d'une mystérieuse sensation où j'attendais quelque chose ou quelqu'un à deux doigts d'apparaître. Puis le train surgit, lent roulement de tonnerre qui me résonna dans tout le corps. Derrière les larges fenêtres les passagers se dressaient pareils à des mannequins, ils me fixèrent d'un regard vide tandis qu'ils défilaient lentement devant moi. Il me vint brusquement à l'esprit que j'aurais dû détourner mon visage : chacun d'entre eux était désormais un témoin en puissance. Mais je me dis que ça n'avait pas d'importance, je me dis que je serais en prison d'ici quelques heures. Je jetai un coup d'œil autour de moi, inspirai profondément, m'enivrai de ce monde que j'allais bientôt perdre. Un groupe de garçons, trois ou quatre, avait fait son apparition dans le parc de l'hôtel. Ils déambulèrent sur les pelouses négligées, et s'arrêtèrent pour lancer des pierres contre un panneau *A vendre.* Je me levai, dans un soupir de plomb, quittai la gare, et regagnai la route.

Je pris un bus en direction de la ville. C'était un bus sans impériale qui assurait le service d'une ligne peu fréquentée, et desservait des villages reculés. Les passagers semblaient tous se connaître. A chaque arrêt, quand quelqu'un montait, les plaisanteries et les railleries amicales fusaient. Un vieux bonhomme coiffé d'une casquette et armé d'une béquille se piquait d'assurer l'accueil de ce petit cercle de voyageurs. Assis à l'avant, derrière le chauffeur, sa jambe raide, dans la travée, à sa gauche, il saluait chaque nouveau venu en feignant un sursaut de surprise et en tapotant le plancher de sa béquille. Oh ! attention ! il monte ! disait-il en nous adressant, par-dessus son épaule, des grimaces qui se voulaient amusantes comme s'il nous mettait en garde contre l'arrivée de quelque personnage terrible, alors que venait d'apparaître, en haut des marches, un jeune homme à tête de furet, le poing serré sur une carte d'abonnement graisseuse, pareille à une langue décolorée. Les jeunes filles déclenchaient des galanteries, ce qui les faisait minauder, tandis que pour les ménagères, qui s'en allaient faire leurs courses en ville, c'étaient des clins d'œil, et des sous-entendus coquins quant à ce membre raide dont il était doté. De temps à autre, il jetait un coup d'œil dans ma direction, rapide, hésitant, un peu gêné, tel un vieux comédien qui repère un créancier au premier rang. Il y avait dans tout cela quelque chose de vaguement théâtral qui me frappa, c'est vrai. Le reste des passagers affectaient la désinvolture étudiée du public de la générale. Eux aussi avaient leur rôle à jouer. Derrière le caquetage, les plaisanteries et la bonhomie, ils paraissaient inquiets, leurs yeux trahissaient le doute et la lassitude comme s'ils avaient appris leur texte par cœur mais doutaient encore de leurs répliques. Je les étudiai avec un intérêt profond. J'avais l'impression d'avoir découvert quelque chose de significatif, même si je n'avais aucune certitude sur ce que c'était, ni sur ce que cela signifiait. Et moi, qu'étais-je parmi eux ? Un machiniste, peut-être, planté dans les coulisses, à envier les acteurs.

Quand nous atteignîmes la ville, j'eus du mal à choisir ma station, à mes yeux, tous les arrêts se valaient. Il faut que je précise quelque chose quant à l'aspect pratique de ma situation. J'aurais dû trembler de peur. J'avais en poche un billet de cinq livres et quelques piécettes – pour la plupart étrangères –, j'avais tout d'un clochard, y compris l'odeur, et je n'avais nulle part où aller. Je ne possédais même pas de carte de crédit susceptible de m'ouvrir les portes d'un hôtel. Et malgré cela, je n'arrivais pas à être inquiet, ne parvenais pas à me tracasser. J'avais l'impression de flotter, l'esprit ailleurs, et en proie à un détachement rêveur comme si on m'eût administré, localement, une bonne dose d'anesthésique. Peut-être est-ce cela qu'on appelle l'état de choc ? Non : je crois que c'était juste la certitude que, d'un moment à l'autre, une main allait m'attraper par l'épaule tandis qu'une terrible voix de stentor m'annoncerait que tout ce que je dirais pourrait être retenu contre moi. A l'heure qu'il était, ils devaient connaître mon nom, mon signalement devait sûrement circuler, des individus au regard dur, en veste renflée, devaient battre le pavé à ma recherche. Que rien de tout cela ne se produisît demeure encore un mystère pour moi. Les Behrens avaient dû deviner immédiatement qui s'était emparé de ce tableau-là, pourtant, ils ne dirent rien. Et l'accumulation d'indices que j'avais laissés derrière moi ? Et les gens qui m'avaient vu, les Reck, la *señorita* du garage, l'homme de la quincaillerie, la femme qui ressemblait à ma mère et qui m'était tombée dessus alors que j'étais là, comme un ballot, devant les feux de signalisation ? Monsieur le juge, je ne souhaiterais pas encourager de potentiels délinquants, mais je dois dire qu'il est plus facile d'échapper à la justice, pendant quelque temps au moins, qu'on ne le croit généralement. Des jours précieux – avec quelle facilité ne tombe-t-on pas dans le jargon – *des jours précieux* devaient s'écouler avant même qu'ils n'aient idée de la personne qu'ils recherchaient. Si je m'étais montré moins imprudent qu'au début, si je m'étais arrêté pour faire le point, que j'eusse réfléchi soigneusement, je crois que je ne serais peut-être pas là en ce moment, mais que je me trouverais sous quelque climat plus ensoleillé, à bichonner ma culpabilité au grand air. Mais je ne m'arrêtai pas pour faire le point, je ne réfléchis pas. Je descendis du bus, et pris d'emblée la direction qui s'offrait à moi puisque mon destin, j'en avais la conviction, me cernait, niché dans les bras grands ouverts de la police. Capture ! Je dorlotais le terme dans mon for intérieur. Il me réconfortait. Il symbolisait une promesse de repos. J'avançais en vacillant comme un ivrogne entre les passants, et m'étonnais de ne pas les voir s'écarter devant moi, horrifiés. Alentour, c'était une cohue et un vacarme infernaux. Un groupe d'hommes, torse nu, creusait un trou dans la rue, au marteau pneumatique. Les voitures grondaient et mugissaient, le soleil étincelait comme autant de couteaux sur leurs pare-brise et sur leurs toits rebondis comme un tambour. L'air était une brume bleue, chaude et délétère. Je n'avais plus l'habitude des grandes villes. Pourtant, tout en bataillant dans cette métropole, je sentais bien que j'étais en train d'effectuer un harmonieux voyage vers l'avenir, comme si j'eusse fendu l'eau sans aucun effort. Le temps, me dis-je lugubrement, le temps me sauvera. Voici Trinity College, la Bank of Ireland. Le magasin Fox où mon père avait coutume de faire un pèlerinage annuel pour y acheter ses cigares avec beaucoup de cérémonie. Mon univers, et j'y suis un paria. J'éprouvais, envers moi-même, une profonde et placide compassion, comme à l'égard d'une malheureuse créature errante, égarée. Le soleil brillait sans pitié, énorme prunelle plantée dans la brume qui flottait au-dessus des rues. J'achetai une barre de chocolat, et la dévorai sans cesser de marcher. J'achetai aussi la première édition d'un journal du soir, mais il n'y avait rien dedans. Je la jetai par terre et poursuivis ma route à pas lents. Un gamin la ramassa – hep ! monsieur ! – et me courut après. Je le remerciai, il sourit, et je faillis éclater en sanglots. Je restai là, chevillé sur place, et jetai alentour un coup d'œil embué de lourdaud déconcerté. Une foule de gens me dépassait, tout en visages et en coudes. C'est durant ce moment d'impuissance et de sourde panique, je crois, que je me retrouvai au plus bas. Je décidai de me rendre. Pourquoi n'y avais-je pas pensé plus tôt ? Cette perspective me paraissait merveilleusement séduisante. Je me voyais soulevé tendrement, et transporté à travers une succession de pièces blanches et fraîches jusqu'à un lieu de calme et de silence, de voluptueuse reddition. Au lieu de cela, je finis par me diriger vers le pub de Wally.

C'était fermé. Je ne comprenais pas pourquoi. Au début, dans l'affolement, je me dis que ça devait avoir un rapport avec moi, qu'on avait découvert que j'y étais allé et qu'on avait fermé les lieux. J'appuyai de toutes mes forces sur la porte, essayai de voir quelque chose à travers les carreaux en verre dépoli des fenêtres, mais tout était sombre à l'intérieur. Je reculai. Le bâtiment voisin abritait une minuscule boutique de mode où deux jeunes femmes pâles, frêles et opaques comme des fleurs, étaient posées là, complètement figées, le regard perdu dans le vide, comme si elles faisaient partie de l'étalage. Quand je leur adressai la parole, elles tournèrent vers moi leurs yeux cerclés de suie, et me regardèrent avec indifférence. C'est l'heure de la fermeture, fit l'une d'elles, et l'autre gloussa tristement.

Je battis en retraite, en faisant des mines, regagnai le pub et cognai à la porte avec une ardeur renouvelée. Au bout d'un moment, j'entendis un bruit de pas traînants, de chaînes qu'on défaisait. Qu'est-ce que tu veux ? fit Wally d'un ton coléreux, en battant des paupières sous la lumière oblique du soleil qui lui arrivait de la rue. Il portait un peignoir de soie mauve et des chaussons informes. Il me regarda des pieds à la tête et affecta un air écœuré devant ma barbe piquante, mon pull-over crasseux. Je lui dis que j'avais eu une panne de voiture, que j'avais besoin de passer un coup de téléphone. Il émit un ricanement sardonique et s'écria : Un coup de téléphone, comme s'il n'avait rien entendu de plus absurde depuis des années. Il haussa les épaules. De toute façon, c'était pratiquement l'heure de l'ouverture. Je le suivis à l'intérieur. Il avait les mollets dodus, blancs et glabres, j'essayai de me rappeler où j'en avais vu de pareils récemment. Il alluma une lampe, flanquée d'un abat-jour rose, derrière le bar. Voilà le téléphone, déclara-t-il dans un geste, les lèvres retroussées en une moue méprisante. Je lui demandai si je pouvais avoir un gin d'abord. Content dans l'âme, lui, le sceptique, il renifla, et s'autorisa un léger petit sourire. Il y a eu de la casse, non ? fit-il. L'espace d'une seconde, je ne compris pas de quoi il parlait. Oh, la voiture, m'écriai-je, non, non, elle a juste – refusé d'avancer plus loin. Et, avec une froide ironie, je me dis : voici la première question à laquelle je réponds, et je n'ai pas menti. Pareil à un prêtre dans son peignoir mauve, il se tourna pour préparer mon verre, puis le plaça devant moi, se jucha sur le bord de son tabouret, et croisa ses gros bras. Il savait que j'avais fait quelque chose, je le voyais à son regard, curieux et dédaigneux à la fois, mais ne pouvait se résoudre à me poser des questions. Je lui souris, bus ma boisson, et me délectai de le voir empêtré dans ce dilemme. Je déclarai que c'était une bonne idée, n'est-ce pas, la sieste. Il haussa un sourcil. Je pointai le doigt vers son peignoir. Un somme, ajoutai-je, au milieu de la journée : bonne idée. Il ne trouva pas ça drôle. D'un recoin obscur derrière moi, un jeune homme bouclé, les cheveux en bataille, apparut, avec, pour tout vêtement, un caleçon qui pendouillait. Il me jeta un regard ennuyé, et demanda à Wally si le journal était arrivé. Tenez, lui dis-je, prenez le mien, allez-y. J'avais dû le tirebouchonner entre mes mains, roulé comme il l'était, il formait un vrai bâton. Il le déroula, l'ouvrit et lut les gros titres ; ses lèvres remuaient. Foutus terroristes, s'écria-t-il, foutus dingues. Wally lui lança un coup d'œil terrible. Il repoussa le journal, et s'éloigna en se grattant le postérieur. Je tendis mon verre pour ravoir un gin. On fait encore payer les pots, tu sais, dit Wally. On accepte l'argent. Je lui remis mon dernier billet de cinq livres. A travers une fente d'un volet quelque part coulait un mince filet de lumière qui tombait à l'oblique, à côté de moi, pour s'incruster dans le sol. J'observai le dos rondouillet de Wally pendant qu'il remplissait mon verre. Je me demandai si je ne pourrais pas lui raconter ce que j'avais fait. Cela paraissait tout à fait possible. Rien, me dis-je, rien ne choque Wally, après tout. J'étais presque convaincu. Je l'imaginai en train de me dévisager, la bouche tordue en une grimace, un sourcil arqué, s'efforçant de ne pas prendre un air paillard tandis que je lui aurais relaté mon horrible histoire. La perspective d'un aveu me requinqua un peu, tant c'était magnifiquement irresponsable. Ça ramenait toute l'affaire à une petite rigolade, à une blague qui aurait mal tourné. Je rigolai lugubrement dans mon verre. Tu as vraiment une sale gueule, décréta Wally d'un ton suffisant. Je demandai un autre gin, un double, cette fois.

Dans ma tête, sa voix me redit très distinctement : ne faites pas ça.

Le jeune homme aux boucles revint, qui portait maintenant un jean moulant et une chemise moulante, vert brillant. Il s'appelait Sonny. Wally lui confia le bar et s'en fut dans un dandinement de canard vers ses appartements, son peignoir ondoyant derrière lui. Sonny versa une généreuse mesure de crème de menthe dans un gobelet qu'il remplit de glaçons, puis, en se tortillant des fesses – qu'il avait petites et étroites –, se jucha sur le tabouret, et m'examina sans grand enthousiasme. Vous êtes nouveau, déclara-t-il en adoptant un ton accusateur. Non, répondis-je, c'est vous qui l'êtes, et, content de moi, je lui décochai un sourire affecté. Il eut l'air éberlué. Ça alors, excusez-moi, fit-il, j'en suis sûr. Wally revint, habillé, coiffé, et empestant la brillantine. Je pris un autre double. La peau de mon visage commençait à me tirer, me faisait l'effet d'un masque à l'argile. J'avais atteint ce stade d'ébriété où chaque chose se transposait dans une réalité autre. A ce qu'il me semblait, ce n'était pas de l'ivresse, mais une forme de dessillement, presque un dégrisement. Une foule de comédiens entra, en paradant et en poussant des cris rauques. Débordant d'exubérance, ils notèrent mon aspect, puis se consultèrent du regard. Tu parles d'un vilain micheton, dit l'un d'eux, et Sonny émit un petit rire nerveux et haut perché. De mon côté, je me dis, voilà ce que je vais faire, je vais me débrouiller pour que l'un d'eux me ramène chez lui, et me cache, cette Lady Macbeth, là, avec son mascara et ses ongles rouge sang, ou ce gars, hilare, à la chemise bigarrée – pourquoi pas ? Oui, c'est ce qu'il faudrait que je fasse, à partir de maintenant, il faudrait que je vive au milieu d'acteurs, que j'apprenne à leurs côtés, que j'étudie leur art, la gestuelle noble, et la nuance savante. Peut-être, avec le temps, parviendrais-je à jouer mon rôle suffisamment bien, avec assez de conviction, pour prendre la place qui me revient parmi les autres, les acteurs-nés, les passagers du bus, et tous leurs semblables.

Ce ne fut qu'au moment où Charlie French entra que je me rendis compte que c'était lui que j'avais attendu. Ce cher vieux Charlie. Le cœur inondé d'affection, j'eus envie de le serrer dans mes bras. Il portait ses rayures tennis, et tenait à la main un attaché-case abîmé qui en imposait. Bien qu'il m'eût vu trois jours plus tôt, il fit d'abord mine de ne pas me connaître. Ou peut-être ne m'avait-il vraiment pas reconnu, dans l'état échevelé où je me trouvais, et avec mon air hagard. Il avait cru que je me rendrais à Coolgrange, me dit-il. Je lui répondis que j'y étais allé, et il me demanda des nouvelles de ma mère. Je lui parlai de son attaque. J'en rajoutai un peu, je crois – j'ai peut-être même été jusqu'à verser une larme. Il dodelina de la tête, tout en portant le regard au-delà de mon oreille gauche, et en faisant tinter des pièces de monnaie au fond de sa poche de pantalon. Il y eut un silence durant lequel je me mouchai et soupirai. Alors, lança-t-il d'un ton vif, tu es reparti pour tes voyages, c'est ça ? Je haussai les épaules. Sa voiture est tombée en panne, non, fit Wally qui émit un petit gloussement déplaisant. Pour montrer qu'il compatissait, Charlie fronça les sourcils. C'est vrai ? demanda-t-il lentement avec un manque de conviction pensif. Derrière nous, le groupe de comédiens se mit à pousser des cris si perçants que les verres en tintèrent, mais peut-être ne les entendit-il pas, il ne cilla même pas. Il s'était forgé une contenance adaptée à ce genre de circonstance et de lieu, ce qui lui permettait d'être à la fois ici et ailleurs. Il se tenait très droit, ses chaussures noires à bout golf solidement plantées sur le sol, son attaché-case appuyé contre sa jambe, un poing sur le bar – oh ! je le revois ! –, son autre main serrée sur un whisky à mi-distance de ses lèvres, comme s'il fût tombé dans ce lieu par erreur, et qu'il eût été trop bien élevé pour briser là et déguerpir sans partager un petit verre et échanger quelques civilités avec les habitués déchaînés de l'endroit. Il pouvait passer une nuit de beuverie sans se départir un instant de son air de je-m'en-vais-dans-deux-minutes. Oh oui, à ce jeu-là, Charlie battait tout le monde à plate couture.

Plus je buvais, plus mon affection pour lui grandissait d'autant qu'il réglait mes gins au rythme où je les engloutissais. Mais il n'y avait pas que cela. J'avais – j'ai – pour lui, une affection sincère, je crois l'avoir déjà dit. Ai-je mentionné que c'est lui qui m'avait obtenu un poste à l'Institut ? Nous étions restés en contact durant mes années universitaires – ou du moins *il* était resté en contact avec *moi*. Il aimait se considérer comme le vieil et sage ami de la famille qui veillait d'un œil avunculaire sur le brillant fils unique de la maison. Il me sortait. C'étaient des thés à l'*Hibernian*, une excursion aux champs de courses de Curragh, un dîner chez *Jammet*, tous les ans, pour mon anniversaire. Elles ne se passaient jamais vraiment bien, ces sorties, elles sentaient trop l'artifice. J'avais toujours peur que quelqu'un ne me vît en sa compagnie, et tandis que je me tortillais d'embarras et que je faisais une tête de six pieds de long, lui, de son côté, sombrait dans un état de mélancolie agitée. Quand arrivait le moment de nous séparer, la discussion connaissait un regain d'animation qui n'était rien d'autre qu'un soulagement mal déguisé, puis chacun filait de son côté, le cœur lourd de culpabilité. Pourtant, il ne se laissait pas rebuter, et, le jour de mon retour d'Amérique avec Daphné, il m'emmena prendre un verre au *Shelbourne* et évoqua la possibilité que je puisse avoir envie de donner un coup de main aux gars de l'Institut, comme il le formula. Je me sentais encore sonné – c'était l'hiver, et nous avions fait une traversée abominable sur un bateau à peine mieux qu'un caboteur – et il se montrait si peu sûr de lui, et recourait à des circonlocutions tellement méprisantes qu'il me fallut un moment avant de comprendre qu'il me proposait un emploi. Ce travail, s'empressa-t-il de m'assurer, ce serait ton rayon – si tant est qu'on pouvait parler d'un travail, pour quelqu'un comme moi, il imaginait que ce serait davantage une forme de jeu –, la paie était correcte, les perspectives illimitées. A sa façon de me supplier comme un toutou, je compris immédiatement, bien sûr, que je devais ce montage à la persuasion de ma mère. Eh bien, fit-il, dans un sourire forcé qui découvrait ses grandes dents jaunes, qu'en penses-tu ? Je fus tout d'abord agacé, puis amusé. Je me dis : pourquoi pas ?

Si la Cour y consent, je passerai rapidement sur cette période de ma vie. C'est une époque qui, chez moi, constitue encore une source de vague malaise, je ne peux dire pourquoi exactement. J'ai l'impression d'avoir fait quelque chose de ridicule en acceptant cet emploi. Il était indigne de moi, bien sûr, de mes capacités, mais là n'est pas la seule cause de mon sentiment d'humiliation. Ce fut peut-être le moment de ma vie où – mais qu'est-ce que je raconte, il n'y a pas de moments, je l'ai déjà dit. Il n'y a que l'incessante dérive, lente et folle, des choses. S'il me restait encore des doutes à ce sujet, l'Institut les a dissipés. Les locaux étaient situés dans un grand bâtiment du siècle dernier, en pierre grise, qui me faisait toujours penser, avec ses flancs abrupts, ses contreforts, ses enjolivures et ses cheminées noircies, à un vénérable transatlantique. Personne ne savait au juste ce qu'on attendait de nous. Nous faisions des études statistiques, et produisions d'épais rapports garnis de graphiques, de diagrammes et d'appendices compliqués dont le gouvernement accusait réception avec de solennelles louanges, et qu'il oubliait immédiatement. Un œil tiraillé par un tic, et les oreilles truffées de poils, le directeur était un homme de haute taille, extrêmement nerveux, qui tirait avec acharnement sur une énorme pipe noire. Il courait dans tout l'établissement, toujours en route vers quelque autre bureau. Il accueillait toutes les questions et les requêtes avec un rire sec qui était une fin de non-recevoir. Essayez ça auprès du ministère, hurlait-il par-dessus son épaule tandis qu'il s'éloignait à grandes enjambées, en laissant dans son sillage d'épaisses volutes de fumée et des étincelles. Naturellement, il y avait de nombreux cas de dinguerie dans l'équipe. Faute de n'avoir aucune mission précise, les gens se lançaient en catimini dans des travaux personnels. Il y avait un économiste, un grand bonhomme émacié, avec un visage verdâtre et des cheveux rebelles, qui concoctait un système infaillible pour gagner ses paris hippiques. Un jour, d'une main tremblante, il m'agrippa par le poignet, et me susurra avec insistance des choses à l'oreille pour me proposer de collaborer à ce projet, mais quelque chose se produisit alors, j'ignore quoi, et il se montra méfiant, et finit par refuser de me parler, par m'éviter dans les couloirs. C'était gênant parce qu'il faisait partie d'un groupe de savants, triés sur le volet, avec lesquels je devais négocier afin d'avoir accès à l'ordinateur. Toutes nos activités gravitaient autour de cette machine. Son temps d'utilisation était strictement limité, et obtenir une heure entière pour travailler dessus constituait un rare privilège. Elle fonctionnait toute la journée, et toute la nuit, en ronronnant et en grinçant dans sa grande pièce blanche au sous-sol. La nuit, un trio sinistre veillait sur elle, un criminel de guerre, je crois, et deux garçons bizarres, dont l'un avait le visage amoché. Je passai trois années dans ce décor. Je n'étais pas terriblement malheureux. Je me sentais juste, je me sens toujours, je l'ai dit, un peu ridicule, un peu gêné. Et je n'ai jamais vraiment pardonné cet épisode à Charlie French.

Il était tard quand nous quittâmes le pub. La nuit était tapissée de verre. J'étais très soûl. Charlie me soutenait. Il s'inquiétait pour son attaché-case, et le serrait très fort sous son bras. Quant à moi, il fallait que je m'arrête tous les deux ou trois mètres pour lui répéter à quel point il était quelqu'un de bien. Non, faisais-je en levant la main d'un geste autoritaire, non, je dois le dire, tu es un type bien, Charles, un type bien. Je pleurai copieusement, bien entendu, et des haut-le-cœur me secouèrent à plusieurs reprises. Toute la scène se diluait dans une sorte de griserie chancelante, pétrie de douleur, glorieuse. Je me rappelai que Charlie vivait avec sa mère, et pleurai là-dessus aussi. Mais comment va-t-elle, hurlai-je d'une voix affligée, dis-moi, Charlie, comment va-t-elle, cette sainte femme ? Il refusa de répondre, fit mine de ne pas entendre, mais je m'obstinai, et il finit par hocher la tête avec irritation et me répondit : Elle est morte ! J'essayai de l'enlacer, mais il s'écarta de moi. Nous arrivâmes devant un ruban de plastique rouge et blanc qui signalait un trou dans la chaussée. Le ruban frémissait et cliquetait sous la brise. C'est l'endroit où a éclaté la bombe dans la voiture piégée, hier, expliqua Charlie. Hier ! j'éclatai de rire, et je m'agenouillai sur la route au bord du cratère, en riant de plus belle, la tête entre mes mains. Hier, dernier jour du monde révolu. Attends, fit Charlie, je vais chercher un taxi. Il s'en alla, et je restai là, à genoux, à me balancer d'avant en arrière, à chantonner doucement comme si j'étais moi-même un enfant que j'eusse bercé dans mes bras. J'étais fatigué. La journée avait été longue. Je venais de loin.

Je me réveillais dans les éclaboussures du soleil, avec, à l'oreille, l'écho d'un cri qui s'évanouissait. Grand lit défoncé, murs bruns, odeur de moisi. Je me crus à Coolgrange, dans la chambre de mes parents. L'espace d'un moment, je restai allongé, sans faire un geste, à regarder glisser au plafond des lumières aqueuses. Puis les souvenirs me revinrent, et je fermai très fort les paupières, me croisai les bras sur les yeux. La pénombre tambourinait. Je me levai, me traînai jusqu'à la fenêtre, et contemplai avec stupeur l'innocence bleutée de la mer et du ciel. Loin dans la baie, des voiliers blancs louvoyaient. En contrebas de la fenêtre se trouvait un petit port en pierre, et, au-delà, la courbe de la route côtière. Une énorme mouette surgit et, en criaillant, se jeta, ailes déployées, contre la vitre. Elles doivent te prendre pour maman, dit Charlie, derrière moi, dans l'encadrement de la porte. Il portait un tablier taché, et tenait une poêle à la main. Les mouettes, précisa-t-il, elle leur donnait toujours à manger. Dans son dos, une éblouissante clarté blanche, impénétrable. Voilà le monde dans lequel il me faut vivre désormais, sous cet éclat imparable, brûlant. Tout d'un coup, je m'aperçus que j'étais nu.

Assis dans l'immense cuisine, sous une immense fenêtre sale, je regardais Charlie préparer le petit déjeuner dans un nuage de fumée grasse. A la lumière du jour, il ne paraissait pas tellement à son avantage, hâve et gris, il avait des flocons de mousse à raser collés sur la mâchoire et des poches bleutées sous ses yeux couleur de flegme. En plus du tablier, il portait un cardigan de laine sur un maillot de corps en coton ajouré, sale, sur un pantalon de flanelle, déformé. Elle attendait toujours que je sois parti, expliqua-t-il, puis elle leur jetait à manger par la fenêtre. Il secoua la tête, et se mit à rire. Une femme terrible, fit-il, terrible. Il apporta une assiette garnie de tranches de bacon, de pain frit et d'un œuf nageant dans la graisse, et la posa devant moi. Tiens, dit-il, comme remède, il n'y a que ça quand on a pris un bon coup derrière la tête. D'un mouvement vif, je relevai les yeux vers lui. *Un bon coup derrière la tête ?* Lui avais-je lâché quelque chose, la nuit passée, quelque confession d'ivrogne ? Mais non, Charlie n'était pas du style à faire ce genre de plaisanterie. Il regagna ses fourneaux, et batailla avec les allumettes pour s'allumer une cigarette.

Ecoute, Charlie, déclarai-je, c'est aussi bien que je te le dise, je me suis mis dans un drôle de pétrin.

Je crus d'abord qu'il ne m'avait pas entendu. Tous ses muscles se relâchèrent, et il s'enfonça dans une absence rêveuse, la bouche ouverte et un peu de traviole, les sourcils légèrement arqués. Puis je compris qu'il faisait montre de tact. Tant pis, s'il ne voulait rien savoir, ce n'était pas grave. Mais je souhaite que cette précision soit consignée dans le dossier, m'sieu le juge, que je lui aurais dit, s'il avait accepté de m'écouter. Quoi qu'il en fût, je laissai simplement passer un silence, et puis je lui demandai si je pouvais lui emprunter un rasoir, et peut-être une chemise et une cravate. Bien sûr, dit-il, bien sûr, mais il évitait mon regard. En fait, il ne m'avait pas du tout regardé depuis que je m'étais levé, mais tournicotait autour de moi, l'œil fuyant, s'activait avec la théière et la poêle, comme s'il craignait, en s'arrêtant, de déclencher une crise horriblement gênante dont il n'aurait su se dépêtrer. Il se doutait de quelque chose, j'imagine. Il n'est pas idiot. (En tout cas, pas complètement.) Mais je pense aussi que son attitude venait simplement du fait qu'il ne savait pas trop comment s'accommoder de ma présence. Il ne tenait pas en place, ne cessait de déplacer des objets, rangeait des trucs dans les tiroirs et les placards pour les ressortir aussitôt, tout en marmonnant tout seul comme un cinglé. Dans cette maison, il ne venait pas souvent du monde. Je retrouvai un peu de l'estime larmoyante que j'avais éprouvée pour lui, la nuit précédente. Il avait l'air presque maternel, dans son tablier et ses vieux chaussons de feutre. Il prendrait soin de moi. J'avalai mon thé à grandes gorgées, et boudai le bacon et le pain frit qui se figeaient dans l'assiette. Dehors, le klaxon d'une voiture retentit, et, dans une exclamation, Charlie ôta son tablier et sortit précipitamment de la cuisine. Je l'écoutai farfouiller un peu partout dans la maison. En un laps de temps étonnamment court, il réapparut, en costume, son attaché-case sous le bras, et coiffé d'un petit chapeau canaille qui lui donnait un air de bookmaker aux abois. Où t'es-tu installé, demanda-t-il en fronçant les sourcils devant un point voisin de mon épaule gauche, à Coolgrange, ou... ? Je ne répondis rien, me contentai de le fixer d'un regard suppliant, et il fit : Ah, et hocha la tête lentement, et, lentement, se retira. Mais, brusquement, je n'eus pas envie qu'il s'en aille – seul, j'allais me retrouver seul ! et je me dépêchai de le rattraper, l'obligeai à revenir sur ses pas, à m'expliquer le fonctionnement de la cuisinière, à me préciser l'endroit où je trouverais une clé, ce qu'il fallait dire si le laitier passait. La frénésie que je manifestais le plongea dans la perplexité, je le vis, et l'effraya un peu. Je le suivis jusque dans l'entrée, et je lui parlais encore quand il sortit à reculons par la porte principale en m'adressant des signes de tête prudents, le sourire crispé comme si j'étais – ah ! j'allais dire, un dangereux criminel. Je grimpai l'escalier à la hâte, filai jusqu'à la chambre, et le regardai déboucher dans l'allée en contrebas, silhouette clownesquement écrasée par le chapeau, et le costume trop ample. Une grosse voiture noire, dont le double pot d'échappement lâchait une discrète brume bleu pâle, l'attendait le long du trottoir. Le chauffeur, un costaud vêtu de noir, la tête enfoncée dans les épaules, sauta prestement du véhicule pour ouvrir la porte arrière. Charlie leva alors les yeux vers la fenêtre où je me tenais, et le chauffeur suivit son regard. Je me vis à travers leurs prunelles, visage flou ondoyant derrière la vitre, pas rasé, l'œil larmoyant, parfaite illustration du fugitif. La voiture s'éloigna à une allure paisible, emprunta la route du port, négocia un virage, disparut. Je ne bougeai pas. J'avais envie de rester comme ça, le front appuyé contre la vitre, face à cette journée d'été qui s'étendait devant moi. Que tout me paraissait bizarre, la mer moutonneuse, les maisons blanches et roses, et le cap qui se fondait dans le lointain, bizarre et merveilleux, comme un monde en miniature exposé derrière la vitrine d'un magasin de jouets. Je fermai les yeux, et, de nouveau, ce fragment de souvenir remonta des profondeurs – la porte, la pièce obscure, et cette sensation de quelque chose d'imminent – mais, cette fois, il me sembla que ce n'était pas mon propre passé qui me revenait.

Dans mon dos, le silence enflait comme une tumeur.

Je dévalai l'escalier quatre à quatre pour récupérer, dans la cuisine, mon assiette avec l'œuf frit et les tranches de bacon qui viraient au gris, remontai, ouvris la fenêtre, et grimpai sur l'étroit balcon en fer forgé. Il soufflait un vent chaud et violent qui me surprit, et me laissa pantois un moment. Je m'emparai des restes du petit déjeuner, les lançai en l'air, et observai les mouettes fondre sur ces bons morceaux, avec des cris stridents de surprise et de convoitise. De derrière le cap, un bateau blanc surgit sans un bruit, miroitant dans la brume légère. Quand il ne resta plus de nourriture, je jetai aussi l'assiette, je ne sais pas pourquoi, je la fis voler comme un disque juste au ras de la route et du muret du port. Elle s'enfonça dans l'eau sans presque une éclaboussure. J'avais des filets de graisse tiédasse collés entre les doigts et du jaune d'œuf sous les ongles. Surexcité et écœuré au point que j'en avais le cœur battant, je retournai dans la chambre et m'essuyai les mains sur les draps. Je ne savais plus ce que je faisais, ni ce que j'allais faire. Je ne me reconnaissais plus. J'étais devenu un étranger, imprévisible et dangereux. J'explorai la maison. Je n'y étais encore jamais venu. C'était une grande maison obscure, lugubre, avec des rideaux foncés, un mobilier brun et lourd, et des tapis élimés par endroits. Sans être franchement sale, elle dégageait une impression de laisser-aller, les objets paraissaient figés depuis trop longtemps à la même place, et il y avait une sensation de grisaille, d'ennui, comme si l'air avait perdu, depuis belle lurette, une essence vitale. Il flottait une odeur de moisi, de thé rebouilli, de vieux journaux, et, partout, un vague parfum fade qui me parut devoir être une réminiscence de la splendeur de maman French. Je suppose que de gros rires vont éclater si je dis que je suis un homme très soigneux, mais c'est la vérité. Avant même de commencer à fouiller dans les affaires de Charlie, j'éprouvais déjà une certaine gêne, j'avais peur de ce que je risquais de découvrir. Ses malheureux petits secrets n'étaient pas pires que les miens, ni pires que ceux de n'importe qui, et, pourtant, lorsque, ici et là, je les débusquais, et les voyais se débander, je frissonnais, et j'avais honte pour lui et pour moi-même. Néanmoins, je m'armai de courage, persévérai et m'en trouvai finalement récompensé. Il y avait dans sa chambre un bureau à cylindre qui me demanda dix minutes d'efforts soutenus, à croupetons, et en transpirant des gouttes d'alcool pur, avant que je ne réussisse à l'ouvrir avec un couteau de cuisine. A l'intérieur, je découvris des billets de banque et un portefeuille en plastique rempli de cartes de crédit. Il y avait des lettres aussi – de ma mère, pensez donc, écrites trente à quarante ans plus tôt. Je ne les lus pas, j'ignore pourquoi, mais les remis respectueusement en place avec les cartes de crédit, et l'argent aussi, et je refermai le bureau. En quittant la pièce, j'échangeai un petit sourire timide avec mon reflet dans le miroir de l'armoire. Cet auteur allemand, comment s'appelle-t-il, avait raison : l'argent est un bonheur abstrait.

Située sur le palier du premier étage, la salle de bains était une sorte d'appentis en bois équipé d'une gigantesque baignoire à pieds de griffon et d'un chauffe-eau à gaz. Je me penchai au-dessus du lavabo et me débarrassai d'une barbe de deux jours grâce au rasoir incrusté de savon de Charlie. J'avais envisagé de me laisser pousser la barbe, pour changer de tête, mais j'avais déjà bien assez perdu de mon moi, je n'avais pas envie que mon visage disparaisse aussi. Le miroir à barbe présentait une surface concave, argentée, où mes traits grossis – une large mâchoire grêlée, une énorme narine noire de poils, un gros œil rond – ballottaient de manière alarmante comme des silhouettes estompées derrière le hublot d'une bathysphère. Quand j'eus terminé, je m'allongeai dans la baignoire, les yeux clos, sous des cascades d'eau chaude. C'était agréable, soulagement et châtiment brûlant tout à la fois, et si le gaz n'avait pas fini par manquer, j'aurais pu passer toute la journée là, dans cette obscurité rugissante, sépulcrale, coupé de moi-même et du reste. Quand je rouvris les paupières, de minuscules étoiles filantes éclataient devant mes yeux. Dégoulinant d'eau, je retournai sur la pointe des pieds dans la chambre de Charlie, et passai un long moment à choisir ce que j'allais mettre. Je finis par opter pour une chemise en soie bleu foncé et un nœud papillon fleuri, un rien louche. Des chaussettes noires, bien sûr – en soie aussi : Charlie n'est pas du genre à se priver –, et un pantalon foncé, trop large, mais bien coupé, et d'un style qui datait assez pour être redevenu à la mode. Pour le moment, j'allais me débrouiller sans sous-vêtement : on a beau être un meurtrier en cavale, on a ses principes, et les miens m'interdisaient de fouiller dans les tiroirs d'autrui. Quant à mes propres vêtements – qu'ils paraissaient bizarres, jetés à même le sol de la chambre, comme s'ils attendaient qu'on vînt dessiner leurs contours à la craie –, j'en fis un tas et les emportai, en détournant la tête, jusqu'à la cuisine où je les fourrai dans un sac-poubelle en plastique. Puis je lavai et essuyai la vaisselle du petit déjeuner, et j'étais là, planté au milieu de la pièce, un torchon sale à la main, quand l'image de son visage ensanglanté resurgit devant moi comme ces objets qui vous sautent à la figure sur un stand de foire, et je dus m'asseoir, le souffle court, tremblant. Car je n'arrêtais pas d'oublier, vous voyez, d'oublier tout ça, pendant d'assez longs moments. Je suppose que, pour tenir le coup, mon esprit avait besoin de répit. Je jetai un regard las sur la grande cuisine humide. Je me demandai si Charlie allait remarquer qu'il manquait une assiette. Pourquoi l'avais-je jetée dans la mer, pourquoi avais-je fait cela ? Il n'était pas encore midi. Le temps m'ouvrait sa gueule noire au visage. Je me rendis dans l'une des pièces de devant – des rideaux en filet, une grande table, une chouette empaillée, sous cloche –, et me postai devant la fenêtre qui donnait sur la mer. Tout ce bleu, là-dehors, m'intimidait. J'arpentai la pièce, m'arrêtai, tendis l'oreille, le cœur au bord des lèvres. Qu'avais-je espéré ? On n'entendait rien, sinon le bruit lointain d'autres vies, léger tic-tac semblable au cliquetis d'un moteur qui se refroidit. Je me rappelai des jours identiques dans mon enfance, des jours étranges, vides, où j'errais sans bruit dans la maison silencieuse en ayant l'impression d'être une sorte de fantôme, à peine présent, un souvenir, l'ombre d'une réplique, plus consistante, d'un autre moi-même vivant, oh, vivant, miraculeusement, ailleurs.

Il faut que j'arrête. Je ne me supporte plus, je ne supporte plus tout ça.

Le temps. Les jours.
Continue, continue.

Le dégoût, maintenant, voilà quelque chose que je connais. Permettez-moi de dire un mot ou deux sur le dégoût. Je suis assis, ici, nu sous ma tenue de prisonnier, mes bourrelets de chair blême, bridés et ensachés comme de la viande mal empaquetée. Je me lève et déambule sur mes pattes de derrière, en animal ceinturé, et déverse, partout où je vais, une invisible pluie de pellicules. Des acariens se repaissent de ma personne, ils lapent ma sueur, fourrent leur bouche dans mes pores et sucent le jus qu'ils y trouvent. Mais il y a aussi la peau craquelée, les gerçures, les crevasses. Et les poils : pensez donc aux poils. Et ce n'est que la surface. Imaginez ce qui se passe à l'intérieur, le frémissement et le gargouillement de la pompe pourpre, les vibrations des poumons, et plus bas, dans l'obscurité, l'usine à sperme qui, pas une seconde, ne ralentit sa cadence. Carcasse vivante, luisante de pus, pas encore tout à fait mûre pour les vers. Oui, je devrais.

Du calme, Frederick. Du calme.

Ma femme est venue me voir, aujourd'hui. Ce n'est pas exceptionnel, elle vient toutes les semaines. Comme je suis en détention provisoire, il n'y a pas de restriction quant au nombre de visites que je peux recevoir, mais je ne le lui ai pas dit, et, si elle le sait, elle ne m'en a pas soufflé mot. Pour nous, c'est mieux ainsi. Même lorsqu'il n'y a pas le moindre incident, l'heure de visite du jeudi a tout d'un rituel inquiétant, pour ne pas dire sinistre. Elle a pour cadre une vaste pièce carrée, très haute, avec de petites fenêtres placées juste sous le plafond. Une cloison de verre et de contreplaqué, dispositif hideux, nous sépare des êtres chers avec lesquels nous conversons, autant que faire se peut, à travers une grille de plastique désinfectée. Cette quarantaine virtuelle découle d'une décision récente. Cette mesure viserait à interdire l'entrée de la drogue, ici, mais, à mon avis, c'est plutôt un moyen de préserver, *intra muros*, ces virus intéressants dont nous sommes, depuis peu, porteurs. Avec cette paroi vitrée aux reflets verdâtres, et cette lumière qui coule des fenêtres tout en haut, la pièce a une vague allure d'aquarium, et les voix qui nous parviennent à travers les treillis en plastique semblent sourdre, comme des bulles, des profondeurs de l'eau. Et nous, les détenus, qui, blafards, bouffis, l'œil vague, restons assis, les épaules voûtées, lugubrement appuyés sur nos bras croisés, nous ressemblons à des crustacés privés d'abri, tapis au fond d'un réservoir. Nos visiteurs évoluent dans un élément différent du nôtre, ils paraissent définis avec plus de netteté que nous, ont l'air plus intensément présents dans leur univers. Il nous arrive de surprendre, dans leurs regards, une lueur de curiosité mêlée de compassion, et d'un soupçon de répugnance aussi, qui nous frappe en plein cœur. Ils doivent sentir la violence du désir qui nous taraude, ils doivent presque l'entendre, ce chant des tritons qui tinte en une unique note aiguë de malheur pur contre le verre qui nous sépare d'eux. La sollicitude qu'ils manifestent face à l'épreuve que nous traversons ne nous réconforte pas, mais nous angoisse plutôt. De toute notre semaine, c'est le moment le plus doux, nous avons envie de tranquillité, de dignité, de chuchotements. Nous sommes sur le qui-vive, inquiets à l'idée que la femme ou la petite amie de quelqu'un ne fasse un esclandre, ne saute sur ses pieds et ne se mette à hurler, à donner des coups de poing dans la cloison de séparation, à pleurer. Et quand, en effet, ce genre de scène se produit, c'est affreux, tout bonnement affreux, et, ensuite, la victime de cet incident devient pour nous un objet de compassion et de respect révérencieux comme s'il venait de perdre un proche.

Pas de danger que Daphné fasse une scène. Pas un instant elle ne se départit de son calme. Aujourd'hui, par exemple, quand elle m'a parlé de l'enfant, elle s'est exprimée avec flegme, sans me regarder, en gardant cet air vaguement distrait qu'elle a toujours. J'avoue que j'étais fâché contre elle, que je n'arrivais pas à cacher mon irritation. Elle aurait dû me prévenir qu'elle lui faisait faire des analyses, au lieu de me soumettre le diagnostic, comme ça, tout à trac. Elle m'a lancé un regard interrogateur, en penchant la tête d'un côté, c'est tout juste si elle n'a pas souri. Tu es surpris ? fit-elle. Furieux, je détournai mon visage, et ne répondis pas. Bien sûr que je n'étais pas surpris. Je savais qu'il avait quelque chose qui n'allait pas, je l'ai toujours su – je l'avais dit à Daphné, bien avant qu'elle ne soit disposée à l'admettre. Au départ, il y avait eu sa façon de marcher, prudemment, en tremblotant sur ses petites jambes maigrelettes comme s'il essayait de ne pas lâcher un énorme objet encombrant qu'on lui eût collé dans les bras, et en levant vers nous les yeux ahuris et suppliants d'un malheureux tombé au fond d'un trou. Où l'as-tu emmené, lui demandai-je, à quel hôpital, qu'ont-ils dit exactement ? Elle haussa les épaules. Ils ont été très gentils, répondit-elle, très compréhensifs. Le docteur avait discuté un long moment avec elle. Il s'agit d'une maladie très rare, le syndrome de quelqu'un, j'ai déjà oublié le nom, un fichu Suisse ou un Suédois peut-être – la belle affaire. Il ne parlera jamais correctement. Il ne fera jamais rien correctement, à ce qu'il semble. Il y a un truc qui cloche dans son cerveau, un truc qui manque, un élément vital. Elle m'a tout expliqué, m'a répété les paroles du docteur, mais je ne l'écoutais qu'à moitié. Une sorte de lassitude me submergeait, une sorte de léthargie. Il s'appelle Van, je l'ai déjà dit ? Van. Il a sept ans. Quand je sortirai, il aura sans doute, quoi, trente et quelques années ? Mon Dieu, pratiquement l'âge que j'ai, aujourd'hui. Un grand enfant, voilà comment les paysans de Coolgrange l'appelleront, non sans tendresse. Un grand enfant.

Non, je ne pleurerai pas, je ne pleurerai pas. Si je commence maintenant, je ne m'arrêterai jamais.

Dans l'après-midi, je forçai à nouveau le bureau de Charlie, pris un peu d'argent liquide et m'aventurai chez le marchand de journaux sur le port. Quel étrange et brûlant frisson d'énervement je ressentis en pénétrant dans la boutique, mon estomac se mit à faire des bonds, et j'eus l'impression de m'enfoncer lentement dans un milieu épais, résistant. Je crois qu'une part de moi-même espérait – non, présumait – que, d'une façon ou d'une autre, j'allais être sauvé, que, comme dans un conte de fées, la situation allait se renverser sur un coup de baguette magique, que la méchante sorcière allait disparaître, que le mauvais sort allait être conjuré, que la jeune vierge allait s'éveiller de son sommeil enchanté. Et quand j'eus les journaux en main, il me sembla, l'espace d'un moment, qu'une certaine magie avait bel et bien opéré, car, au début, je ne vis rien sinon de nouveaux articles sur l'attentat et ses conséquences. J'achetai trois quotidiens du matin, et une des premières éditions du soir, et notai au passage (ne serait-ce pas l'expression d'une perspicacité tardive ?) l'insistance avec laquelle la fille boutonneuse, derrière le comptoir, me regardait. Puis je regagnai la maison à toute bride, le cœur battant à tout rompre, comme si j'avais sous le bras un magazine érotique de choix. Une fois rentré, je déposai les journaux sur la table de cuisine et courus aux toilettes où, dans mon agitation, je me débrouillai pour me pisser sur les pieds. Après une longue et fiévreuse recherche, je mis la main sur une bouteille de gin aux trois quarts vide et m'en avalai une grande rasade au goulot. J'essayai de trouver autre chose à faire, mais cela ne me servit de rien, et, d'un pas pesant, je retournai à la cuisine, m'assis lentement à la table, et déployai les journaux devant moi. Voilà, c'était bien là, quelques paragraphes dans l'un des journaux du matin, casés sous la photographie d'un des survivants de l'attentat, assis, couvert de pansements, sur son lit d'hôpital. Dans l'édition du soir, il y avait un article plus substantiel accompagné d'une photo des garçons que j'avais vus jouer dans le parc de l'hôtel. C'est eux qui avaient découvert son corps. Il y avait un cliché d'elle aussi, le regard solennel et vide sur fond flou, qu'on avait dû agrandir à partir de photos de groupe, prises à un mariage, ou à un bal, elle portait une vilaine robe longue, au col travaillé, et serrait quelque chose, des fleurs peut-être, entre ses mains. Elle s'appelait Joséphine Bell. Il y avait davantage de choses dans les pages intérieures, une photographie d'archives de Behrens, une vue du manoir de Whitewater, et un papier sur la collection Behrens, truffé de coquilles et de dates erronées. Un journaliste avait été dépêché à la campagne pour s'entretenir avec Mme Brigitte Bell, la mère. Elle était veuve. On voyait une photo d'elle, pataude devant son cottage ; c'était une grande femme au visage fruste, vêtue d'un tablier et d'un vieux cardigan, qui fixait l'objectif avec une sorte d'ébahissement stoïque. Sa Josie, disait-elle, était une brave fille, une fille convenable, pourquoi aurait-on voulu la tuer. Et, brusquement, je me retrouvai là-bas, je la revis, baignant dans son sang, qui me regardait tandis que crevait sur ses lèvres une bulle de salive rose. *Maman*, voilà ce qu'elle avait dit, pas Graham. Je viens juste de le comprendre. *Maman*, et puis : *Je t'aime.*

Je crois que c'est chez Charlie French que j'ai passé les moments les plus étranges de ma vie, plus étranges encore, et plus déconcertants que mes premiers jours, ici. Dans la pénombre brunâtre de cette maison, avec toute la luminosité scintillante de l'univers marin, dehors, il me semblait être suspendu quelque part entre ciel et mer, dans une fiole scellée, coupé de tout. Le temps était scindé en deux : il y avait le temps de l'horloge qui s'écoulait à une lenteur gigantesque, et puis il y avait cette course effrénée dans ma tête comme si la pièce maîtresse du mécanisme s'était brisée et que tous les rouages s'étaient mis à tourner, affolés. Telle une sentinelle, j'arpentais la cuisine, des heures durant, à ce qu'il me semblait, les épaules voûtées, les mains enfoncées dans les poches, à ourdir furieusement des tas de plans, sans me rendre compte qu'à chaque aller et retour le nombre de mes pas allait diminuant jusqu'au moment où je me retrouvais arrêté, et, frissonnant et déconcerté, je jetais alentour un regard furieux comme un animal pris dans des rets. Je me plantais à côté de la fenêtre de la grande chambre à l'étage, et, le dos contre le mur, j'observais la rue, si longtemps parfois que j'en oubliais ce que j'étais censé guetter. Il n'y avait pas beaucoup d'allées et venues dans ce trou perdu, et, bientôt, je parvins à reconnaître les promeneurs habituels, la fille aux cheveux roux qui vivait dans un appartement de la maison voisine, le type doucereux à l'allure louche, avec sa mallette de VRP, les quelques vieux qui, tous les jours à la même heure, sortaient leurs roquets ou s'en allaient faire leurs courses en traînant la jambe. De toute façon, il n'y aurait pas moyen de se tromper sur les autres, les affreux, quand ils viendraient me chercher. Il est probable que je ne les verrais même pas arriver. Ils cerneraient la maison, ouvriraient la porte à coups de pied, et ce serait le premier truc dont je me rendrais compte. N'empêche, je restais là, aux aguets, plus proche de l'amoureux transi que de l'homme en cavale.

Tout était changé, tout. Je me retrouvais coupé de moi-même et de tout ce que j'avais naguère imaginé être. La vie que j'avais menée jusqu'alors n'avait que l'impondérable densité d'un rêve. Quand je pensais à mon passé, il me semblait que je me penchais sur l'existence de quelqu'un d'autre, quelqu'un que je n'avais jamais rencontré, mais dont je connaissais l'histoire par cœur. Tout cela me faisait l'effet d'une brillante fiction, rien de plus. Et le présent n'avait pas davantage de consistance. Je me sentais la tête vide, je me sentais des ailes, en équilibre biaisé par rapport à tout. Sous mes pieds, le sol était tendu comme un trampoline, il me fallait veiller à rester immobile par crainte de vibrations imprévues, de dangereux bonds et rebonds. Et l'air bleu et vide me cernait de toute part.

Je n'arrivais pas à penser sans détour à ce que j'avais fait. C'eût été essayer de regarder fixement une lumière aveuglante. C'était trop énorme, trop brillant à contempler. C'était incompréhensible. Aujourd'hui encore, quand je dis : *Je l'ai fait*, je ne suis pas sûr de savoir ce que j'affirme. Oh, ne vous méprenez pas. Je n'ai pas envie de tergiverser, de tourner autour du pot, ni de cacher l'évidence. Je l'ai tuée, je l'admets volontiers. Et je sais que si c'était à refaire, je le referais, non que je le voudrais, mais parce que je n'aurais pas le choix. Tout se passerait exactement comme ça s'est passé alors, cette araignée, et ce clair de lune entre les arbres, et tout, tout le reste*. De même, je ne peux pas dire que je n'avais pas l'intention de la tuer – la seule chose, c'est que je ne sais pas vraiment à quel moment m'est venue cette intention. J'étais énervé, impatient, furieux, elle m'a attaqué, j'ai riposté, cette riposte a donné lieu à un coup, prélude à un deuxième coup – son apogée, pour ainsi dire, ou peut-être est-ce que je veux parler de périgée – et ainsi de suite. Dans cette histoire, il n'y a pas eu un moment dont je puis affirmer, voilà, c'est à cet instant-là que j'ai décidé qu'elle devait mourir. Décidé ? Je ne pense pas qu'il y ait eu décision. Je ne pense même pas qu'il y ait eu réflexion. En moi, le monstre

* Nietzsche : *Le Gai Savoir. (N.d.T.)*

bedonnant a tout simplement compris que son heure était venue, et il a bondi, l'écume aux lèvres, les mains frémissantes. Il avait des comptes à régler avec le monde entier, et elle, à ce moment-là, lui parut devoir faire l'affaire. Je ne pouvais pas l'arrêter. L'aurais-je pu ? Il est moi, après tout, et je suis lui. Mais non, les choses étaient allées trop loin pour que j'y mette un frein. Peut-être est-ce là l'essence de mon crime, de ma culpabilité, j'ai laissé les choses en arriver là, je ne me suis pas montré suffisamment vigilant, je n'ai pas été assez dissimulateur, j'ai laissé Bunter se dépatouiller tout seul, et lui ai donc donné la possibilité, fatalement, de comprendre qu'il était libre, que la porte de la cage était ouverte, qu'il n'y avait rien d'interdit, que tout était possible.

Après ma première comparution devant la Cour, les journaux ont raconté que je n'avais manifesté aucun signe de remords pendant la lecture de l'acte d'accusation. (Que croyait-on, que j'allais pleurer, déchirer mes vêtements ?) A leur manière obtuse, ils avaient levé un lièvre. Le remords implique un espoir de pardon, or, je savais que ce que j'avais fait était impardonnable. J'aurais pu feindre le regret, le chagrin, la culpabilité et je ne sais quoi, mais à quelle fin ? Quand bien même j'aurais éprouvé de tels sentiments, sincèrement, dans le tréfonds de mon cœur, est-ce que ça aurait changé quoi que ce soit ? Cet acte, je l'avais accompli, des cris d'angoisse et de repentir ne pouvaient l'annuler. Je l'avais accompli, oui, j'étais allé jusqu'au bout, comme, de ma vie, je n'avais jamais été jusqu'au bout de quoi que ce soit – et pourtant, de tout cela, je ne verrais jamais le bout, j'en avais conscience. J'étais, me disais-je, responsable, dans toute la force du terme. En tuant Josie Bell, j'avais détruit l'humanité dans une de ses parties. Ces coups de marteau avaient fait voler en éclats un ensemble de souvenirs, de sensations et de possibilités – une vie, en bref –, irremplaçable, mais qui, tant bien que mal, devait être remplacé. Pour ce meurtre, on allait m'arrêter et me jeter en prison, je le savais avec tout le calme et la certitude que seule l'incohérence engendrait, et on dirait alors que j'avais payé ma dette sous prétexte qu'en m'emmurant vivant on rétablissait une sorte d'équilibre. Au regard des lois pénales, ce ne serait que justice : cependant, un tel équilibre ne serait au mieux qu'un acte négatif. Non, non. Ce qu'il fallait, ce n'était pas ma mort symbolique – cela, je l'admettais sans pourtant comprendre ce que ça signifiait – mais qu'elle revienne à la vie. Ça, et rien de moins.

Ce soir-là quand Charlie revint, il passa prudemment la tête à la porte comme s'il craignait qu'il n'y eût un seau d'eau en équilibre dessus. Tout en vacillant, je lui décochai un regard polisson. J'avais terminé le gin, et étais passé, à contrecœur, au whisky. Je n'étais pas vraiment ivre, j'éprouvais plutôt une sorte de sourde euphorie comme si je revenais d'une visite interminable, mais exquisement atroce, chez le dentiste. Sous l'emprise de ce nouveau remontant, la vieille migraine restait tapie, attendait son heure. J'avais la peau complètement brûlante et desséchée, et il me semblait que les yeux me brûlaient. A la tienne ! hurlai-je dans un rire idiot, et, au fond de mon verre, les glaçons gloussèrent. De son côté, Charlie jetait des regards furtifs sur ma tenue. J'espère que ça ne te dérange pas, lui dis-je. Je ne pensais pas que nous faisions la même taille. Ah, répondit-il, oui, eh bien, je rapetisse avec l'âge, tu vois. Et il partit d'un rire sépulcral. Je voyais bien qu'il avait espéré ne pas me retrouver chez lui à son retour. Il sortit de la pièce et je le suivis dans le hall où il ôta son couvre-chef de bookmaker qu'il déposa, avec son attaché-case, sur le porte-habits en chêne de tourbière. Puis il se dirigea vers la salle à manger et se versa un modeste whisky additionné d'une ration d'un soda plutôt éventé qu'il conservait dans une bouteille au bouchon vissé. Il but une gorgée, et demeura planté là un petit moment comme embourbé, une main dans une poche, à regarder ses pieds d'un air ronchon. Ma présence perturbait son rituel du soir. Il rangea la bouteille de whisky sans m'en reproposer. Nous nous traînâmes ensuite jusqu'à la cuisine où, après avoir revêtu son tablier, Charlie se mit à fureter dans des placards et à scruter de crasseuses étagères afin de trouver de quoi préparer un ragoût. Tout en s'activant, il me parlait distraitement par-dessus son épaule, une cigarette accrochée au coin de sa bouche tordue, et un œil fermé pour se protéger de la fumée. Il me racontait une vente qu'il avait réalisée, ou un tableau qu'il avait acheté, ou quelque chose de la même farine. Je crois qu'il ne bavardait que pour pallier un éventuel silence. De toute façon, je n'écoutais pas vraiment. Je le regardai vider dans le ragoût une bonne moitié d'un pomerol à cinquante livres la bouteille et deux centimètres de cendres qu'il essaya en vain de repêcher avec une cuillère, tout en faisant claquer sa langue d'agacement. Tu imagines l'effet que ça me fait, poursuivit-il, de me séparer définitivement de mes tableaux. J'acquiesçai d'un air solennel. En fait, ce que j'imaginais, c'était Charlie, dans sa galerie de rien du tout, en train de faire des courbettes, de discutailler et de se tordre désespérément les mains devant une salope en fourrure, empestant la poudre de riz et la transpiration, riche d'une petite somme que son légitime lui avait remise pour qu'elle s'achetât une babiole pour son anniversaire. Je me sentais déprimé brusquement, et brusquement fatigué.

Il nous servit le ragoût, en renversa un peu par terre. Il n'était pas doué avec les ustensiles qui avaient tendance à se montrer perfides entre ses mains, à ballotter, à virer, et à déverser leur contenu. Nous emportâmes nos assiettes à la salle à manger, et nous assîmes à la table sous le regard vitreux, venimeux de la chouette empaillée. Nous bûmes le reste du pomerol, et Charles alla chercher une autre bouteille. Il continuait à faire des tas de chichis pour éviter mon regard, adressait des sourires au plancher, aux meubles, aux tisonniers dans la cheminée, comme s'il trouvait dans le banal un charme nouveau et inattendu. A travers la grande fenêtre derrière moi, le soleil déclinant dardait tous ses feux sur mon dos. La nourriture avait un goût de casserole brûlée. Je repoussai mon assiette, et me tournai pour regarder le port. Sur la vitre, une paillette scintillait. Quelque chose me fit penser à la Californie, quelque chose dans la lumière, les petits yachts, l'or de la mer vespérale. Je me sentais tellement, tellement fatigué que, pour un peu, j'aurais renoncé séance tenante, que je me serais laissé dériver dans ce crépuscule d'été aussi aisément qu'une brise, inconnu, vide de projets, libre. Charlie écrabouilla un mégot mouillé sur le bord de son assiette. Tu as vu cette histoire au sujet de Binkie Behrens dans le journal ? demanda-t-il. Je me repris un nouveau verre de vin. Non, répondis-je, qu'est-ce que c'était, Charles ?

A propos, comment me serais-je débrouillé, dans toute cette affaire, sans le secours de l'alcool et de ses effets abrutissants ? Apparemment, c'est en effectuant une série de bonds mal assurés d'un bref état d'équilibre éthylique à un autre, tel le fuyard qui pour s'échapper saute, de pierre en pierre, une série de pas japonais couverts de boue, que j'ai surmonté ces jours-là. Même les couleurs, bleu gin et rouge bordeaux, ne sont-elles pas symboliques de mon cas, royales couleurs de mes aveux ? A présent que me voici dégrisé à tout jamais, je revois non seulement cette époque-là, mais ma vie entière, comme une sorte de bamboche, émoustillée et pourtant pas très gaie, dont je savais qu'il me faudrait émerger tôt ou tard avec une mauvaise migraine. Voici, ah oui, voici venu le temps de la méchante gueule de bois, ou je ne m'y connais pas.

Le reste de cette soirée, pour autant que je m'en souvienne, fut marqué par une suite de chocs sourds, distincts, comme, lorsqu'en rêve, on dégringole un escalier au ralenti. C'est à ce moment-là que j'appris que mon père avait eu une maîtresse. J'en fus d'abord éberlué, puis indigné. Je lui avais servi d'alibi, de camouflage. Pendant que, le dimanche après-midi, je passais des heures assis à l'arrière de la voiture, au-dessus du yacht-club de Dun Laoghaire, lui, il était en train de baiser sa putain. Elle s'appelait Pénélope – Pénélope, pour l'amour de Dieu ! Où se retrouvaient-ils, je voulais le savoir, existait-il un nid d'amour secret où il la cachait, un coquet petit refuge avec des roses autour de la porte, et un miroir au plafond de la chambre ? Charlie haussa les épaules. Oh, fit-il, ils venaient ici. Au début, je ne compris pas. Ici ? m'écriai-je. Ici ? Mais et... ? A nouveau, il haussa les épaules, esquissa une sorte de sourire. Maman French, apparemment, n'y voyait pas d'inconvénient. A l'occasion, elle invitait même les tourtereaux à prendre le thé en sa compagnie. Pénélope et elle échangeaient des modèles de tricot. Tu comprends, elle savait – Charlie s'interrompit, une tache colora la peau craquelée de ses pommettes, pendant que, d'un doigt nerveux, il desserrait l'étau de son col de chemise. J'attendis. Elle savait que j'avais des sentiments pour ta... pour Dolly, finit-il par avouer. De mon côté, je sentais que la tête commençait sérieusement à me tourner. Avant que j'aie pu placer un mot, il enchaîna et m'expliqua que Binkie Behrens aussi courait après ma mère, qu'il l'invitait avec mon père, à Whitewater, et qu'il poussait mon père à boire afin qu'il ne remarquât pas l'œil vif et les mains baladeuses de Binkie. Après, ma mère venait tout raconter à Charlie, et ils en riaient ensemble. Pour l'heure, ce dernier hochait la tête, soupirait. Pauvre Binkie, fit-il. Quant à moi, assis, pantois, perdu d'étonnement, sur mon siège, j'essayais de tenir droit mon verre de vin. J'avais l'impression d'être un enfant qui, pour la première fois, s'entend conter les faits et gestes des dieux : ils se pressaient dans mon esprit embrumé, ces personnages entachés de défauts, archaïques, formidables, avec leurs intrigues, leurs rivalités et leurs amours impossibles. Mi-désenchanté, mi-amusé, Charlie dévidait toutes ces histoires de manière tellement terre à terre. Le plus souvent, il s'exprimait comme si je n'étais pas là, relevait la tête de temps à autre, un peu étonné par mes couinements et mes haut-le-corps de stupéfaction. Et toi, demandai-je, qu'y a-t-il eu entre toi et ma... ? je n'arrivais pas à trouver les mots. Il me lança un coup d'œil malin et retors.

Tiens, dit-il, finis la bouteille.

Je crois qu'il ajouta quelque chose à propos de ma mère, mais je ne me souviens pas de ce que c'était. En revanche, je me souviens bien de l'avoir appelée, elle, plus tard dans la nuit, assis en tailleur, dans le noir, par terre dans le vestibule, les yeux pleins de larmes, et le téléphone pareil à un crapaud sur mes genoux. Elle paraissait très loin, filet de voix qui, d'un vide sonore, tonnait faiblement à mes oreilles. Freddie, décréta-t-elle, tu es soûl. Elle me demanda pourquoi je n'étais pas revenu, au moins pour récupérer mon sac. J'eus envie de lui dire : Maman, comment pourrais-je revenir à la maison, maintenant ? Nous gardâmes le silence un moment, puis elle m'annonça que Daphné lui avait téléphoné, qu'elle se demandait où j'étais, ce que je faisais. Daphné ! Il y avait des jours que je n'avais pas pensé à elle. Par la porte ouverte, au bout du vestibule, je voyais Charlie qui s'activait dans la cuisine, qui agitait bruyamment des tas d'ustensiles pour faire croire qu'il n'écoutait pas la conversation. Je poussai un soupir qui se transforma en un très léger gémissement. Mam, dis-je, je me suis collé dans un tel pétrin. Il y eut un bruit sur la ligne, à moins que ce ne fût dans ma tête, comme un grand mouvement d'ailes. Quoi ? s'écria-t-elle, je ne t'entends pas – quoi ? J'éclatai de rire, et deux grosses larmes me roulèrent sur les ailes du nez. Rien, hurlai-je, rien, laisse tomber ! Puis j'ajoutai : Ecoute, tu sais qui est Pénélope – était – tu es au courant ? Mon attitude m'horrifia. Pourquoi lui disais-je une telle chose, pourquoi voulais-je la blesser ? Elle demeura silencieuse un moment, puis éclata de rire. Cette salope ? répondit-elle, bien sûr que j'étais au courant. Un chiffon dans une main, une assiette dans l'autre, Charlie s'était posté sur le seuil de la cuisine et m'observait. Il avait la lumière dans le dos, je ne pouvais pas voir son visage. La conversation s'interrompit une nouvelle fois. Tu es trop dur avec toi, Freddie, finit par déclarer ma mère de cette voix lointaine qui me résonnait à l'oreille, tu te mets trop de choses dures sur les épaules. Je ne compris pas ce qu'elle voulait dire. Je n'ai toujours pas compris. J'attendis un moment, mais elle n'ajouta rien d'autre, et moi, j'étais dans l'incapacité de parler. Ce furent les derniers mots que nous devions échanger. Je raccrochai d'un geste doux, et me relevai, non sans difficulté. J'avais un genou ankylosé et regagnai la cuisine en boitillant. Les manches relevées, la martingale du gilet desserrée, Charlie était penché au-dessus de l'évier, en train de faire la vaisselle, la cigarette pendouillant au bout du bec. Derrière la fenêtre en face de lui, le ciel était indigo pâle, je me dis que je n'avais jamais rien vu d'aussi beau dans ma vie.

Charlie, dis-je en vacillant, j'ai besoin que tu me prêtes de l'argent.

J'avais toujours été du genre pleureur, mais, à présent, la moindre manifestation de gentillesse suffisait à me faire fondre en larmes comme un bébé. Lorsque, séance tenante, il s'assit à la table de cuisine et me fit un chèque – je l'ai encore : ce noir gribouillis de pattes de mouche, cette signature illisible, cette empreinte de pouce graisseuse dans un coin – j'essayai de m'emparer de sa main semée de taches pigmentées, je crois que je voulais l'embrasser. Il me fit un petit discours dont je ne me souviens pas bien. Il y était question de ma mère, de Daphné aussi. Il me semble même qu'il mentionna Pénélope. Je me demande s'il était soûl ? Il ne cessait de m'apparaître pour redisparaître aussitôt, comme dans un brouillard, pourtant, j'avais l'impression que c'était moins un effet de ma vision floue qu'une sorte d'atermoiement de sa part. Oh, Charlie, tu aurais dû tenir compte de cette pointe de soupçon, tu aurais dû me jeter dehors cette nuit-là, malgré mon ivresse et ma faiblesse.

Ce dont je me souviens ensuite, c'est que j'étais à genoux devant les toilettes en train de vomir un torrent ferrugineux de vin mêlé de bouts de viande fibreux et de morceaux de carotte. La vue de ce jet de matières me remplit d'émerveillement comme s'il se fût agi, non de vomissures, mais d'une substance précieuse et étrange, noire coulée de minerai jaillie d'une mine au fond de mes entrailles. Puis j'ai l'impression que tout s'est mis à se balancer dans une obscurité chatoyante où des choses me dépassaient en tournoyant comme si on me faisait tourner inlassablement, au ralenti, sur un carrousel de verre, chancelant. Ensuite, je me suis retrouvé allongé sur le dos frissonnant, et en sueur dans le grand lit défait, à l'étage. Une lampe était allumée, et la fenêtre dessinait un écrin d'obscurité profonde, chatoyante. Je m'endormis et, après un laps de temps qui me parut n'avoir duré qu'un instant, m'éveillai, le visage baigné de soleil. Alentour, la maison était silencieuse, mais il me semblait percevoir plutôt qu'entendre une légère sonnerie insistante. Les draps formaient un fouillis trempé. Je n'avais pas envie de bouger, je me sentais fragile comme du cristal. Même mes cheveux paraissaient cassants telle une masse de minuscules filaments hérissés, frémissant d'électricité statique. J'entendais le sang courir dans mes veines, vif et lourd comme du mercure. J'avais le visage bouffi, en feu, et étrangement lisse au toucher : un visage de poupon. Quand je refermai les yeux, une forme pourpre palpita, s'évanouit, et palpita de nouveau sur l'intérieur de mes paupières, semblable au flash récurrent d'un obus explosant dans l'obscurité. Quand je déglutis, la sonnerie, qui me tintait à l'oreille, changea de ton. Je somnolai, et rêvai que j'allais à la dérive dans un lac brûlant. Lorsque je me réveillai, c'était l'après-midi. La lumière de la fenêtre, dense, paisible, limpide, m'était une brillance émanant tout droit du passé. J'avais la bouche sèche et enflée, il me semblait avoir la tête pleine d'air. Depuis l'enfance, je n'avais pas connu ce singulier état de désarroi voluptueux. Il ne s'agissait pas vraiment de maladie, plutôt d'une sorte de répit. Je demeurai allongé un long moment, presque immobile, à observer le jour qui déclinait, à écouter les petits bruits du monde. La lumière d'airain s'estompa peu à peu, et le ciel vira du lilas au mauve, et une étoile, une seule, apparut. Puis, soudain, il se fit tard, et, du fond de mon étourdissement somnolent, dans la légère pénombre estivale, je n'aurais pas été surpris si ma mère m'était apparue, jeune et souriante, dans un bruissement de soie, le doigt sur les lèvres, pour me souhaiter bonne nuit avant de s'en aller passer la soirée dehors. Néanmoins, ce ne fut pas maman qui se montra, mais seulement Charlie, il ouvrit la porte en veillant à ne pas la faire grincer, et me regarda en allongeant son cou de tortue ; je fermai les paupières, et il se retira tout doucement, fit craquer les marches en redescendant. Et, dans ma tête, je revis une autre porte, et une autre pénombre – ce fragment de souvenir emprunté, pourtant revenu me hanter – et j'attendis, sans oser respirer, que quelque chose ou quelqu'un se manifestât. Mais rien ne vint.

A mon sens, ce bref accès de fièvre marque la fin d'une phase initiale, bien définie, de ma vie de meurtrier. Au matin du deuxième jour, la fièvre était tombée. Allongé dans un enchevêtrement de draps humides, les bras grands ouverts, je me contentais de respirer. Il me semblait qu'après avoir déployé des efforts frénétiques pour parcourir des lieues dans une mer m'arrivant à mi-corps, je me retrouvais enfin sur la grève, à bout de forces, tremblant de tous mes membres, et pourtant presque en paix. J'avais survécu. J'avais repris possession de moi-même. Derrière la fenêtre, les mouettes appelaient maman French à grands cris, et, les ailes raidement déployées, montaient et descendaient comme suspendues à des élastiques. Je me levai en chancelant et traversai la pièce. C'était une journée ventée et ensoleillée, et la mer étincelait d'un bleu intense et dangereux. En contrebas, dans le petit port en pierre, les yachts dansaient en tirant sur leur mouillage. Je me détournai. Il y avait, dans ce décor gai et lumineux, comme un reproche à mon endroit. J'enfilai le peignoir de Charlie et descendis à la cuisine. Silence omniprésent. Dans la paisible lumière matutinale, tout était figé, comme sous l'effet d'un charme. Je ne pouvais pas supporter l'idée de manger. Je trouvai une bouteille d'Apollinaris* ouverte dans le réfrigérateur et en bus quelques gorgées. Il était éventé, et avait un léger goût de métal. Je m'assis à la table, et appuyai mon front contre mes mains. Ma peau me parut granuleuse, comme si mon épiderme se fût ratatiné en une sorte de poussière collante. La vaisselle et les restes du petit déjeuner de Charlie traînaient encore sur la table, et il y avait des cendres de cigarette renversées, et une soucoupe pleine de mégots écrasés. Les journaux que j'avais achetés le jeudi encombraient la poubelle. On était samedi. J'avais laissé passer, quoi, près de deux jours pendant lesquels les preuves s'étaient accumulées. Je cherchai le sac en plastique dans lequel j'avais fourré mes vêtements, mais il avait disparu. Charlie devait l'avoir sorti pour le passage des éboueurs, à l'heure qu'il était, il se trouvait sûrement sur une décharge quelconque. Peut-être qu'en cet instant même un chiffonnier fourrageait dedans. Un spasme d'horreur me parcourut. Je sautai sur mes pieds, et arpentai la pièce, les mains nouées pour les empêcher de trembler. Il fallait que je fasse quelque chose,

* Eau gazeuse allemande. *(N.d.T.)*

n'importe quoi. Je grimpai précipitamment à l'étage et courus d'une pièce à l'autre comme un roi fou, le pan de mon peignoir flottant dans mon sillage. Je me rasai, en jetant des regards furieux sur l'image que me renvoyait le miroir concave, puis je remis les vêtements de Charlie, forçai son bureau, pris l'argent liquide et le portefeuille rempli de cartes de crédit, dévalai l'escalier quatre à quatre, claquai violemment la porte derrière moi, et m'engouffrai dans le monde.

Et m'arrêtai. Tout était à sa place, les bateaux dans le port, la rue, les maisons blanches au bord de la mer, le cap au loin, ces petits nuages à l'horizon, et pourtant – et pourtant, tout était en quelque sorte différent de ce à quoi je m'étais attendu, de ce à quoi quelque chose en moi-même s'était attendu, en se confortant de l'idée dont les choses devaient s'ordonner. Puis je me rendis compte que c'était moi, bien sûr, qui n'étais pas à ma place.

J'entrai chez le marchand de journaux avec, dans la poitrine, la même sensation de peur et de surexcitation que la première fois. Quand je pris les quotidiens, l'encre me macula les mains, et les pièces de monnaie glissèrent d'entre mes doigts mouillés de sueur. Cette fois encore, la fille au visage boutonneux me jeta un coup d'œil appuyé. Elle avait un regard curieux, brouillé, qui semblait me traverser en même temps qu'il m'enveloppait. A son comportement, à son air tendu, énervé, je devinais qu'elle allait avoir ses règles. Je lui tournai le dos et étudiai les journaux. Pareille à une tache, l'histoire, jusqu'alors confinée au bas des premières pages, s'étalait à présent en plein milieu, tandis que les reportages sur l'attentat perdaient de la matière maintenant que les blessés avaient cessé de mourir. Il y avait une photographie de la voiture qui ressemblait à un hippopotame blessé ; à côté, se tenaient un policier flegmatique et un inspecteur, chaussé de bottes en caoutchouc, qui désignait quelque chose du doigt. On avait interrogé les garçons qui avaient découvert le véhicule. Se souvenaient-ils de moi, l'inconnu blafard qui rêvait sur le banc de la gare désertée ? Oui, ils donnaient mon signalement : un homme d'un certain âge, avec des cheveux noirs et une barbe fournie. La femme qui m'avait vu devant les feux de signalisation était certaine que j'avais à peine une vingtaine d'années, que j'étais élégant, que je portais la moustache, et que j'avais des yeux perçants. Puis il y avait les touristes de Whitewater qui m'avaient vu décamper avec le tableau, et Reck et sa mère, bien sûr, ainsi que le jeune idiot et la femme du garage où j'avais loué la voiture : chacun de ces témoignages donnait lieu à une nouvelle description, encore plus extravagante, de mon personnage, jusqu'au moment où je me retrouvai multiplié en une bande de coupe-jarrets à moustache qui courait de-ci, de-là, le regard mauvais, en poussant des cris menaçants, comme un chœur de brigands dans un opéra italien. Je faillis éclater de rire. Et pourtant, j'étais déçu. Oui, c'est vrai, j'étais déçu. Avais-je envie qu'on découvrît qui j'étais, espérais-je voir mon nom s'étaler en caractères monstrueux sur toutes les premières pages ? Je crois que oui. Je crois qu'au fond de moi je voulais vraiment qu'on m'obligeât à comparaître devant un jury pour révéler tous mes misérables petits secrets. Oui, être découvert, me retrouver brusquement assailli, rossé, mis à nu et offert en pâture à la multitude rugissante, tel était mon désir le plus profond, le plus vif. J'entends que la Cour a un hoquet de surprise et d'incrédulité. Mais ah, au fond de votre cœur, ne partagez-vous pas ce violent désir, vous aussi, gentes dames et gentilshommes du jury ? Etre deviné. Sentir cette lourde main s'abattre sur votre épaule, et entendre résonner la voix de l'autorité qui vous annonce que les carottes sont cuites. En bref, être démasqué. Posez-vous la question. J'avoue (j'avoue !) que ces jours passés à attendre que la police me trouve ont été les jours les plus excitants que j'aie jamais vécus, ou que je vivrai jamais. Terribles, oui, mais palpitants aussi. Jamais le monde ne m'avait paru aussi instable, ni ma place en son sein aussi magnifiquement précaire. De moi-même, j'avais une perception lascive, brute, j'étais une grande chose moite et chaude empaquetée dans les vêtements de quelqu'un d'autre. Les policiers pouvaient m'arrêter à tout moment, peut-être, à l'heure qu'il était, me surveillaient-ils déjà tout en chuchotant dans leur walkie-talkie pour alerter les tireurs d'élite postés sur le toit. Au début, il y aurait de la panique, puis de la souffrance. Ensuite, lorsque tout, jusqu'à la moindre bribe de dignité et de faux-semblant, aurait fichu le camp, quelle liberté il y aurait, quelle légèreté ! Non, qu'est-ce que je raconte, il ne serait pas question de légèreté, mais de son contraire : le poids, la pesanteur, le sentiment d'être enfin fermement ancré dans la terre. Alors, finalement, je serais moi, et non cette pauvre incarnation de moi-même que, toute ma vie, j'avais été. Je serais vrai. Je serais, tenez-vous bien, humain.

Je pris le bus pour aller en ville, descendis à une rue où j'avais vécu des années auparavant, quand j'étais étudiant, et, le cœur plein de nostalgie, longeai les grilles du parc, dans le vent chaud, sous le foisonnement des arbres. Un homme en chapeau, avec des yeux brouillés, terribles, était planté sur le trottoir à brandir le poing en l'air et à rugir des obscénités aux voitures qui passaient. Je l'enviai. J'aurais aimé pouvoir l'imiter et hurler de la même façon, déverser toute cette rage, cette souffrance, et cette indignation. Je poursuivis ma route. Un trio de jeunes filles court vêtues sortit d'un pas léger d'une librairie, en riant, et, l'espace d'une seconde, je me retrouvai au milieu d'elles, à sourire à belles dents d'un sourire effrayant, bête fauve parmi les Grâces. Dans une boutique toute neuve, j'achetai une veste et un pantalon, deux chemises, des cravates, des sous-vêtements, et, dans un élan de provocation, un chapeau élégant, mais pas franchement discret. Je crus déceler une pointe de méfiance quand je produisis les cartes de Charlie – mon Dieu, le connaissait-on, venait-il faire des courses ici ? – mais j'y allai de mon accent le plus claironnant, imitai sa signature avec aplomb, et tout le monde se détendit. Je n'étais pas vraiment inquiet. En réalité, je me sentais ridiculement surexcité et heureux, comme un jeune garçon parti s'offrir de fabuleux cadeaux d'anniversaire. (Qu'y a-t-il dans le banal fait d'acheter pour que cela me procure autant de plaisir simple ?) J'avais l'impression de nager en pleine rue, droit comme un hippocampe en train de fendre l'air. Je crois que je devais encore avoir de la fièvre. Les gens au milieu desquels j'évoluais me paraissaient étranges, je veux dire plus étranges que d'habitude. Il me semblait que je n'appartenais plus à leur espèce, qu'il s'était passé un je-ne-sais-quoi depuis la dernière fois où je m'étais trouvé confronté à une bande des leurs, que quelque chose s'était mis en place, chez moi, un infime événement, une évolution, fulgurante et cruciale. Je passai au milieu d'eux comme un enfant de fées, comme un jouet de la nature. Ils m'étaient inaccessibles, ils ne pouvaient me toucher – pouvaient-ils seulement me voir, ou me situais-je maintenant en dehors de leur champ de vision ? Et pourtant, avec quelle furieuse envie et quel émerveillement ne les observais-je pas avidement. Ils surgissaient autour de moi, en une sorte de trébuchement, avec un regard terne et dérouté de réfugiés. Je me voyais qui, les dépassant d'une tête, avançais d'un pas dansant, déguisé, esseulé, à dorloter mon énorme secret. J'étais le rêve qu'ils se refusaient, qu'ils ne reconnaissaient pas – j'étais leur Moosbrugger*. Je parvins

* Personnage de *l'Homme sans qualités* de Musil. *(N.d.T.)*

à la rivière, et flânai sur le pont parmi les mendiants, les marchands de quatre-saisons et les camelots qui vendaient des bijoux de pacotille, admirai la lumière voilée de vent au-dessus de l'eau, goûtai l'air salé sur mes lèvres. La mer ! Oh, me retrouver au loin, là-bas, au-dessus d'innombrables mètres cubes d'eau, perdu dans tout ce bleu !

J'entrai – tout était si simple – j'entrai dans un bar et m'offris un verre. Chaque gorgée ressemblait à une lamelle de métal, lisse et glacée. C'était un endroit très sombre qui évoquait une caverne. Au-delà du seuil, la lumière de la rue brillait d'un éclat blanc éblouissant. J'aurais pu être quelque part dans le Sud, dans un de ces petits ports décrépis, et moites, que j'avais si bien connus. Au fond de la pièce, dans un endroit éclairé comme une scène de théâtre, des jeunes, à la tête rasée et chaussés de bottes à lacets démesurément grandes, jouaient au billard. Les boules sifflaient et claquaient, les jeunes gens juraient doucement. On aurait cru une scène tirée d'un Hogarth, un groupe de chirurgiens nu-tête, par exemple, penchés avec attention au-dessus de la table de dissection. Les bras croisés et la bouche ouverte, le barman levait les yeux vers la télévision, haut perchée sur une étagère, dans un coin, regardait une course de chevaux. Un jeune homme tuberculeux, vêtu d'un paletot riquiqui, entra et vint se poster à côté de moi. Il ne tenait pas en place, haletait. A sa tension, je devinais qu'il mijotait quelque chose, et, l'espace d'un moment, j'en ressentis une inquiétude agréable. Il était capable de faire n'importe quoi, n'importe quoi. Mais il se contenta de prendre la parole. *Ça fait trente-trois ans que je vis ici*, dit-il sur un ton d'amère indignation, *et tout le monde a peur.* Le barman lui jeta un regard excédé et lourd de mépris, puis se tourna à nouveau vers l'écran. Des chevaux bleus galopaient en silence sur un turf vert vif. *Moi*, j'ai peur, ajouta le jeune homme, irrité maintenant. Un tic terrible le secoua, qui lui fit ployer les épaules, baisser la tête, et lever un bras en l'air comme si quelque chose l'avait mordu au cou. Puis il tourna les talons et sortit précipitamment, en s'emmitouflant dans son paletot. J'abandonnai mon verre à moitié plein, lui emboîtai le pas. Dehors, la lumière était aveuglante. Je repérai le jeune homme, loin déjà, qui, les coudes collés au corps, et, leste comme un danseur, avançait à petits pas pressés, raides, et fendait la foule en évitant soigneusement de toucher le moindre passant. Rien ne l'arrêtait. Dans la cohue la plus grouillante, il trouvait aussitôt la faille, pivotait prestement du buste, plongeait, et traversait la marée humaine sans ralentir l'allure. Quel tandem nous aurions formé, si quelqu'un avait pensé à nous associer, lui, dans son vilain paletot étriqué, et moi, coiffé de mon élégant chapeau et armé de mes coûteux grands sacs en papier. J'avais du mal à suivre son rythme, et, au bout d'une minute ou deux, je me retrouvai essoufflé, en nage. J'éprouvais un indicible sentiment d'exaltation. A un moment, il fit une pause, s'arrêta pour contempler d'un œil mauvais la vitrine d'un drugstore. Je patientai, m'attardai devant un arrêt de bus, tout en le surveillant du coin de l'œil. Il manifestait tant de détermination, et paraissait si nerveux que je crus qu'il allait se livrer à quelque violence, se retourner pour attaquer quelqu'un, peut-être, ou donner un coup de pied dans la devanture et trépigner au milieu des appareils photo et de l'étalage de cosmétiques. Mais il attendait simplement qu'un autre tremblement convulsif le reprenne. Cette fois, quand il leva le bras en l'air, sa jambe se dressa aussi, comme si coude et genou étaient reliés par un fil invisible, et, une seconde plus tard, son talon frappait le trottoir dans un craquement sonore. Il jeta un coup d'œil rapide autour de lui pour voir si quelqu'un l'avait remarqué, et se secoua un petit peu, le plus naturellement du monde, comme si, ce faisant, il allait donner à son premier spasme un côté intentionnel, puis il repartit de plus belle, semblable à un whippet. J'avais envie de le rattraper, j'avais envie de lui parler. Je ne savais pas ce que je pouvais lui dire. Je ne voulais pas lui manifester la moindre compassion, certainement pas. Je n'avais pas pitié de lui, ne voyais rien en lui qui méritât ma pitié. Non, ce n'est pas vrai, parce qu'il était pathétique, pauvre créature folle et handicapée. Pourtant, je ne le plaignais pas, ce n'était pas le genre de sentiment que j'éprouvais à son égard. Ce que je ressentais, c'était, comment dire, une sorte de respect fraternel, une impression d'unité marquée, tonique, presque réconfortante. A mes yeux, il n'y avait au monde rien de plus simple que d'aller vers lui, de poser la main sur son épaule frêle et de dire : *Mon compagnon dans la souffrance, cher ami, compagnon de misère* !* Et ce fut donc avec une déception et un chagrin profonds que je m'arrêtai au carrefour suivant pour scruter la foule en mouvement, et constater que je l'avais perdu. Presque aussitôt, néanmoins, je lui trouvai un substitut, une grande femme adipeuse avec des épaules larges, un gros derrière, et de lourdes jambes tubulaires qui se terminaient sur une paire de pieds minuscules, de vrais antérieurs de cochon, comprimés dans des chaussures blanches à hauts talons. Elle sortait de chez le coiffeur, arborait une coupe de cheveux à la mode, style garçon, qui, sur elle, faisait grotesque. Sa nuque duvetée, et plissée de graisse, était encore rouge du feu du séchoir, comme si elle avait honte pour sa propriétaire. Cette femme était si courageuse et si triste, à marcher d'un pas lourd dans ses vilaines chaussures, que je l'aurais suivie toute la journée, je crois, mais, au bout d'un moment, je la perdis aussi. Ensuite, je m'attachai à un homme flanqué d'une grosse tache de vin sur la figure, puis à un minuscule bout de femme qui promenait un minuscule bout de chien dans un landau de poupée, puis à un jeune homme qui, l'œil fixe et furieux du visionnaire, marchait d'un pas décidé comme s'il ne voyait rien ni personne, les bras ballants, en grognant par-devers lui. Dans une rue piétonne très animée, je me retrouvai soudain entouré par une bande de *tinkers* que ma mère

* En français dans le texte. *(N.d.T.)*

aurait qualifiées de *grandes hommasses.* Les cheveux roux, le visage semé de taches de rousseur et éclairé par d'extraordinaires yeux vert fumé, elles se pressèrent contre moi en une supplique agressive, en me tirant par la manche, en gémissant. J'eus l'impression d'être attaqué par une volée de gros oiseaux sauvages importuns. Quand j'essayai de les chasser, l'une d'entre elles fit valser mon chapeau tandis qu'une autre m'arrachait promptement le sac en papier qui contenait ma veste neuve. Puis elles détalèrent dans une bousculade, en une explosion de rires stridents, dans un envol de talons rouge vif. J'éclatai de rire à mon tour, et ramassai mon chapeau sur le trottoir en ignorant le regard des passants qui, apparemment, jugeaient mon hilarité incongrue. La veste m'importait peu – en fait, sa perte faisait écho, de façon mystérieusement pertinente, à celle dont je m'étais défait auparavant – mais j'aurais aimé savoir où allaient ces filles. J'imaginai un appentis de haillons et de bouts de tôle galvanisée sur la parcelle poudreuse d'un terrain vague, avec un chien affamé, des nourrissons morveux, et une ivrognesse de sorcière penchée sur une marmite fumante. A moins qu'il n'y eût un Fagin* qui les attendît quelque part, tapi dans la pénombre de quelque demeure à l'abandon où, du bout des doigts, la lumière de l'été caressait les volets, où les atomes de poussière voletaient sous de hauts plafonds, et où les griffes des rats dans les boiseries grattaient

* Personnage de *David Copperfield. (N.d.T.)*

le silence, grattaient, s'arrêtaient pour regratter de plus belle. Durant quelque temps, je continuai donc à marcher, le cœur content, à inventer d'autres vies jusqu'au moment où, devant moi, je remarquai un géant à figure de papier mâché et aux jambes de caoutchouc qui avançait péniblement sur deux cannes, et où je me ruai avidement à sa poursuite.

Que m'arrivait-il, pourquoi suivais-je ces gens – après quelle vérité lumineuse étais-je en train de courir ? Je n'en savais rien, et ça m'était égal. Je me sentais déconcerté et heureux comme un enfant admis à participer à un jeu d'adultes. Je continuai mon manège pendant des heures, sillonnai rues et places avec l'obstination médusée d'un ivrogne, comme si je traçais un énorme panneau compliqué sur le visage de la ville afin que quelqu'un dans le ciel pût le lire. Je me retrouvai dans des lieux dont j'ignorais qu'ils existaient, des ruelles tortueuses auxquelles succédaient, soudain, de vastes espaces déserts, et des impasses sous des ponts de chemin de fer où, leur toit aux couleurs de jouet ruisselant de reflets, des voitures garées lézardaient grassement au soleil du soir. Je mangeai un hamburger dans un café aux parois vitrées, avec des chaises en plastique moulé et des cendriers en papier d'argent, où les gens, seuls à leur table, mâchonnaient leur nourriture comme des enfants apeurés abandonnés par leurs parents. Le jour s'éteignait lentement sur un coucher de soleil, strié de rouge et d'or, qui maculait le ciel, et je marchais avec l'impression d'errer juste sous la surface d'un grand fleuve en flammes. Les promeneurs du soir, des filles en pantalon moulant et hauts talons, des jeunes hommes musclés aux coupes de cheveux menaçantes, déambulaient sur les trottoirs. Dans le crépuscule brûlant, brumeux, les rues paraissaient plus larges, laminées en quelque sorte, et les voitures filaient, luisantes comme des phoques dans cet éblouissement au sodium. Il était tard quand je regagnai la maison de Charlie, les pieds douloureux, suffoquant de chaleur, échevelé, le chapeau de guingois, mais pénétré du sentiment mystérieux d'avoir accompli un exploit. Et cette nuit-là, je rêvai de mon père. C'était une version miniature de lui-même, un enfant ratatiné, flanqué d'une moustache, habillé d'un costume de marin, au petit visage amaigri, rétréci, les cheveux séparés par une raie impeccable ; il tenait par la main une grande matrone aux yeux noirs, impressionnante, qui portait un costume grec et une couronne de myrte, et me regardait avec un sourire lascif, indulgent.

J'ai eu un choc. Mon avocat est venu me voir, aujourd'hui, et m'a appris une nouvelle extraordinaire. D'habitude, nos petits entretiens me font plaisir, de façon plutôt mélancolique. Nous nous installons derrière une table carrée, dans une pièce exiguë, sans air, sans fenêtre. Les murs sont gris, couleur de meuble de rangement. La lumière d'un tube fluorescent, au-dessus de nos têtes, nous tombe dessus comme une brume fine. La lampe n'arrête pas de grésiller. Maolseachlainn commence par se montrer plein d'énergie, farfouille dans son sac, froisse ses papiers, marmonne. Il a l'air d'un gros ours soucieux. Il s'efforce désespérément de trouver ce dont il va m'entretenir, les aspects neufs de cette affaire, des points de droit obscurs qu'il pourrait avancer, nos chances d'avoir un juge compréhensif, ce genre de chose. Il parle trop vite, bute sur les mots comme sur autant de cailloux. Peu à peu, l'atmosphère de la pièce le saisit, pareille à l'humidité, et il s'enfonce dans le silence. Il enlève ses lunettes, et reste assis à me regarder en clignant des yeux. Il a une façon de se pincer l'arête du nez entre deux doigts et un pouce qui est particulièrement émouvante. Je le plains. Je crois qu'il a vraiment de l'affection pour moi. Ce sentiment l'intrigue, et le dérange aussi, me semble-t-il. Il a l'impression de me laisser tomber quand il se retrouve à court d'inspiration comme ça, mais c'est vrai qu'il n'y a plus rien à ajouter. Nous savons, l'un comme l'autre, que je vais être condamné à la prison à vie. Il n'arrive pas à comprendre mon équanimité face à mon sort. Je lui dis que je me suis converti au bouddhisme. Faute de savoir avec certitude s'il s'agit d'une plaisanterie, il sourit prudemment. Je le divertis en lui racontant des histoires sur la prison, me livre à quelques imitations pour leur donner de la substance – j'imite notre gouverneur de façon très convaincante. Quand Maolseachlainn rit, il ne fait pas de bruit, se contente d'un lent haussement d'épaules, et d'un sourire distendu, éclatant.

A propos, quelle drôle de formule : la prison à vie. Il est si rare que les mots veuillent vraiment dire ce qu'ils disent.

Aujourd'hui, j'ai tout de suite vu que quelque chose le tracassait. Il n'arrêtait pas de tirer sur le col de sa chemise, de s'éclaircir la gorge, d'ôter et de remettre ses lunettes en demi-lune. Il y avait aussi ce flou dans son regard. Il bredouillait, marmonnait des trucs sur le concept de justice, le pouvoir discrétionnaire des magistrats, et autres fariboles, je ne l'écoutais guère. Il paraissait si affligé et si mal à l'aise, à tortiller son gros derrière sur le siège de la prison, à regarder partout, sauf dans ma direction, que j'avais du mal à me retenir de rire. Je tendis l'oreille, pourtant, quand il se mit à grommeler quelque chose sur le fait que je pouvais peut-être plaider coupable – et ce après tout le temps et l'énergie qu'il avait, au début, consacrés pour me convaincre de ne pas le faire. Quand je le lui rappelai, plutôt sèchement, je l'avoue, il changea immédiatement de sujet, le regard inquiet. Je me demande ce qu'il mijote ? J'aurais dû l'obliger à poursuivre, lui tirer les vers du nez. Pour faire diversion, il plongea dans son attaché-case et en sortit une copie du testament de ma mère. Je n'en connaissais pas encore le contenu qui, on le devine, m'intéressait vivement. A ce que je vis Maolseachlainn n'était pas beaucoup plus à l'aise sur ce sujet que sur le précédent. Il toussa énormément, fronça les sourcils, lut diverses clauses concernant des dons, des conventions et des legs mineurs, et mit du temps avant d'en venir au fait. Je n'arrive toujours pas à y croire. La salope a laissé Coolgrange à cette fille de ferme, comment s'appelle-t-elle, Joanne. Il y a un peu d'argent pour Daphné, et pour la scolarité de Van, mais pour moi rien. Je suppose que je ne devrais pas être surpris, mais je le suis. Je n'étais pas un bon fils, mais j'étais le seul qu'elle eût. En face de moi, Maolseachlainn m'observait avec compassion. Je suis désolé, fit-il. Je souris, haussai les épaules, bien qu'il m'en coûtât. J'avais envie qu'il s'en aille à présent. Oh, déclarai-je, c'est compréhensible, après tout, qu'elle ait fait un nouveau testament. Il ne dit rien. Il y eut un drôle de silence. Puis, presque tendrement, il me remit le document, et je regardai la date. Ce papier était vieux de sept ans, presque huit. Elle m'avait déshérité depuis longtemps, avant même que je ne sois revenu porter atteinte à son honneur, et à celui de notre nom. Je revis, avec une clarté bouleversante, le regard qu'elle m'avait jeté, ce fameux jour dans la cuisine à Coolgrange, et j'entendis à nouveau son ricanement éraillé. Tant mieux, je suis content que sa blague l'ait amusée. C'en est une bonne. Je découvre un manque d'amertume étonnant, au fond de mon cœur. Je souris, bien que mon expression ressemble sans doute plus à une grimace qu'à un sourire. Voilà la contribution maternelle à cette longue série de leçons qu'il me faut apprendre.

Maolseachlainn se leva, cordial comme toujours pour tenter de dissimuler le soulagement qu'il éprouvait à la perspective de s'en aller. Je le regardai se démener pour enfiler son pardessus bleu marine, puis nouer son cache-col en laine rouge autour de son cou. Parfois, quand il vient juste d'arriver à la prison, il se dégage de ses vêtements des bouffées, des bribes d'air du dehors, je les hume avec un plaisir secret comme si c'étaient là les plus précieux des parfums. Comment c'est, dehors ? lançai-je alors. Il se figea, me regarda en clignant des yeux, un peu inquiet. Je crois qu'il pensait que je lui demandais de me brosser un tableau exhaustif, comme si j'avais peut-être oublié à quoi ressemblait le monde. La journée, précisai-je, le temps. Son front s'éclaircit. Il haussa les épaules. Oh, dit-il, gris, juste gris, vous savez. Et, aussitôt, dans un serrement de cœur, je la vis, cette fin d'après-midi de novembre, l'éclat terne des routes humides, les enfants qui revenaient de l'école en traînaillant, les corbeaux qui voltigeaient et tournoyaient contre les lambeaux de nuages, et, dans le ciel, ce rougeoiement terni derrière des branches nues, noircies. Autrefois, c'était une époque de l'année que j'aimais, ce temps frappé de discrédit, quand cette grande affaire qu'est le monde va son petit bonhomme de chemin sans s'occuper de rien ni de personne. Je me revois, enfant, dans ce décor-là, en train de musarder sur cette route humide, de décocher un coup de pied dans une pierre devant moi, et de rêver à cet énorme rêve qu'est l'avenir. Il y avait un sentier, je me souviens, qui coupait le bois de chênes, à deux ou trois kilomètres de la maison, et dont je savais qu'il devait aboutir à Coolgrange. Par là, que les ombres paraissaient vertes, le chemin creux, et le silence fiévreux. Chaque fois que je passais devant, en remontant du calvaire, je me répétais : La prochaine fois, la prochaine fois. Mais, toujours, quand arrivait la prochaine fois, j'étais pressé, ou le jour tombait, ou je n'étais tout simplement pas d'humeur à innover, et je suivais donc mon chemin habituel, la route. Au bout du compte, je ne pris jamais ce sentier secret, et, à présent, bien sûr, il est trop tard.

Je me suis livré à des calculs, dans ma tête – ça m'évite de penser à autre chose – et, à ma grande surprise, je m'aperçois qu'en tout, je n'ai pas passé plus de dix jours chez Charlie, depuis le jour, ou plutôt la nuit de la Saint-Jean, jusqu'à ce dernier jour crucial de juin. Cela fait dix, n'est-ce pas ? Septembre, avril, juin ont trente jours – oui, dix. A moins que ce ne soit neuf. Neuf nuits, sans aucun doute. Mais quand le jour finit-il, et quand la nuit commence-t-elle, et *vice versa* ? Et pourquoi la nuit me paraît-elle une entité plus facilement quantifiable que le jour ? Je n'ai jamais été très doué pour ce genre de chose. Plus les chiffres sont simples, plus ils m'abusent. N'importe. Dix jours, à peu près, plus ou moins, voilà la durée de mon séjour chez Charlie French dont je n'avais pas l'intention de trahir l'hospitalité et la gentillesse. Ça m'a paru plus long. Ça m'a paru durer des semaines et des semaines. Je n'y ai pas été malheureux. C'est-à-dire que je n'y ai pas été plus malheureux que je l'aurais été ailleurs. Malheureux ! Quel terme ! A mesure que les jours passaient, mon agitation grandissait. J'avais les nerfs à fleur de peau, et une douleur incessante me nouait les tripes. J'étais en proie à de brusques et furieux accès d'impatience. Pourquoi ne venaient-ils pas me chercher, que faisaient-ils ? Le silence des Behrens m'irritait tout particulièrement. J'avais la conviction qu'on jouait avec moi à un jeu cruel. Mais, derrière toutes ces émotions, persistait cette sensation nette, triste, constante. J'étais déçu. J'avais le sentiment d'avoir été lâché. J'avais espéré que les énormités dont je m'étais rendu coupable allaient au moins changer ma vie, qu'elles allaient avoir des répercussions, quand bien même horribles, qu'il allait se produire une cascade d'événements foudroyants, d'alertes, de peurs soudaines, et de fuites *in extremis.* Je ne sais pas comment je réussis à passer ces jours-là. Tous les matins, je me réveillais dans un sursaut d'angoisse, comme si une goutte de souffrance pure m'était tombée sur le front avec un bruit mat. Cette vieille et grande demeure avec ses odeurs et ses toiles d'araignée m'étouffait. Je buvais beaucoup, bien sûr, mais pas assez pour m'anesthésier. J'essayais de parvenir à l'oubli, Dieu m'est témoin, j'ingurgitais l'alcool jusqu'à en avoir les lèvres insensibles et les genoux presque raides, mais cela ne servait de rien, je n'arrivais pas à m'échapper à moi-même. Avec l'impatience exaltée d'un amoureux, j'attendais le soir, l'heure de mettre mon chapeau et mes vêtements neufs – mon nouveau masque ! – et de lever le pied allégrement, Dr Jekyll tremblotant, à l'intérieur duquel l'autre, la terrible créature, avide d'expérience, s'énervait et bataillait. J'avais l'impression de n'avoir encore jamais regardé le monde ordinaire qui m'entourait, les gens, les lieux, les choses. Que tout me paraissait innocent, innocent, et à la merci du destin. Comment dire l'enchevêtrement d'émotions qui m'agitait tandis que je rôdais par toute la ville, en laissant mon cœur de monstre se repaître du bruit et du spectacle du banal ? Ce sentiment de puissance, par exemple, comment le communiquer ? Il découlait non de ce que j'avais fait, mais du fait que je l'avais fait et *que personne ne le savait.* Le secret, le secret même, *voilà* ce qui me posait au-dessus des gens au regard terne parmi lesquels je circulais tandis que tombait la longue journée, que les lampadaires s'allumaient, et que les voitures filaient vers leur port d'attache, en laissant, dans l'air qui allait s'obscurcissant, une brume bleue pareille à la fumée d'une détonation. Et puis il y avait cette excitation incessante, brûlante comme la fièvre dans le sang, qui tenait mi à la peur d'être démasqué, mi au désir de l'être. Quelque part, en cet instant même, je le savais, dans des salles de détente et des bureaux miteux, saturés de fumée, des hommes anonymes rassemblaient laborieusement les preuves qui allaient me confondre. Je pensais à eux la nuit, allongé dans le grand lit défoncé de la mère de Charlie. C'était étrange de faire l'objet d'une attention aussi pointilleuse, étrange, et pas totalement déplaisant. Cela paraît pervers ? Mais, désormais, j'évoluais dans une autre contrée où les vieilles lois ne s'appliquaient pas.

Il m'était difficile de dormir, bien sûr. Je suppose que je n'en avais pas envie par crainte de ce que j'aurais eu à affronter dans mes rêves. Au mieux, je me débrouillais une ou deux heures agitées dans la pénombre d'avant l'aube, et me réveillais, épuisé, une douleur dans la poitrine, et les yeux brûlants. Charlie, lui non plus, ne dormait pas, à n'importe quelle heure de la nuit j'entendais l'escalier craquer sous ses pas, la théière cliqueter dans la cuisine, les toilettes résonner d'un tintement spasmodique et laborieux pendant qu'il vidait sa vessie de vieillard. Nous nous voyions peu. La maison était suffisamment grande pour que nous nous y trouvions tous les deux en même temps tout en ayant néanmoins l'impression d'être seuls. Depuis cette première nuit d'ébriété, il m'avait évité. Il n'avait pas l'air d'avoir d'amis. Le téléphone ne sonnait jamais, personne ne venait à la maison. Je fus donc surpris, et horriblement inquiet, un soir que je revenais tôt de mes errances en ville, de découvrir trois grosses voitures noires garées dans la rue, et un garde en uniforme qui rôdait près du petit mur du port en compagnie de deux vigiles en anorak. Bien que mon cœur battît à tout rompre et que j'eusse les paumes moites, je m'obligeai à passer devant eux tout doucement, en honnête citoyen effectuant sa promenade vespérale, puis je contournai la maison et entrai par l'entrée donnant sur l'impasse. J'avais traversé la moitié du jardin envahi de broussailles quand je trébuchai, tombai, et m'égratignai la main gauche sur un rosier ensauvagé. Je m'accroupis dans l'herbe haute, tendis l'oreille. Odeur de terre grasse, odeur de feuilles, viscosité du sang sur ma main blessée. La lumière jaune de la fenêtre de la cuisine teintait le crépuscule autour de moi du plus pâle des bleus. A l'intérieur, une inconnue, en tablier blanc, s'activait derrière les fourneaux. Quand j'ouvris la porte, elle se retourna vivement, et poussa un petit cri. Dieu du ciel ! s'écria-t-elle, qui êtes-vous ? C'était une femme d'un certain âge qui portait une perruque teinte au henné, exhibait des prothèses dentaires mal adaptées, et qui avait l'air distrait. Elle s'appelait, nous allons l'apprendre tout de suite, Madge. Ils sont tous là-haut, me dit-elle en me congédiant, et elle retourna à ses casseroles fumantes.

Ils étaient cinq, ou six, en comptant Charlie, bien qu'au début il me semblât qu'ils devaient être au moins le double. Ils se tenaient dans le grand salon lugubre au premier étage, sous les fenêtres, un verre à la main, à se faire des grâces d'échassiers, à jacasser comme s'il y allait de leur vie. Derrière eux, les lumières du port scintillaient, et sur le ciel, au loin, une énorme cohorte de nuages bleu ardoise se refermait comme un couvercle sur la dernière traînée de braises rougeoyantes du soleil couchant. A mon entrée, les discussions cessèrent. Dans l'assistance, il n'y avait qu'une femme, grande, mince, avec des cheveux roux comme le pelage d'un renard, et un visage extraordinairement blanc. Charlie me tournait le dos ; c'est en voyant ses invités diriger leurs regards vers moi qu'il devina ma présence. Il pivota avec un sourire chagrin. Ah, dit-il, tu es là. Son casque de cheveux ailé brillait, comme lustré. Charlie portait un nœud papillon. Eh bien, m'entendis-je lui dire sur un ton agressivement enjoué, eh bien, tu aurais pu me prévenir ! Mes mains tremblaient. Il y eut un moment de silence hésitant, puis la conversation reprit tout à trac. La femme continuait à m'observer. La pâleur de son teint, l'éclat de sa chevelure, et son long cou gracile lui donnaient un air perpétuellement étonné comme si on lui avait confié, par le passé, un secret choquant qu'elle n'avait jamais vraiment assimilé.

Tout en marmonnant des excuses, Charlie glissa une main tremblante sous mon coude et, gentiment mais fermement, m'obligea à reculer vers le palier. La peur que j'avais éprouvée auparavant s'était muée en colère. J'avais envie de lui coller une taloche sur la tête, de démolir l'ordonnance de ce ridicule casque de cheveux prétorien. Demande à Madge, dit-il, demande à Madge de te donner quelque chose à manger, je descends dans un instant. Il était tellement tracassé que je crus qu'il allait pleurer. Fiché sur la dernière marche, il me regarda descendre comme s'il craignait que je ne remonte à toute vitesse s'il me quittait des yeux, et il attendit que je sois bien arrivé au rez-de-chaussée et que j'aie pris la direction de la cuisine pour retourner au salon et à ses invités.

Dans la cuisine saturée de vapeur, Madge, la perruque de guingois, paraissait encore plus affectée qu'avant par la chaleur et la fatigue. Quel endroit, s'écria-t-elle avec amertume, grands dieux ! Elle était, ainsi qu'elle le formula avec pittoresque, la régulière de M. French quand il faisait bamboche, venait là lorsqu'il y avait des dîners, ou d'autres choses. Intéressant. Des dîners, rien que ça ! Pour l'aider, je débouchai le vin, puis m'assis à la table en me gardant une bouteille pour moi. J'en avais bu la moitié quand on frappa un coup violent à la porte d'entrée, ce qui, une fois encore, me fit battre le cœur à tout rompre. Je filai vers le vestibule, mais Charlie dégringolait déjà l'escalier à grand bruit. Quand il ouvrit, j'aperçus les deux anoraks dehors qui escortaient un homme de forte carrure, et une grande femme mince qui entrèrent dans la maison à une allure royale. Ah, Max, fit Charlie qui s'avança avec un empressement maladroit. La femme, il l'ignora. Max lui donna une brève poignée de main, reprit sa main, et, d'un geste pressé, la passa sur son front bas, agressif. Mon Dieu, s'écria-t-il, tu habites drôlement loin, j'ai cru que nous n'y arriverions jamais. Ils se dirigèrent vers l'escalier, Charlie et Max en premier, la femme derrière eux. Elle portait une vilaine robe bleue, et un collier à trois rangs de perles. Elle jeta un coup d'œil autour d'elle, m'aperçut, et soutint mon regard jusqu'à ce que je détourne les yeux. Madge était sortie de la cuisine et, collée derrière mon épaule, regardait la scène. Voilà un gros bonnet, murmura-t-elle, avec la bourgeoise assortie.

Après qu'ils furent montés, j'attendis un moment, puis, quand Madge retourna à ses casseroles, je grimpai les marches et me glissai à nouveau dans le salon. Charlie, Max et Mme Max s'étaient postés devant une fenêtre et admiraient la vue tandis que les autres s'agitaient, claquaient de la langue, et s'efforçaient de ne pas regarder trop ouvertement dans la direction du trio. Moi, j'allai chercher des bouteilles sur le manteau de la cheminée, m'en mis plein les bras, et circulai au milieu des invités pour les resservir. A l'exception d'un vieux bonhomme, au nez comme une sanguine et au gilet maculé sur le devant, qui, la mine triste et l'œil embué, se tenait à l'écart, les hommes avaient l'air propret, empressé, et légèrement crispé de ces grands écoliers en uniforme bleu qui vivent leur première sortie d'adulte. Prudemment, leurs regards me traversaient sans me voir, mais le vieux bonhomme s'anima aussitôt, se montra prêt à engager la conversation. Qu'en pensez-vous, en tout cas, déclara-t-il d'une voix forte, allons-nous gagner, oui ou non ? Je pris cela comme une question pour la forme. Oui, répondis-je avec fermeté, et lui adressai un clin d'œil appuyé. Il fronça les sourcils, et recula d'un pas en me dévisageant néanmoins d'un air dubitatif. Mon Dieu, marmonna-t-il, je n'en sais plus rien, maintenant. Je haussai les épaules, et m'éloignai sans faire d'histoires. Charlie m'avait repéré et, alarmé, affichait un sourire figé. Moi, j'avais une vodka, dit Mme Max d'un ton glacial quand je lui offris un gin. Pour ma part, j'avais fixé mon attention sur son mari. Il avait le visage marqué, tanné, comme s'il avait été longtemps exposé à une lumière et un climat autrement plus durs que tout ce qu'avaient jamais connu les autres hommes présents dans la pièce. Ses gestes aussi, sa façon de se tenir, la lenteur délibérée avec laquelle il tournait les yeux ou portait la main à son front, toute son attitude était chargée d'une sorte de théâtralité, et témoignait d'une trempe exceptionnelle. Il parlait lentement d'une voix gutturale, et s'exprimait avec une violence impressionnante, et curieusement séduisante même. C'était la voix d'un homme s'enfonçant inexorablement dans une forêt de petits obstacles. Je l'imaginais en train d'écraser des tas de choses sans s'en rendre compte, des fleurs, ou des escargots, ou les pieds de ses ennemis. Eh bien, Charlie, disait-il, on continue à acheter bon marché et à revendre cher ? Charlie rougit, lança un coup d'œil dans ma direction. C'est cela, lança Mme Max, mets tout le monde mal à l'aise. Elle parlait fort, avec une insistance ennuyeuse, sans regarder son mari, comme si, par-dessus l'épaule de ce dernier, elle lobait ses remarques en direction d'un allié sardonique qui l'eût écoutée. Max ne la regardait pas davantage, à croire qu'une voix désincarnée s'était exprimée. Il partit d'un rire dur. Ce tableau hollandais dont je t'avais parlé, tu l'as acheté finalement ? demanda-t-il. Charlie, à la torture, mais souriant, hocha la tête, sans pouvoir dire un mot. Sa paupière gauche se mit à tressauter comme si une mite, coincée dessous, s'était brusquement animée. Je lui proposai la bouteille de whisky, mais, d'un geste vif, il recouvrit son verre de la main. Max aussi me repoussa. La femme aux cheveux roux, que j'avais baptisée Foxy, surgit alors derrière moi. Votre main, dit-elle, vous vous êtes coupé. L'espace d'un moment, nous demeurâmes tous silencieux, Max, sa bourgeoise, Charlie, Foxy et moi, à contempler l'égratignure emperlée de sang qui me barrait les phalanges. Oui, répondis-je, je suis tombé sur un rosier. J'éclatai de rire. Cette demi-bouteille de vin m'était montée tout droit à la tête. Furtivement, Charlie dansait d'un pied sur l'autre, dans la crainte, je suppose, que je ne fasse quelque chose de scandaleux. Pour la première fois, je remarquai à quel point il avait peur de moi. Pauvre Charlie. Un yacht illuminé glissait en silence sur les eaux d'encre du port. Quelle vue superbe, déclara Max d'un ton lugubre.

Dans la salle à manger, la chouette empaillée, sous sa cloche, regardait l'assistance avec une expression de surprise mêlée de consternation. Pour l'heure, Patch, je veux dire Madge, cédait à la panique. Pour l'aider, je me chargeai d'emporter les assiettes et les plats, et les déposai lourdement sur la table avec de grands gestes outrés de serveur. J'avoue que je m'amusais. Je ne pensais à rien, je débordais d'une joie folle, pareil à un enfant participant à une mascarade. Il me semblait que j'agissais comme sous l'effet d'un charme, je ne sais pas comment ça se fit, mais pendant un moment, pendant une heure ou deux que je jouais le rôle du factotum de Charlie, je me sentis libéré de moi-même et des terreurs qui n'avaient cessé de me poursuivre depuis des jours. Tout en vaquant à mes occupations, j'allai jusqu'à m'inventer une histoire, je veux dire que je – comment puis-je exprimer ça – que j'adoptai une certaine attitude qui ne m'appartenait pas et qui, pourtant, même à mes yeux, ne paraissait pas moins authentique ni crédible, du moins, que mon vrai moi. (Mon vrai moi !) Je devins l'Indispensable Frederick, le célèbre serviteur de M. French, dont ce vieux bourru de riche célibataire ne saurait se passer. Il m'avait arraché à une situation difficile quand j'étais jeune homme – que je tenais le bar, par exemple, de quelque pub sordide du centre-ville – et depuis je lui étais dévoué et loyal jusqu'à la férocité. Je le houspillais aussi, bien sûr, et pouvais me comporter en vraie terreur quand il recevait. (Jalousie ? Entre eux, les gens se perdirent parfois en conjectures, mais, tout compte fait, ils conclurent que Charlie n'avait pas de ces inclinations : vous vous souvenez, autrefois, de cette femme chevaline qui vivait dans la campagne, l'amour de sa vie ?) En vérité, nous étions comme père et fils, sinon qu'aucun fils ne se serait montré si présent, et aucun père si indulgent face à mes petites manies. Par moments, il était difficile de dire qui était le maître et qui était le serviteur. Ce soir-là, par exemple, une fois le plat principal terminé, je m'assis au milieu des invités et me servis un verre de vin le plus naturellement du monde. Un silence s'installa, Charlie sourcilla, se mit à rouler une miette sur la nappe en faisant mine de penser à autre chose, Max fixa d'un œil lugubre les lumières du port derrière la vitre tandis qu'autour de lui ses hommes de confiance s'agitaient et échangeaient des coups d'œil nerveux, et, à la fin, je pris mon verre, me levai et dis : Eh bien ! je suppose que nous autres, les dames, nous ferions mieux de nous retirer, et je quittai la pièce en me drapant dans ma dignité. N'empêche, mes mains tremblaient. Le trac, j'imagine. Quel acteur le monde a perdu avec moi !

A présent, que vais-je faire ?

Je montai au salon. Non, je descendis à la cuisine. Madge : perruque, fausses dents, tablier blanc, du déjà vu tout ca. Je ressortis. Dans le vestibule, je butai sur Foxy. Elle avait déserté la salle à manger.

Sous l'escalier, il y avait un endroit obscur, là, nous nous trouvâmes. Je distinguais son visage dans la pénombre, ses yeux qui me fixaient, si solennels, si apeurés. Pourquoi êtes-vous triste ? demandai-je, et, l'espace d'un moment, elle ne sut que faire de ses mains, puis elle les cacha derrière son dos, fléchit un genou, et, un bref instant, se mit à balancer les épaules et les hanches comme une écolière qui joue la coquette. Qui prétend que je suis triste ? dit-elle. Je ne suis pas triste. Et je crus qu'elle allait éclater en sanglots. Les avait-elle vues en moi, cette terreur et cette honte, les avait-elle vues dès le début ? Car elle m'avait cherché, je le savais. Je glissai la main derrière elle, ouvris une porte, et nous nous retrouvâmes brusquement sur le plancher nu d'une pièce vide. Il flottait là une sèche odeur d'oignon qui était l'odeur d'une des pièces du grenier de Coolgrange. Sur l'un des murs, la lumière de la lune dessinait un parallélogramme pareil à un miroir brisé. Moi, je tenais toujours ces fichues assiettes. Je les posai par terre à nos pieds, et, tandis que je me penchais, elle me toucha l'épaule et me dit quelque chose que je ne compris pas. Elle eut un petit rire doux, surpris, à ce qu'il semblait, comme si le son de sa propre voix l'étonnait. Rien, dit-elle, rien. Elle tremblait dans mes bras. Elle n'était que dents, soupirs, doigts cramponnés. Elle tenait ma tête entre ses mains comme si elle allait l'écraser. Elle se débarrassa de ses chaussures qui retombèrent bruyamment sur le sol, leva un pied en arrière, l'appuya contre la porte, très, très fort. Elle avait les cuisses froides. Elle pleurait, ses larmes roulaient sur mes mains. Je lui mordis la gorge. Nous ressemblions à – je ne sais pas. Nous ressemblions à deux messagers échangeant dans la nuit nos terribles missives. Oh, mon Dieu, dit-elle, oh, mon Dieu. Elle posa le front contre mon épaule. Nous avions les mains trempées l'un de l'autre. La pièce reprit une réalité, la lumière de la lune et l'odeur d'oignon aussi. Dans ma tête, rien sinon : son visage blanc, ses cheveux. Pardonne-moi, dis-je. Je ne sais pas pourquoi je me mis à rire. De toute façon, ce n'était pas vraiment un rire.

Comme les jours se font paisibles, ici, maintenant que l'année touche à sa fin. Assis dans la redoute de cette pièce grise, il m'arrive d'imaginer que je suis complètement seul, qu'à des lieues à la ronde, il n'y a personne autour de moi. Comme si je me trouvais dans la profonde cale d'un grand bateau gris. L'air est lourd et figé, il me comprime les tympans, pèse sur mes yeux, sur ma nuque. On vient enfin d'arrêter la date de mon procès. Je sais que ça devrait fixer mon attention, me donner un but et ainsi de suite, que ça devrait m'énerver, ou me faire peur, mais il n'en est rien. Ma perception du temps en a pris un coup, je pense en termes d'éternité, à présent. Les jours, les semaines de ce banal petit drame de salle d'audience ne me font pas plus d'effet qu'une piqûre d'épingle. Je suis devenu un taulard à vie.

Aujourd'hui encore, Maolseachlainn est revenu sur la façon dont je devais plaider. Je l'ai laissé délirer un moment, puis j'en ai eu assez, et je lui ai déclaré que je me passerais de ses services s'il n'en venait pas au fait immédiatement et ne me disait pas ce qu'il avait en tête. C'était hypocrite de ma part, car, depuis sa dernière visite, je m'étais rendu compte, bien entendu, qu'il faisait allusion à un possible arrangement – d'après les discussions que j'ai eues ici, il n'y a pratiquement pas une seule condamnation, si je comprends bien, qui ne fasse l'objet d'une conciliation préalable entre avocats. J'étais curieux de savoir ce que la Cour attendait de moi. Donc, en voyant ce pauvre vieux Mac mal à l'aise et en sueur, je crus avoir saisi le fin mot de l'histoire : Charlie, bien sûr, ils essayaient de sauver la réputation de Charlie. (Comment ai-je pu imaginer qu'ils se souciaient le moins du monde de Charlie ou de sa réputation ?) Pour lui, je ferais l'impossible, ça allait sans dire, bien qu'à ce moment-là, ça me parût un peu tard. D'accord, Mac, dis-je en levant la main, je plaiderai coupable – et alors quoi ? Comme à son habitude, il me jeta un coup d'œil par-dessus ses lunettes. Alors, ce sera une affaire entendue, pas vrai ? fit-il. Cette remarque, je le compris au bout d'un moment, se voulait être un trait d'esprit. Il ébaucha un sourire lugubre. Ce qu'il essayait de me dire, c'est que le procès allait s'ouvrir, que je nierais les charges retenues contre moi, que je plaiderais coupable d'homicide volontaire, que le juge prononcerait le jugement, avec une petite atténuation de peine pour mon esprit coopératif, et puis que, presto, tout serait terminé, que l'audience serait levée, l'affaire classée. Il ne pouvait rien me garantir, ajouta-t-il, mais il avait, envers son client, le devoir de lui assurer le meilleur jugement possible dans le cadre de la loi. Il est tout à fait charmant quand il devient pompeux comme ça. A quoi bon, lui dis-je, quelle est l'astuce ? Il haussa les épaules. L'astuce, c'est qu'on n'entendra aucun témoin. Aussi simple que ça. L'espace d'un moment, nous demeurâmes silencieux. Et ça va marcher, demandai-je, ça va le tirer d'affaire ? De perplexité, il fronça les sourcils, et je compris immédiatement que je m'étais trompé, que le problème n'avait rien à voir avec Charlie et sa situation gênante. J'éclatai de rire. Je l'ai déjà dit, parfois, j'ai l'impression d'être d'une innocence désespérante. Maolseachlainn jeta un bref coup d'œil derrière lui – il le fit, oui, vraiment – et se pencha par-dessus la table avec un air de conspirateur. Personne ne se soucie de Charlie French, me confia-t-il, personne ne se soucie de *lui*.

Monsieur le juge, cet arrangement ne me plaît pas, il ne me plaît pas du tout. Je plaiderai coupable, bien sûr – ne l'ai-je pas fait tout du long ? –, mais il me déplaît qu'on ne me laisse pas faire ma déposition, oui, ça, ça me déplaît. Ce n'est pas juste. Même un saligaud de mon espèce a droit à son jour de gloire. Je me suis toujours vu dans le box des accusés, le regard fixé droit devant moi, très calme, en tenue sport – comme les journaux me décriront –, en train de raconter, de ma fameuse voix autoritaire, ma vision des choses, avec mes mots à moi. Maintenant, voilà qu'on va me refuser ce moment théâtral, le dernier, sûrement, que je connaîtrai dans cette vie. Non, ce n'est pas juste.

Ecoutez, le fait est que je me souviens à peine de cette soirée chez Charlie French. Je veux dire, je me souviens de la soirée mais pas des gens, pas avec clarté. Je revois bien plus nettement les lumières sur l'eau, dehors, la dernière traînée du coucher de soleil, et la sombre cohorte de nuages, que les visages cordiaux de ces hommes-enfants. Dans mon souvenir, même Max Molyneaux n'est guère plus qu'un costume coûteux et une certaine animalité policée. En quoi m'importeraient-ils, lui et ses sbires, pour l'amour de Dieu ? Qu'ils se la gardent leur réputation, pour moi, ça n'a pas d'importance, d'une façon ou d'une autre, je n'ai pas envie de faire un scandale. Ce dîner, je l'ai vu se dérouler dans un flou vitreux, comme tant d'autres choses durant ces dix jours-là. Tenez, dans l'état de frénésie où je me trouvais, même cette pauvre Foxy n'avait, à mes yeux, guère plus de substance qu'un accessoire ponctuant un rêve érotique. Non, attendez, je reprends mes paroles. Quand bien même ils hurleraient d'un rire paillard, je dois déclarer que je me souviens d'elle clairement, avec tendresse et compassion. Elle est, et demeurera vraisemblablement, la dernière femme à qui j'aurai fait l'amour. Amour ? Puis-je utiliser ce terme ? Que dire d'autre ? Elle m'a fait confiance. Elle a senti le sang et l'horreur et n'a pas reculé, au contraire, elle s'est ouverte comme une fleur et m'a laissé me reposer en elle un moment, le cœur battant, tandis que nous échangions notre secret muet. Oui, je me souviens d'elle. Je tombais, et elle m'a tendu la main, ma Gretchen.

En fait, elle s'appelait Marian. Non que ce soit important.

Ils restèrent très tard, tous, sauf Mme Max qui s'en alla dès la fin du dîner. Je la regardai partir, très droite à l'arrière d'une des limousines noires, Néfertiti ravagée. Max et ses sbires remontèrent à l'étage, et firent la bringue jusqu'à l'aube. Moi, je passai la nuit dans la cuisine à jouer aux cartes avec Madge. Et Marian, où était-elle ? Je ne sais pas – j'étais complètement ivre, comme d'habitude. De toute façon, notre moment s'était enfui, si par hasard, nous nous rencontrions maintenant, nous n'en éprouverions que de la gêne. Pourtant, je crois que j'ai dû aller la chercher parce que je me rappelle avoir erré à l'aveuglette dans les chambres, à l'étage, et trébuché, à plusieurs reprises, dans le noir. Je me souviens, aussi, que je me suis posté, très ivre, devant une fenêtre grande ouverte, pour écouter les accents de la musique flottant dans l'air, dehors, mystérieux bramements mêlés de sonorités cuivrées, qui semblaient s'amplifier, puis s'évanouir, comme si un bruyant cortège s'ébranlait dans la nuit. Je suppose que ce vacarme provenait de quelque dancing, ou de quelque boîte de nuit sur le port. Pourtant, je l'interprète comme le bruit de Dieu et de sa suite en passe de m'abandonner.

Le lendemain, le temps changea. Dans le milieu de la matinée, quand ma gueule de bois et moi nous levâmes, le soleil brillait pourtant avec la gaieté et la cruauté qu'il avait déployées toute la semaine, et, le long de la côte, les maisons miroitaient dans une brume bleu pâle comme si le ciel, par là-bas, s'était désagrégé en une géométrie morcelée. Debout à la fenêtre, en caleçon, à me gratter, à bâiller, je me rendis compte alors que je m'étais presque habitué à cette étrange façon de vivre. Comme si, après une phase initiale de peurs et de fièvres, je m'adaptais à une maladie. La cloche d'une église tintait. Dimanche. Les promeneurs étaient déjà dehors, avec leurs chiens et leurs enfants. De l'autre côté de la rue, près du muret du port, un homme en imperméable, les mains derrière le dos, regardait la mer. Du rez-de-chaussée, un bruit de voix me parvenait. Dans la cuisine, Madge faisait la vaisselle de la veille. Elle me lança un regard bizarre. Je portais le peignoir de Charlie. Je me demande bien pourquoi je n'ai pas remarqué, dans sa voix, cette méfiance nouvelle qui aurait dû m'alerter ? Ce matin-là, elle avait une aide, sa nièce, une enfant à l'allure terne, d'une douzaine d'années environ qui – qui quoi, quelle importance ses vêtements, son allure. A présent, aucun de ces témoins mineurs ne sera appelé à la barre. Je m'assis à la table et les regardai s'activer tout en buvant mon thé. La fillette, je le voyais, avait peur de moi. Gare à l'ogre du Petit Poucet. Il est sorti, vous savez, me dit Madge, les bras plongés dans l'eau savonneuse, M. French, il sortait comme j'arrivais. Sans que je sache pourquoi, elle me parlait d'un ton accusateur comme si Charlie avait fui la maison à cause de moi. Cela dit, c'était vrai.

Dans l'après-midi, un énorme nuage se leva à l'horizon, gris et granuleux comme un banc de vase, et la mer se mit à enfler, masse bleu noirâtre piquetée de blanc. J'observai, à l'est, un rideau de pluie ondoyant qui se rapprochait lentement. L'homme près du muret du port boutonna son imperméable. La foule du dimanche matin avait disparu depuis longtemps, mais, lui, il était toujours là.

Curieux l'effet que ça me faisait, maintenant que c'était finalement arrivé. J'avais escompté la terreur, la panique, la tremblote, des sueurs froides, mais je ne ressentais rien de tout cela. En revanche, une sorte d'euphorie hagarde me possédait. J'errai dans la maison comme le commandant ivre d'un navire ballotté par la tempête. Des tas d'idées folles me venaient à l'esprit. Je barricaderais portes et fenêtres. Je prendrais Madge et sa nièce en otages, et je les échangerais contre un hélicoptère qui me conduirait vers la liberté. J'attendrais que Charlie revienne, et je l'utiliserais comme un bouclier humain pour sortir d'ici, je le ferais avancer devant moi, en le menaçant d'un couteau sur la gorge – je descendis même à la cuisine afin d'y dénicher un ustensile susceptible de faire l'affaire. Madge avait terminé la vaisselle, et s'était installée à la table devant une théière et une de ces feuilles de chou du dimanche. Elle m'observa avec appréhension pendant que je farfouillais dans le tiroir aux couverts. Elle me demanda si je désirais déjeuner, ou si je préférais attendre le retour de M. French. Je partis d'un rire sauvage. Déjeuner ! La nièce se mit à rire, elle aussi, émit un petit couic de perroquet, la lèvre supérieure retroussée sur un centimètre de gencive blanchâtre, luisante. Quand je la regardai, elle referma la bouche brusquement, à la manière d'un store qu'on baisse. Jacintha, lui lança Madge sèchement, rentre chez toi. Ne bouge pas, hurlai-je. Elles tressaillirent l'une comme l'autre, le menton de Jacintha se mit à trembler, et ses yeux se remplirent de larmes. J'abandonnai ma chasse au couteau, et remontai à l'étage. L'homme à l'imperméable avait disparu. Je poussai un grand soupir de soulagement, comme si, tout ce temps-là, j'avais retenu mon souffle, et m'effondrai contre l'encadrement de la fenêtre. La pluie tombait à verse, en grosses gouttes qui ricochaient sur la route et faisaient bouillonner la surface de l'eau, dans le port. J'entendis la porte d'entrée s'ouvrir, puis se refermer en claquant, et, de mon poste d'observation, j'aperçus ensuite Madge et la fillette qui, une veste sur la tête, remontaient la rue en courant. L'enfant bondissait par-dessus les flaques, et Madge clopinait derrière elle. J'éclatai de rire de les voir filer de la sorte. C'est alors que je repérai la voiture, garée un peu plus haut, le long du trottoir opposé, et, assises à l'avant, deux grandes silhouettes figées, indistinctes, les traits flous derrière le pare-brise ruisselant.

Je m'installai dans un fauteuil du salon, le regard perdu dans le vide, les mains agrippées aux appuie-bras, et les pieds bien à plat sur le sol. Je n'ai pas idée du temps que j'ai passé comme ça, dans cet espace gris, obscur. J'ai l'impression qu'il s'est écoulé des heures, mais c'est sûrement impossible. La pièce sentait encore le tabac froid et l'alcool éventé. Le bruit de la pluie m'apaisait. Je sombrai dans une sorte de transe, de sommeil éveillé. Je me revis, enfant, en train de grimper une colline boisée près de Coolgrange. Nous étions en mars, je pense, par une de ces journées venteuses, hollandaises, avec un ciel bleu faïence et des masses turbulentes de nuages cendreux. Les arbres au-dessus de ma tête balançaient et gémissaient sous le vent. Tout à coup il y eut un grand bruit tempétueux, l'air s'assombrit, et une sorte d'immense aile d'oiseau m'enveloppa en fouettant l'air vigoureusement. C'était une branche qui venait de s'abattre. Je n'avais rien, pourtant, je ne parvenais pas à faire un geste, et, stupéfait et tremblant, je restais là, comme assommé. La violence et la soudaineté de l'incident m'avaient horrifié. Ce n'était pas de la peur que j'éprouvais, mais un profond saisissement devant l'insignifiance de ma présence. Comme si je ne comptais pas plus qu'une imperfection dans l'air ambiant. Sol, branche, vent, ciel, monde constituaient, à eux tous, la somme d'éléments nécessaires à la réalisation de cet événement. Moi seul n'étais pas à ma place, moi seul n'avais aucun rôle à jouer là-dedans. Et rien ne se souciait de moi. Si j'avais été tué, je serais tombé là, le nez dans les feuilles mortes, et la terre aurait continué de tourner, comme s'il ne s'était rien passé. Car ce qui se serait passé n'aurait pas eu d'importance, ou, en tout cas, pas une importance extraordinaire. Il y aurait eu adaptation. Pour se dégager, des êtres vivants, coincés sous mon corps, se seraient vus obligés de faire des contorsions. Peut-être qu'une fourmi égarée aurait exploré la cavité sanguinolente de mon oreille. Mais la lumière aurait gardé son éclat, et le vent aurait continué de souffler comme il avait soufflé, et, pas un instant, la flèche du temps n'aurait dévié de sa trajectoire. J'étais stupéfait. Je n'ai jamais oublié ce moment-là. Et, à présent, une autre branche s'apprêtait à craquer, j'entendais le même bruissement au-dessus de ma tête, et je sentais la même aile funèbre prête à s'abattre sur moi.

Le téléphone sonna dans un bruit de verre brisé. La ligne grésillait. Il me sembla comprendre qu'on demandait à parler à Charlie. Non, hurlai-je, non, il n'est pas là ! et je raccrochai brutalement. Presque aussitôt, la sonnerie stridente de l'appareil retentit de nouveau. Attends, attends, ne raccroche pas, dit la voix, *c'est* moi, Charlie. J'éclatai de rire, bien sûr. Je suis dans la rue, ajouta-t-il, juste à côté. Je continuais à rire. Puis il y eut un silence. Les policiers sont là, Freddie, ils veulent te parler, ajouta-t-il, il y a eu une sorte de malentendu. Je fermai les yeux. Incapable de me faire complètement à l'idée que tout était perdu, une part de moi-même, je m'en rendais compte, n'avait cessé d'espérer envers et contre tout. Sur la ligne, la friture semblait l'expression même de l'inquiétude et de l'embarras de Charlie. Charlie, dis-je, Charlie, Charlie, pourquoi te cacher dans une cabine téléphonique, que croyais-tu que j'allais te faire ? Je raccrochai avant qu'il pût répondre.

J'avais faim. Je descendis à la cuisine, me préparai une énorme omelette, dévorai la moitié d'un pain et bus un quart de litre de lait. Penché sur la table, le dos rond, les coudes plantés de part et d'autre de mon assiette, la tête baissée, je me gavai de nourriture avec un détachement animal. Le temps pluvieux créait une sorte de lumière crépusculaire dans la pièce. A peine Charlie eut-il mis les pieds dans la maison que je l'entendis – il n'avait jamais eu l'art de contourner sans encombre les meubles de la vie. Il passa la tête à la porte de la cuisine, et s'efforça de sourire, sans grand succès. D'un geste, je lui désignai la chaise en face de moi, et il s'y posa précautionneusement. J'avais attaqué les restes froids des pommes de terre cuites à l'eau. J'avais une faim de loup, n'arrivais pas à me rassasier. Charles, lui dis-je, tu as une mine épouvantable. C'était vrai. Il avait le visage gris et ratatiné, et les yeux bordés de cernes livides. Il ne portait pas de cravate, mais sa chemise était boutonnée jusqu'au col. Il passa la main sur sa mâchoire et j'entendis crisser les poils de sa barbe de deux jours. Il s'était levé de bonne heure, dit-il, ils l'avaient interpellé et lui avaient demandé d'aller au poste. L'espace d'une seconde, je ne compris pas, je crus qu'il parlait de la poste. Il gardait les yeux rivés sur mon assiette et le gâchis de pommes de terre à moitié écrasées. Alentour, le silence, qui nous enveloppait, avait changé de contexture. Je me rendis compte que la pluie avait cessé. Dieu tout-puissant, Freddie, dit-il d'un ton doux, qu'as-tu fait ? Il paraissait plus stupéfait que choqué. J'allai chercher une autre bouteille de lait, à moitié pleine, dans le fond du réfrigérateur. Tu te souviens, Charlie, lançai-je, de ces déjeuners et de ces dîners que tu m'offrais chez *Jammet* et au *Paradiso* ? Il haussa les épaules. M'écoutait-il ? ce n'était pas évident. Le lait était tourné. Je le bus quand même. Je les aimais bien, tu sais, ces sorties, repris-je, même si je ne le montrais pas toujours. Je fronçai les sourcils. Il y avait un truc qui clochait là-dedans, un truc qui sentait mauvais, comme le lait. L'hypocrisie me donne une voix curieusement monocorde qui me sort du fond de la gorge en un carillon ennuyeux. Et pourquoi choisir ce moment-là pour raviver un vieux mensonge sans importance ? Etait-ce juste un moyen de ne pas perdre la main, de m'entraîner un peu à la veille du grand tournoi qui m'attendait ? Non, ça, c'est trop fort. En fait, je m'efforçais de lui présenter des excuses, je veux dire des excuses à propos de tout, et comment étais-je censé m'y prendre sans mentir ? Il avait l'air si vieux, effondré là, la tête pendant au bout d'un cou tout en tendons, la bouche affaissée d'un côté, et le regard embrumé perdu dans le vide. Oh, merde, Charlie, dis-je. Je suis désolé.

C'est juste à ce moment-là que le policier intervint, s'agissait-il d'une coïncidence, ou avait-il écouté à la porte, je me le demande ? J'ai remarqué que, dans les films, le type au flingue attendait toujours dans le couloir, le dos contre le mur, le blanc de l'œil brillant, jusqu'à ce que, de l'autre côté de la porte, les gens aient fini de dire leurs répliques. Et celui-là, j'ai dans l'idée que c'était un fervent amateur de cinéma. Il avait un visage taillé à la serpe, des cheveux noirs et raides comme des baguettes de tambour, et portait une sorte de veste militaire matelassée. La mitraillette qu'il braquait sur moi, un modèle court et massif dont le canon ne mesurait guère plus de deux centimètres, ressemblait étonnamment à un jouet. De nous trois, c'est lui qui avait l'air le plus surpris. Moi, je n'avais pu m'empêcher d'admirer l'habileté avec laquelle il avait, d'un coup de pied, ouvert la porte de service. Elle en tremblait sur ses gonds, et son loquet brisé pendouillait comme une langue de chien. Charlie se leva. Tout va bien, inspecteur, dit-il. Le policier s'avança dans la pièce. Il me regardait d'un œil mauvais. Vous, putain, vous êtes en état d'arrestation, dit-il. Derrière lui, dans le jardin, le soleil apparut tout d'un coup, et tout se mit à briller et à scintiller d'un éclat humide.

D'autres policiers entrèrent alors par la porte de devant, ils n'étaient que quatre, pourtant ils me parurent plus nombreux. Parmi eux, il y avait le gars que j'avais vu près du muret du port le matin même, je reconnus son imperméable. Ils étaient tous armés, mais il n'y avait pas deux armes qui aient la même taille, ou la même forme. Moi, j'étais impressionné. Ils se rangèrent le long des murs, me dévisagèrent avec une sorte de curiosité contenue. La porte du vestibule était restée ouverte. Charlie fit quelques pas dans cette direction, mais l'un des policiers lui dit d'un ton égal : Ne bougez pas. Le silence s'abattit, troublé seulement par le léger jacassement métallique des radios des voitures de police, dehors. On aurait pu croire que nous attendions l'arrivée d'un souverain. La personne qui surgit enfin me surprit. C'était un homme maigrelet, aux allures de garçonnet, la trentaine, les cheveux blond roux, et les yeux d'un bleu transparent. Ce furent ses mains et ses pieds, petits, presque délicats que je remarquai en premier. Il m'approcha en crabe, en fixant le plancher avec un petit sourire singulier. Il s'appelait Haslet, dit-il, divisionnaire Haslet. (Bonjour, Gerry, j'espère que vous ne m'en voudrez pas de parler de vos mains délicates – c'est vrai qu'elles le sont, je vous assure.) Son comportement bizarre – ce sourire, ce regard en coin – était dû, je m'en rendis compte, à la timidité. Un policier timide ! Si je m'étais attendu à ça ! Il jeta un coup d'œil autour de lui. Il y eut un moment de gêne. Personne n'avait l'air de trop savoir quoi faire. Une fois de plus, Haslet releva les yeux dans ma direction. Bien, dit-il sans s'adresser à quiconque en particulier, on est prêt ? Une soudaine agitation se fit alors. L'homme à la mitraillette – appelons-le l'inspecteur Hogg* – avança de quelques pas, et, après avoir posé son arme sur la table, me passa prestement une paire de menottes aux poignets. (A propos, elles ne sont pas aussi désagréables qu'on pourrait le croire – en fait, j'ai trouvé qu'avoir les menottes aux poignets avait un petit quelque chose de presque apaisant, comme si c'était un état plus naturel que la liberté débridée.) Charlie fronça les sourcils. Est-ce bien nécessaire, inspecteur ? demanda-t-il. C'était une tirade tellement éculée, donnée avec tant de superbe, avec juste ce qu'il fallait de solennité hautaine que je crus, l'espace d'une seconde, qu'elle allait lui valoir une petite salve d'applaudissements. Je le regardai avec un regain d'admiration. Il s'était défait de cet air hésitant qu'il affichait encore une ou deux minutes plus tôt, et paraissait vraiment très impressionnant dans son costume foncé et son casque de cheveux argent. Sa barbe de deux jours et sa chemise sans cravate contribuaient même à accentuer son allure d'homme d'Etat tiré du lit pour affronter telle grave crise qui secouait la nation. Croyez-moi, lorsque je

* Le porc, le goinfre. *(N.d.T.)*

vous dis que j'admire son talent d'artiste à transformations rapides, je suis sincère. Avoir entière confiance dans le masque, voilà qui me semble, à présent, témoigner véritablement d'une humanité raffinée*. Cette phrase, elle est de moi, ou de quelqu'un d'autre ? Peu importe. Je lui jetai un coup d'œil pour lui manifester mon approbation, et lui demander – oh, lui demander pardon, je suppose, une sorte de pardon. Par la suite, j'ai eu peur qu'il n'ait peut-être lu plus de moquerie que de regret dans mon regard, parce que, tout au long de cette grotesque comédie de cuisine, je crois que j'ai dû afficher un sourire affecté. Il avait la bouche pincée en une moue sévère, et un nerf tressautait sur sa mâchoire – il avait des tas de raisons d'être furieux – mais, dans ses yeux, je ne voyais qu'une sorte de tristesse rêveuse. Puis Hogg me poussa dans le dos, il me fallut traverser le vestibule d'un bon pas, et je débouchai sur la lumière éblouissante de l'après-midi.

Il y eut un instant de confusion quand les policiers, massés sur le trottoir, se mirent à tendre leur cou massif pour scruter les abords du port. Qu'attendaient-ils ? des sauveteurs ? Je remarquai qu'ils portaient tous des baskets, à l'exception d'Haslet, ce chic type de la campagne qui, lui, arborait de gros souliers bruns à bout golf. Sans faire exprès, un de ses hommes le bouscula. Trop de poulets gâtent la sauce, dis-je d'un ton guilleret. Personne ne rit, et

* Nietzsche, *Humain trop humain. (N.d.T.)*

Haslet fit mine de ne pas avoir entendu. Moi, je trouvais cette remarque extraordinairement spirituelle, bien sûr. J'étais toujours dans le même état de gaieté folle, pourquoi ? je ne peux l'expliquer. J'avais l'impression, non de marcher, mais de bondir, de déborder d'une énergie féline. Dans l'air marin lavé par la pluie, tout étincelait. La lumière du soleil clignotait de manière hallucinante, et il me sembla que, d'une certaine façon, je décomposais ce processus, que j'attrapais les photons en plein vol. Nous traversâmes la rue. La voiture que j'avais aperçue de la fenêtre de l'étage était toujours là, le pare-brise constellé de gouttes de pluie. Les deux silhouettes, assises à l'avant, nous dévisagèrent avec une curiosité prudente quand nous passâmes devant elles. J'éclatai de rire – ce n'était pas des policiers, mais un gros monsieur et sa grosse bourgeoise en promenade dominicale. La femme, qui mâchouillait un bonbon avec lenteur, ouvrit des yeux ronds quand elle aperçut mes menottes, et, du coup, je levai les poignets pour lui adresser un salut amical. Hogg me redonna une bourrade entre les omoplates, et je manquai trébucher. Avec lui, j'allais avoir des problèmes, je le devinais.

Deux voitures banalisées, quelconques, nous attendaient, une bleue et une noire. Il y eut alors la comédie des portières qu'on ouvre, pareilles à des ailes de scarabée. On me fit asseoir sur le siège arrière entre l'inspecteur Hogg et un grand rouquin de boxeur à la tête de bébé. Haslet se pencha vers la portière. Vous n'avez pas oublié de lui rappeler que tout ce qu'il dira pourra être retenu contre lui ? demanda-t-il d'un ton doux. Il y eut un silence. Les deux agents à l'avant se figèrent comme s'ils craignaient d'éclater de rire au moindre mouvement. Hogg regardait fixement devant lui, la bouche pincée. Haslet poussa un soupir, et s'éloigna. Le chauffeur lança le moteur gentiment. Vous avez le droit de garder le silence, bla, bla, bla, déclara méchamment Hogg sans se tourner vers moi. Merci, inspecteur, répondis-je. A mon sens, c'était là une autre repartie splendide. Nous décollâmes du trottoir dans un crissement de pneus, en laissant un nuage de fumée et une odeur de gomme flotter dans l'air, derrière nous. Je me demandai si Charlie nous observait de la fenêtre. Je ne me retournai pas.

Je m'interromps pour noter qu'Helmut Behrens est mort. Le cœur. Dieu du ciel, cette histoire va devenir Le Livre des Morts.

Comme je me souviens bien de ce trajet en voiture. Je n'avais jamais roulé à une telle allure. Nous avancions à toute vitesse, en nous faufilant à travers la circulation languide des dimanches, en fonçant, moteur ronflant, sur la voie réservée aux véhicules venant en sens inverse, en prenant nos virages sur deux roues. Comme toutes les fenêtres étaient fermées, il faisait très chaud à l'intérieur, et ça sentait le fauve. L'atmosphère était électrique.

D'avaler les kilomètres à cette allure, coincé là-dedans en compagnie de ces grands bonshommes muets, couverts de sueur, et, qui, les bras étroitement croisés pour mieux contenir leur énervement et leur rage refoulée, regardaient fixement la route devant eux, je me sentais au septième ciel, tiraillé entre la terreur et une sorte d'allégresse débordante. Je devinais la respiration de mes voisins. La vitesse les apaisait : la vitesse était violence. Le soleil nous éblouissait de son éclat intense, formidable. Je savais qu'à la moindre provocation ils me tomberaient dessus et me tabasseraient à mort, ils n'attendaient que ça. Pourtant, cette certitude était revigorante. De ma vie, je n'avais jamais été le centre d'autant d'attentions. Désormais, on allait veiller sur moi, on allait prendre soin de moi, on allait me nourrir, et m'écouter comme un grand bébé dangereux. C'en était fini de la cavale, c'en était fini du cache-cache, c'en était fini des décisions. Je me recroquevillai entre mes geôliers, heureux de sentir la brûlure irritante du métal contre mes poignets. Pendant ce temps, pourtant, une autre part de mon esprit enregistrait une autre version des choses – songeait, par exemple, à tout ce que j'étais en train de perdre. Je regardais les rues, les bâtiments, les gens, comme si c'était la dernière fois que je les voyais. Moi qui suis un campagnard dans l'âme – oui, oui, c'est vrai – et qui n'ai jamais compris, ni apprécié la ville, même quand j'y vivais, j'en étais venu à l'aimer maintenant. Aimer ? Voilà un terme que je n'utilise pas très souvent. Je veux peut-être dire autre chose. C'était la perte, oui, la perte imminente de – de quoi, je ne sais pas. J'allais dire, *de la communauté des hommes*, quelque chose de solennel et de grandiloquent comme ça, mais ai-je jamais appartenu à *cette* congrégation ? N'empêche, tandis que nous filions sur la route, un antre de mon cœur s'emplissait de tristesse à l'idée du renoncement et du départ. Je me rappelle en particulier un endroit, près de la rivière, où un feu tricolore défectueux nous arrêta une minute. C'était une rue bordée de maisonnettes coincées entre des immeubles, des entrepôts et d'autres bâtiments du même genre, gris, sans caractère. Un vieil homme était assis sur un rebord de fenêtre, un enfant jouait dans le caniveau avec un chiot crasseux. Des rangées de linge, éclatant de propreté, pendaient comme des drapeaux au-dessus d'une ruelle. Tout était immobile. Le feu restait au rouge. Puis, comme si on avait appuyé sur un levier secret quelque part, toute cette petite scène précaire, lentement, timidement, s'anima. Un train vert commença par s'engager sur un pont métallique rouge. Ensuite, les portes de deux maisons s'ouvrirent en même temps, et deux filles endimanchées apparurent dans la lumière du soleil. L'enfant poussa de petits cris de joie, le chien aboya. Un avion passa au-dessus de nos têtes, et, un instant plus tard, son ombre balayait la rue. Le vieil homme sauta de son rebord de fenêtre avec une vivacité étonnante. Puis, comme pour mieux faire effet, il y eut un moment de calme, et alors retentit le mugissement saisissant d'une corne de brume en même temps que surgissait, au-dessus des toits, le pont blanc et la cheminée noire d'un bateau énorme et imposant. L'ensemble était si bizarre, si innocent et poignant, telle la couverture illustrée d'un livre de géographie pour enfants, que j'eus envie de partir d'un grand rire qui, si je m'étais laissé aller, aurait, à mon avis, plutôt résonné comme un sanglot. A ce moment-là, le chauffeur poussa un juron, et grilla le feu rouge ; très vite, je tournai la tête, et vis les radieuses jeunes filles, le bateau, l'enfant, le chien, le vieil homme, le pont rouge disparaître dans un tourbillon, et toute la scène disparut en tourbillonnant dans le passé.

Le commissariat était une sorte de palais imitation Renaissance avec une haute façade grise, en pierre, qu'éclairaient de nombreuses fenêtres, et un passage voûté menait à une petite cour sinistre qui avait sûrement abrité un gibet, autrefois. On me tira sans ménagement de la voiture, puis on me fit franchir des portes basses, traverser des couloirs obscurs. Les lieux avaient cette apparence léthargique des dimanches après-midi, et sentaient le pensionnat. J'avoue que j'avais pensé trouver le bâtiment en effervescence à mon arrivée, et voir, ici et là, une foule de gratte-papier, de secrétaires et de policiers en bretelles, désireux de m'apercevoir, mais il n'y avait pratiquement pas âme qui vive, c'est à peine si les quelques personnes qui passèrent à côté de moi me regardèrent, et je ne pus m'empêcher de ressentir une certaine irritation. Nous fîmes halte dans une pièce lugubre, déplaisante, et il nous fallut attendre quelques minutes avant que n'arrive le divisionnaire Haslet. Deux grandes fenêtres, extrêmement crasseuses, et aux carreaux inférieurs renforcés de toile métallique, donnaient sur la cour. Il y avait là un bureau esquinté, et quelques chaises, mais tout le monde resta debout, à traîner des pieds, et à contempler le plafond. Quelqu'un s'éclaircit la gorge. Un vieux policier en manches de chemise entra. Il était chauve, et affichait un sourire gentil, presque enfantin. Ses grosses bottines noires, lacées serré, et tellement bien cirées qu'on aurait pu se voir dedans, attirèrent mon attention. Elles étaient apaisantes à regarder, ces bottines. Durant les jours qui allaient suivre, c'est à leurs chaussures que j'allais prendre la mesure de mes geôliers. Devant les souliers à bout golf et les bottines, je me sentais en confiance, les baskets, en revanche, ne présageaient rien de bon. La voiture du divisionnaire Haslet finit par apparaître dans la cour. Une fois de plus, nous attendîmes patiemment que ce dernier fît son entrée. Il arborait le même demi-sourire timide qu'auparavant. Je restai planté devant le bureau tandis qu'il me lisait les chefs d'accusation. C'était une petite cérémonie curieusement solennelle qui me rappela le jour de mon mariage, et je dus réprimer un sourire. Le vieux policier chauve dressait le procès-verbal sur une antique machine à écrire, noire et massive, en tirant la langue comme s'il déchiffrait laborieusement un air au piano. Quand le divisionnaire Haslet me demanda si j'avais quelque chose à dire, je secouai la tête. Je n'aurais pas su par où commencer. Ce fut donc le signal que la cérémonie était terminée. Tout le monde parut se détendre, et les policiers, Hogg excepté, quittèrent la pièce en traînant des pieds. On se serait cru à la sortie de la messe. Hogg exhiba alors un paquet de cigarettes en piteux état, l'offrit à Haslet et au policier derrière sa machine à écrire, puis, après une brève hésitation, il me le tendit aussi. Il me sembla que je ne pouvais pas refuser. Je m'efforçai de ne pas tousser. Dites-moi, demandai-je à Haslet, comment m'avez-vous retrouvé ? Il haussa les épaules. Il avait l'air d'un écolier gêné d'avoir décroché une trop bonne note à ses examens. La fille, chez le marchand de journaux, dit-il. Tous les jours, vous ne lisiez jamais que cette histoire. Ah, grommelai-je, oui, bien sûr. Cependant, cette explication ne me parut pas du tout convaincante. Cherchait-il à couvrir Binkie Behrens, ou même Anna ? (Ce n'était pas le cas. Jusqu'au bout, les Behrens gardèrent le silence.) Nous passâmes un moment agréable à fumer nos cigarettes. Deux rais de lumière coulaient par la fenêtre. Quelque part, une radio braillait. J'éprouvai soudain un profond ennui.

Alors, lança Hogg, dites-nous, pourquoi avez-vous fait ça ?

Surpris, et perplexe, j'écarquillai les yeux. C'était la seule question que je ne m'étais jamais posée, du moins pas de cette façon aussi simple, aussi incontournable. C'est une très bonne question, vous savez, inspecteur, dis-je. Hogg garda un visage impassible, en fait, il ne parut pas du tout troublé, sinon que la mèche de cheveux raides qui lui barrait le front se souleva et retomba ; pour ma part, il me sembla, l'espace d'un instant, que je venais d'être victime d'une attaque, que quelque chose en moi, mon foie, ou un de mes reins, avait éclaté spontanément. C'était surtout de la stupeur que je ressentais – de la stupeur, et une curieuse satisfaction, perverse. Je tombai à genoux, m'enfonçai dans une brume chaude. Je n'arrivais plus à respirer. Le vieux policier se leva, contourna son bureau, et me remit sur mes pieds – a-t-il bien dit : Oh la la, ce doit être mon imagination ? – et me fit franchir, vacillant, une porte, puis un couloir, et me poussa dans des toilettes minuscules, fétides. Je m'agenouillai au-dessus de la cuvette et vomis des bouts d'œuf, des morceaux de pommes de terre visqueux, et un filet de lait caillé. La douleur qui me tordait les entrailles était extraordinaire, moi, qui aurais dû tout savoir en la matière, je n'arrivais pas à y croire. Quand il ne me resta plus rien à vomir, je m'allongeai, les bras noués autour des genoux. Ah oui, me dis-je, ça, ça y ressemble davantage, ça ressemble davantage à ce que j'avais imaginé, d'être là à me rouler par terre, les tripes en feu, dans des chiottes dégueulasses. Le policier frappa à la porte, et me demanda si j'avais fini. Une fois de plus, il me releva, et, à pas lents, m'aida à refaire le chemin en sens inverse. Toujours pareil, m'expliqua-t-il d'un ton badin, il vous revient des trucs qu'on croirait jamais avoir mangés.

Posté devant la fenêtre, les mains dans les poches, Hogg regardait la cour. Il me jeta un coup d'œil par-dessus son épaule. Ça va mieux, maintenant ? demanda-t-il. Assis devant le bureau, l'air distant, le divisionnaire Haslet tapotait du bout des doigts sur une pile de papiers en désordre. Il me désigna la chaise à côté de lui. Je m'assis délicatement. Quand il pivota pour me faire face, nous nous retrouvâmes si proches l'un de l'autre que nos genoux se touchaient presque. Mais Haslet fixait imperturbablement un des coins du plafond. Eh bien, fit-il, êtes-vous disposé à me parler ? Oh, oui, bien sûr que oui, je mourais d'envie de lui parler, de me confier, de lui déverser tous mes pauvres secrets. Mais que lui dire ? Quels secrets ? Le policier chauve avait repris sa place derrière la machine à écrire, tenait ses doigts ronds figés au-dessus des touches, et, en proie à une vive impatience, gardait les yeux rivés sur mes lèvres. Debout près de la fenêtre, Hogg attendait aussi, en faisant cliqueter les pièces de monnaie dans la poche de son pantalon. A eux, j'aurais pu dire n'importe quoi, ils m'étaient indifférents. L'inspecteur, c'était autre chose. Il me faisait penser à quelqu'un que j'aurais pu avoir connu à l'école, un de ces héros modestes, taciturnes, doués, non seulement en sport, mais aussi en maths, et qui, intimidés par leurs succès et leur popularité, repoussaient pourtant les éloges. Je n'avais pas le courage de lui avouer qu'il n'y avait rien à avouer, qu'il n'y avait pas eu de plan digne de ce nom, que, dès le début, j'avais agi pratiquement sans réfléchir. J'inventai donc une histoire sans queue ni tête, comme quoi j'avais eu l'intention de faire croire que ce vol était l'action de terroristes, et bien d'autres fables que j'ai honte de répéter ici. Et puis la fille, ajoutai-je, la femme – l'espace d'une seconde, je n'arrivai pas à retrouver son nom ! –, et puis *Josie,* dis-je, avait tout gâché en essayant de m'empêcher de m'emparer du tableau, en m'attaquant, en me menaçant de, de, de – les mots me manquèrent, et, pris de court, je restai assis à le regarder, à me tordre les mains de désespoir. J'avais tellement envie qu'il me croie. En cet instant-là, sa créance me paraissait aussi importante que son pardon. Il y eut un silence. Il observait toujours le coin du plafond. On aurait pu penser qu'il ne m'avait pas écouté du tout. Jésus, dit Hogg calmement, sans emphase, et le policier derrière le bureau s'éclaircit la gorge. Puis Haslet se leva, esquissa une petite grimace de douleur, fléchit un genou, sortit de la pièce sans se presser, et referma doucement la porte derrière lui. Je l'entendis s'éloigner dans le couloir, d'un même pas mesuré. Ensuite, des voix étouffées, la sienne et d'autres, me parvinrent. Hogg, lui, me regardait par-dessus son épaule d'un air écœuré. Vous êtes un vrai zigoto, vous, dit-il. Je faillis lui répondre, mais optai finalement pour la prudence. Le temps passa. Quelqu'un riait dans une pièce voisine. Une moto démarra dans la cour. Je me mis à étudier, sur le mur, un avis jauni concernant la propagation de la rage. Je souris, ce chien de Montgomery, on avait fini par le capturer.

L'inspecteur Haslet revint alors, et maintint la porte ouverte pour faire entrer un grand bonhomme rougeaud, en nage dans une chemise rayée, ainsi qu'un autre type à l'allure menaçante, plus jeune, un type de la même espèce que Hogg. Ils s'approchèrent de moi, posèrent les mains à plat sur le bureau, et, la respiration bruyante, se penchèrent en me regardant au fond des yeux. Je redis mon histoire en essayant de me rappeler les détails pour ne pas me contredire. Elle paraissait encore plus invraisemblable, cette fois-ci. Quand j'eus terminé, il y eut un nouveau silence. Je commençais à m'habituer à ces silences lourds de questions, et, me semblait-il, profondément sceptiques. L'homme au visage rougeaud, un être très autoritaire, j'en avais l'intuition, me paraissait en proie à une colère mal contenue. Il s'appellera – Barker*. Un long moment, il me fixa d'un œil dur. Allez, Freddie, s'écria-t-il, raconte, pourquoi tu l'as tuée ? Je lui retournai son regard, la familiarité méprisante avec laquelle il s'exprimait me déplaisait – Freddie, tu parles ! – mais je décidai finalement de laisser couler. En lui, je reconnaissais quelqu'un de mon espèce, un de ces grands bonshommes à la respiration bruyante, au caractère emporté, qui appartenaient au monde qui était le mien. Et, de toute façon, je commençais à en avoir marre de tout ça. Je l'ai tuée parce que je pouvais le faire, déclarai-je, qu'est-ce que je peux dire de plus ? Cet aveu nous surprit tous, moi autant qu'eux. Le plus jeune, Hickey** – non, Kickham –, émit

* L'aboyeur, voire le pistolet. *(N.d.T.)*
** Le suçon. *(N.d.T.)*

une sorte de rire. Il avait une voix fluette, flûtée, presque mélodieuse, qui contrastait singulièrement avec son physique et son comportement menaçants. Le mec, comment il s'appelle, dit-il, c'est un pédé, non ? Je le regardai d'un œil désemparé. Je ne voyais pas de qui il parlait. Pardon ? fis-je. French, reprit-il avec impatience, c'est une tapette ? J'éclatai de rire, ne pus m'en empêcher. Charlie entrant chez Wally d'un pas dégagé pour pincer les fesses des mignons du patron ! L'idée me paraissait et cocasse, et absurde sans que je puisse dire ce qui, des deux notions, l'emportait. (Il s'avère que le petit chéri de Wally, le Sonny aux tenues vert émeraude, avait raconté d'ignobles mensonges sur les penchants de ce pauvre Charlie. Quel monde cruel, vraiment.) Oh non, dis-je, non – il a une régulière régulièrement. Seules la nervosité et la stupeur m'avaient poussé à lancer cette remarque, je n'avais pas cherché à faire une plaisanterie. Personne ne rit. Les policiers continuèrent simplement à me regarder, tandis que le silence s'appesantissait puis, comme un seul homme, ils tournèrent les talons, sortirent avec un bel ensemble, et la porte se referma en claquant sur eux. Je restai seul avec le vieux policier qui me sourit de son sourire gentil et haussa les épaules. Je lui dis que j'avais de nouveau la nausée, et il alla me chercher une tasse de thé, tellement sucrée qu'elle en était écœurante, et un morceau de pain. Pourquoi faut-il qu'à la seule vue du thé je me sente toujours malheureux, comme un enfant abandonné ? Soudain, tout me paraissait s'inscrire dans une solitude désespérée, cette pièce qui sentait le renfermé, les vagues bruits des gens, ailleurs, qui continuaient à vivre leur vie, et la lumière du soleil dans la cour, cette même lumière dense et persistante qui, du fin fond de l'enfance, éclaire les années qui passent. Toute l'euphorie que j'avais éprouvée auparavant s'était dissipée.

Haslet revint, seul cette fois, et se rassit à côté de moi, devant le bureau. Il avait enlevé sa veste et sa cravate, et roulé ses manches de chemise. Il avait les cheveux en bataille, et paraissait plus jeune que jamais. Lui aussi buvait du thé, dans sa petite main blanche, la tasse avait l'air énorme. J'eus une vision de lui, enfant, occupé à empiler des briques de tourbe aux côtés de son père, dans quelque marais des terres incultes du centre du pays : le frémissement de l'eau dans les recoupes, l'odeur de fumée, des pommes de terre sous les braises, les basses plaines couleur du pelage du lièvre, et le ciel, immense, vertical, ponctué d'un foisonnement de nuages lumineux.

Reprenons, maintenant, dit-il.

Ça dura des heures. J'étais presque heureux, assis là avec lui, à débiter l'histoire de ma vie tandis qu'aux fenêtres les rais de soleil s'allongeaient, que le jour déclinait. Il faisait montre d'une patience infinie. A ce qu'il semblait, il n'y avait rien, aucun détail, si infime, si obscur fût-il, qui ne l'intéressait. Non, ce n'est pas tout à fait exact. Il avait vraiment l'air de ne pas s'intéresser du tout à ce que je lui racontais. Il acceptait tout, jusqu'aux anecdotes les plus cousues de fil blanc, avec la même expression de tolérance passive et le même vague petit sourire étonné. Je lui dis que je connaissais Anna Behrens, je lui parlai de son père, de ses mines de diamants, de ses sociétés, et de son inestimable collection d'art. Je l'observais attentivement, essayais de voir si je lui révélais beaucoup de choses qu'il ignorait, en vain, il restait impassible. Pourtant, il avait dû leur parler, enregistrer leurs dépositions et je ne sais quoi encore. Ils lui avaient sûrement parlé de moi, ils avaient sûrement cessé de me protéger. Il se frotta la joue, et contempla encore une fois le coin du plafond. Ce Behrens, c'est un homme qui est parti de rien, non ? dit-il. Oh, m'écriai-je, ne sommes-nous pas tous dans le même cas ? A cela, il me répondit par un regard singulier, et se leva. Je remarquai à nouveau cette brève grimace de douleur. Le genou. Un footballeur. Des dimanches après-midi, des cris étouffés dans l'air gris, le bruit sourd du cuir tapant contre le cuir. Et alors, m'écriai-je, que va-t-il se passer maintenant ? Je ne voulais pas qu'il me quitte si tôt. Qu'est-ce que j'allais faire quand l'obscurité tomberait ? Il me répondit qu'il fallait que je donne le nom de mon avocat au policier, comme ça on pourrait le prévenir que j'étais là. J'acquiesçai d'un signe de tête. Je n'avais pas d'avocat, bien entendu, mais il me semblait que ce n'était pas un truc à dire – il y avait une telle décontraction et une telle camaraderie dans l'air, je n'avais pas envie de susciter un malaise. De toute façon, j'avais l'intention d'assurer ma propre défense de bout en bout, je me voyais déjà, dans le box des accusés, en train de faire des discours brillants et exaltés. Me reste-t-il autre chose à faire, demandai-je en le fixant avec gravité, me reste-t-il quelqu'un d'autre à prévenir ? (Oh, je me montrais si gentil, si docile, quel chaud frisson de plaisir j'éprouvais à m'incliner pareillement devant ce brave garçon !) A nouveau, il me lança ce regard singulier où il y avait de l'irritation et de l'impatience, mais une lueur de moquerie aussi, et même un soupçon de complicité. Ce que vous pourriez faire, dit-il, ce serait de remanier votre histoire, sans les salades et le baratin. Que voulez-vous dire, m'écriai-je, que voulez-vous dire ? J'étais effaré par la soudaine brutalité de Bob Chelty* qui, l'espace d'un moment, s'était presque transformé en M. Quelch**. Vous savez très bien ce que je veux dire, répondit-il. Puis il s'en alla, Hogg revint, et, avec l'aide du vieux policier – oh, baptisons-le, pour l'amour du ciel –, avec Cunningham, ce cher vieux Cunningham, il me fit descendre en cellule.

Ai-je toujours les menottes aux poignets ?

Je ne sais pas pourquoi je dis qu'ils m'ont fait *descendre* (en fait, je le sais, bien sûr) parce que nous avons tout juste emprunté un petit bout de

* Personnage de *Billy Bunter* incarnant un jeune homme plein de qualités. *(N.d.T.)*
** Le directeur d'école de *Billy Bunter*. *(N.d.T.)*

couloir, puis nous sommes passés devant les toilettes pour finir par franchir une porte d'acier. J'avoue avoir éprouvé un frisson de peur, vite remplacé par un sentiment de surprise : tout correspondait exactement à ce que j'avais imaginé ! Il y a bel et bien des barreaux, il y a bel et bien un seau, et un grabat avec un matelas rayé défoncé, et des graffiti sur les murs balafrés. Et il y avait même un vieux détenu pas rasé, les doigts crispés sur la porte de sa cellule, qui, sans rien dire, me dévisageait d'un air plein de mépris féroce. On me donna un morceau de savon, une minuscule serviette, et trois feuilles de papier hygiénique, brillant. En échange, je remis ma ceinture et mes lacets de chaussure. L'importance de ce rituel me sauta aux yeux. Planté là, les épaules basses, les languettes de mes chaussures pendantes, tenant, d'une main, le haut de mon pantalon, et serrant de l'autre, au vu et au su de tout le monde, les accessoires indispensables à la satisfaction de mes besoins les plus naturels, je n'étais désormais plus un être humain à part entière. Je m'empresse de dire que cela me paraissait tout à fait juste, que j'y voyais vraiment une sorte de réparation, une reconnaissance officielle, manifeste, de ce qui, du début jusqu'à la fin, avait, dans mon cas, constitué la trame de mon affaire. J'étais parvenu à l'apothéose. Même le vieux Cunningham, même l'inspecteur Hogg semblaient en avoir conscience, car, tout à coup, ils me manifestaient une sorte de respect distrait, agressif, à la manière de gardiens de zoo et non de geôliers. J'aurais pu être un vieux lion malade et édenté.

Hogg enfonça les mains dans ses poches, et s'éloigna en sifflotant. Je m'assis sur le bord du grabat. Le temps passa. Le calme régnait. Le vieux type dans l'autre cellule me demanda comment je m'appelais. Je ne répondis pas. Eh bien, va te faire foutre, alors, dit-il. Le crépuscule s'installa. J'ai toujours aimé cette heure où la lumière monte doucement vers le ciel, telle une mousseline surgie de la terre même, et où tout semble devenir pensif, et se détourner de nous. Il faisait presque nuit quand l'inspecteur Hogg revint, et me tendit un document crasseux sur papier ministre. Il avait mangé des frites, je le devinais à son haleine. J'ouvris de grands yeux surpris devant ce torchon mal dactylographié. Voici votre déposition, lança Hogg. Ça vous tente de la signer ? Le gars, dans la cellule voisine, partit d'un ricanement sinistre. Qu'est-ce que vous racontez ? m'exclamai-je. Ce ne sont pas mes déclarations. Il haussa les épaules et rota dans son poing. Comme vous voulez, décréta-t-il, de toute façon, vous allez prendre perpète. Puis il repartit. Je m'assis et examinai cet étrange document. Oh, Cunningham, le bien nommé* ! Derrière le masque du vieux chauve, un artiste satanique avait œuvré, le genre d'artiste que je ne serai jamais, franc et pourtant roué, un maître de la concision, de cet art qui masque l'art. Je m'émerveillai de la façon dont il avait fait flèche de tout bois pour servir ses propres

* Cunningham correspond à *cunning* : malin, rusé ; *ham* à cochon. *(N.d.T.)*

desseins : fautes d'orthographe, prose maladroite, fautes d'orthographe, syntaxe maladroite, et jusqu'à la frappe atroce. Tant d'humilité, de déférence, d'impitoyable suppression de l'ego au service exclusif du texte. Il avait consigné mon histoire avec toutes mes – qu'avait dit Haslet ? –, avec toutes mes salades et mon baratin, et l'avait rognée jusqu'à la ramener à l'essentiel. C'était une version de mon crime que je reconnaissais à peine, et pourtant j'y croyais. De moi, Cunningham avait fait un meurtrier. J'aurais bien signé ce papier sur-le-champ, mais je n'avais rien pour écrire. J'allai jusqu'à fouiller mes vêtements dans l'espoir de mettre la main sur un objet pointu, une aiguille ou quelque chose pour me piquer, et signer de mon sang. Mais quelle importance, ce document se passait très bien de ma signature. Je pliai respectueusement la feuille en quatre, et la plaçai sous le matelas à la tête du grabat. Puis je me déshabillai, m'allongeai, nu, dans l'obscurité, croisai les bras sur mon torse, tel un chevalier de marbre sur une tombe, et fermai les yeux. Désormais, je n'étais plus moi-même. Je ne peux pas expliquer pourquoi, mais c'est vrai. Désormais, je n'étais plus moi-même.

Cette première nuit en captivité se révéla tumultueuse. Je dormis par à-coups, en fait, je ne dormis pas vraiment, mais me retrouvai à ballotter, et à glisser désespérément à la surface d'une mer sombre. Sous mon corps, je devinais les profondeurs marines, les profondeurs noires, infinies. Cependant, ce fut l'heure précédant l'aube qui, comme toujours, s'avéra la plus terrible. Je me masturbai à plusieurs reprises – pardonnez ces détails sordides – non pour le plaisir, en vérité, mais pour m'épuiser. Quel petit groupe hétéroclite n'invitai-je pas à participer à ces frotti-frotta attristants. Daphné était du nombre de ces mannequins, bien entendu, ainsi qu'Anna Behrens, amusée et vaguement choquée devant les choses que je lui faisais faire, et il y avait également cette pauvre Foxy qui pleura encore dans mes bras tandis que, dans le silence furtif de mes viles activités, je la pressai très fort contre la fameuse porte de cette pièce vide, baignée de clair de lune, qui habitait mon imagination. Mais d'autres surgirent aussi, auxquelles je ne m'attendais pas : la nièce de Madge, par exemple – vous vous souvenez de la nièce de Madge ? – et la grosse fille au cou rouge que j'avais suivie au hasard des rues de la ville – vous vous souvenez *d'elle* ? – et même, que Dieu me pardonne, ma mère et la fille de ferme. Et, à la fin, quand elles furent toutes venues et reparties, que je me retrouvai, vidé, sur mon lit de prison, à nouveau s'éleva du fond de mon être, pareille à ce fantasme d'un devoir inéluctable et pénible, l'image de cette sombre embrasure de porte, mystérieuse, dans laquelle s'encadrait cette invisible présence, impatiente de se manifester, de se matérialiser. Pour vivre.

Lundi matin. Ah, ces lundis matin. Cette lumière cendrée, ce bruit, cette sensation d'avoir à se hâter, pour rien. A mon avis, c'est un lundi matin que j'arriverai en enfer. Je fus réveillé de bonne heure par un policier qui m'apportait une autre tasse de thé et un morceau de pain. J'avais somnolé avec l'impression qu'un énorme animal, en rut, et à l'odeur fétide m'enlaçait. Je reconnus immédiatement l'endroit où je me trouvais, il n'y avait pas à se tromper. Quand j'ouvris les yeux, et que je découvris le policier, un jeune type colossal avec une tête minuscule, je crus qu'il touchait le plafond tant il me dominait. Il marmonna quelque chose d'incompréhensible, puis s'en alla. Moi, je m'assis sur le bord de mon grabat, me pris la tête entre les mains. J'avais la bouche mauvaise, une douleur derrière les yeux, et un vague tournis du côté de l'abdomen. Je me demandai, tout à coup, si cette nausée allait me durer toute la vie. A travers les barreaux de ma cage coulait la lumière oblique d'un soleil blafard. J'avais froid. J'enroulai une couverture autour de mes épaules, et m'accroupis, genoux tremblants, sur le seau. Je n'aurais pas été surpris de voir un groupe de gens se masser dans le couloir pour se moquer de moi. Et je n'arrêtais pas de me répéter : oui, c'est fini, maintenant, ce sera toujours comme ça. Quand bien même horrible, c'était une pensée presque apaisante.

Pour le premier interrogatoire de ce jour-là, ce fut l'inspecteur Cunningham qui vint me chercher. Je m'étais lavé du mieux possible dans le lavabo crasseux au coin de la pièce. Je lui demandai si je pouvais emprunter un rasoir. Il éclata de rire, hocha la tête tant l'idée lui paraissait cocasse. A ses yeux, j'étais vraiment un drôle de phénomène. J'admirai sa bonne humeur alors qu'il avait été de garde toute la nuit, que son service se terminait tout juste. Je le suivis dans le couloir, en traînant des pieds, en retenant mon pantalon pour l'empêcher de me tomber sur les chevilles. Le bureau ressemblait à une sorte de pandémonium agressif. Les machines à écrire crépitaient, les radios ondes courtes sanglotaient en hoquets nasillards, les gens entraient et sortaient, criaient par-dessus leur épaule, se pliaient sur des bureaux et hurlaient au téléphone. A mon entrée, le silence se fit – non, il ne s'agissait pas exactement d'un silence, on avait plutôt l'impression qu'on avait juste baissé le son. De toute évidence, l'information avait circulé. Personne ne me dévisagea, je suppose que ça n'aurait pas été une attitude très professionnelle, mais on m'observa quand même. Je me vis tel que me voyaient mes voisins, grande créature déconcertée pareille à un ours de foire avançant d'un pas lent à la remorque des fers protégeant les talons des sympathiques bottes de Cunningham. Ce dernier ouvrit une porte, et, d'un geste de la main, m'invita à entrer dans une pièce, grise et carrée, meublée d'une table au plateau plastifié et de deux chaises. Eh bien, dit Cunningham, à plus tard, puis il me fit un clin d'œil et referma la porte. Je m'assis précautionneusement, posai les mains bien à plat sur la table, devant moi. Le temps passa. Le calme avec lequel je supportais cette attente me surprit. On aurait dit que je n'étais plus totalement présent, que je m'étais en quelque sorte détaché de mon moi physique. La pièce ressemblait à l'intérieur d'un crâne et le vacarme du bureau voisin semblait me parvenir d'une autre planète.

Ce furent Barker et Kickham qui arrivèrent en premier. Cette fois-ci, Barker arborait un costume bleu ; coupée dans de grandes bandes de tissu, sa tenue ne paraissait pas destinée à être portée, mais plutôt à abriter une collection d'objets divers, de boîtes peut-être. Il était déjà tout rouge et en sueur. Quant à Kickham, il exhibait le même blouson de cuir et la même chemise noire que la veille – il me fit l'impression de ne pas être du genre à changer souvent de vêtements. Ils me demandèrent pourquoi je n'avais pas signé ma déposition. Cette histoire m'était sortie de l'esprit, et j'avais oublié le document sous le matelas, mais, sans savoir pourquoi, je répondis que je l'avais déchiré. Une fois encore, un de ces brefs silences de stentor s'installa tandis qu'ils se penchaient sur moi, les poings serrés, la respiration bruyante. L'air vibrait de violence contenue. Puis ils sortirent avec un bel ensemble, et je me retrouvai à nouveau seul. Apparurent ensuite un type d'un certain âge, vêtu de twill, et coiffé d'un petit chapeau trognon, ainsi qu'un jeune homme à la musculature solide, aux petits yeux, et manifestement de mauvaise humeur, qui avait l'air d'être son fils. Ils se plantèrent dans l'embrasure de la porte et m'observèrent un long moment, comme s'ils prenaient ma mesure. Puis l'inspecteur Twill s'approcha, s'assit en face de moi, croisa les jambes et ôta son chapeau, découvrant, ce faisant, un crâne chauve, un peu aplati, cireux et constellé de taches comme celui d'un bébé souffreteux. Il sortit une pipe qu'il alluma avec une gravité délibérée, recroisa les jambes dans l'autre sens, s'installa plus confortablement, puis se mit à me poser une série de questions sibyllines qui visaient, je le compris au bout de quelque temps, à découvrir ce que je pouvais savoir sur Charlie French et ses relations. Faute de deviner où ils voulaient en venir – je crois qu'ils n'en avaient pas davantage idée – je répondis avec toute la circonspection dont j'étais capable. Je ne cessais de leur sourire, pour leur prouver ma bonne volonté, mon désir de coopérer. Le plus jeune, toujours posté sur le seuil de la pièce, prenait des notes. Ou, du moins, faisait-il semblant d'écrire sur un calepin, car j'avais la drôle d'impression qu'il ne s'agissait que d'une mise en scène destinée à me troubler, ou à me faire peur. Mais, tout ce qui se passa, c'est que je finis par m'ennuyer – je n'arrivais pas à les prendre au sérieux –, que j'en vins à m'embrouiller, et à me contredire. Au bout d'un moment, eux aussi parurent se lasser, et quittèrent finalement la pièce. C'est alors qu'arriva mon copain, le divisionnaire Haslet, qui, le sourire timide, s'approcha, toujours en crabe, et le regard en coulisse. Bon Dieu, m'écriai-je, qui étaient ces types ? Une autre brigade, répondit-il. Il s'assit, fixa le sol, et, du bout des doigts, se mit à tambouriner sur la table. Ecoutez, lui dis-je, je suis inquiet, ma femme, je – il n'écoutait pas, ça ne l'intéressait pas. Il ramena la conversation sur ma déposition. Pourquoi ne l'avais-je pas signée ? Il s'exprimait d'un ton calme, comme s'il parlait de la pluie et du beau temps. Ça simplifie les choses, vous savez, ajouta-t-il. Brusquement, je me mis en colère, je ne sais pas ce qui me prit, mais je flanquai un coup de poing sur la table, sautai sur mes pieds, et lui criai que je ne ferais rien du tout, que je ne signerais rien du tout, tant que je n'aurais pas eu certaines réponses ! Oui, c'est bien ce que j'ai dit : *tant que je n'aurais pas eu certaines réponses* ! Bien entendu, ma colère s'évanouit aussitôt, et je me rassis, l'air penaud, en me mordillant l'articulation d'un doigt. La tension se dissipa. Votre femme, reprit Haslet avec douceur, va prendre un avion – il consulta sa montre –, elle doit être en train d'embarquer à l'heure qu'il est. Je le regardai en ouvrant de grands yeux. Oh, m'exclamai-je. J'étais soulagé, bien sûr, mais pas vraiment surpris. J'avais toujours su que ce *señor* comment s'appelle-t-il était bien trop gentleman pour l'empêcher de partir.

Quand Maolseachlainn arriva, avec l'air ébouriffé de quelqu'un qui vient de sauter de son lit, il était pourtant midi. Mais il a toujours cette allure-là, c'est encore une des caractéristiques attachantes de sa personnalité. La première chose qui me frappa, cependant, ce fut que nous avions la même corpulence, que nous étions, l'un comme l'autre, lourds, larges, mous, et grands. Quand nous nous penchâmes au-dessus d'elle, la table gémit, et, sous le poids de nos derrières massifs, les chaises poussèrent de petits cris inquiets. Maolseachlainn me plut d'emblée. Je devais me demander qui avait bien pu, en mon nom, faire appel à ses services, dit-il. Je hochai vigoureusement la tête bien qu'à dire vrai cette idée ne me fût pas venue à l'esprit. Sur ce, il se montra allusif, et marmonna quelque chose à propos de ma mère et d'un travail qu'il prétendit avoir effectué pour elle à une époque non déterminée du passé. Il me fallut un certain temps avant de découvrir, à ma stupeur et non sans une grande consternation, que c'était Charlie French qui avait tout arrangé, qu'il avait appelé ma mère dès le dimanche soir pour lui apprendre mon arrestation et lui avait demandé de se mettre immédiatement en contact avec son grand ami, le célèbre avocat Maolseachlainn Mac Gilla Gunna. C'était également Charles qui avait payé, et qui continue toujours de payer, les honoraires non négligeables de ce cher Mac. Il fait virer l'argent par la banque, et ma mère, ou la fille de ferme, en fait, j'imagine que ce doit être elle qui s'en charge maintenant, transmet la somme en question comme si elle provenait de Coolgrange. (Désolé de vous avoir caché ces détails, Mac, mais Charlie préférait qu'il en soit ainsi.) Si je ne me trompe, vous avez fait une sorte de déposition ? me demandait maintenant Maolseachlainn. Je lui parlai alors du merveilleux document de Cunningham. J'ai dû m'énerver au fil de mon récit, car il s'assombrit, et, comme taraudé par la souffrance, ferma les paupières derrière ses lunettes en demi-lune. Puis il leva la main pour m'obliger à me taire. Vous ne signerez rien du tout, dit-il, rien du tout – vous êtes fou ? Je baissai la tête. Mais je suis coupable, répondis-je d'un ton calme, je *suis* coupable. Il fit mine de ne pas entendre ma déclaration. Ecoutez-moi, reprit-il, écoutez-moi bien. Vous ne signerez rien du tout, vous ne direz rien du tout, vous ne ferez rien du tout. Vous allez plaider non coupable, m'expliqua-t-il. J'ouvris la bouche pour protester, mais il était hors de question d'interrompre Maolseachlainn. Vous plaiderez non coupable, poursuivit-il, et, quand je jugerai le moment opportun, vous changerez de tactique, et vous plaiderez coupable. Vous m'avez compris ? Par-dessus ses lunettes, il me considérait d'un œil froid. (C'était dans les tout premiers jours, avant qu'il ne devienne mon ami.) Je secouai la tête. Ça ne me paraît pas très moral, répliquai-je. Il partit d'un semblant de rire. Moral ! s'exclama-t-il sans ajouter : venant de vous, c'est un comble. Nous gardâmes le silence un moment. Puis mon estomac se mit à gargouiller. J'étais partagé entre la nausée et la faim. A propos, dis-je, avez-vous parlé à ma mère, va-t-elle venir me voir ? Il fit mine de ne pas m'avoir entendu. Il rangea ses papiers, ôta ses lunettes, et se pinça l'arête du nez. Est-ce que je manquais de quoi que ce soit, ici ? Cette fois, ce fut à mon tour de ricaner tout bas. Je veux dire, y a-t-il quoi que ce soit dont vous auriez besoin ? Je peux le réclamer, grommela-t-il, l'air pincé. Un rasoir, répondis-je, et pourrait-on me rendre ma ceinture, je ne vais pas me pendre. Il se leva pour prendre congé de moi. Brusquement, j'eus envie de le retenir. Merci, m'écriai-je avec une telle ferveur qu'il se figea, et me regarda avec des yeux ronds. J'avais vraiment l'intention de la tuer, vous savez, ajoutai-je, mais je ne peux pas expliquer mon geste, ni le justifier. Il se borna à soupirer.

Dans l'après-midi, je fus déféré devant le juge. Le divisionnaire Haslet et deux policiers en uniforme m'accompagnaient. Ma main griffée par le rosier s'était infectée. Tu es malade, ô Frederick. De cette première comparution, je garde un souvenir étrangement flou. J'avais imaginé une salle d'audience plutôt impressionnante, dans le genre d'une petite église, avec des bancs de chêne, un plafond à moulures, un cadre pompeux et solennel, et je fus déçu en découvrant un lieu à peine mieux qu'un bureau minable, le style d'endroit où des employés incompétents vous délivrent d'obscurs permis. Lorsqu'on me fit entrer, il y eut comme un déploiement d'activités frénétique que je mis sur le compte de préparatifs de dernière minute, mais qui, je le découvris avec surprise, constituait l'audition elle-même. Le tout ne dut pas durer plus d'une à deux minutes. Le juge, qui portait un simple costume de ville, était un vieux célibataire jovial, avec des favoris et un nez rouge. Il devait avoir une réputation de bel esprit car, lorsqu'il me fixa d'un air guilleret et s'écria : Ah ! Monsieur Montgomery, tout le monde se tordit carrément de rire. Je souris poliment, pour lui montrer que j'entendais la plaisanterie, même si, en l'occurrence, je n'avais pas saisi son trait d'esprit. A ce moment-là, un policier me donna une bourrade dans le dos, je me levai, me rassis, me relevai, puis la séance fut levée. Surpris, je jetai un coup d'œil alentour. J'avais l'impression que quelque chose avait dû m'échapper. De son côté, Maolseachlainn demandait ma remise en liberté sous caution. Comme s'il reprenait un enfant effronté, le juge Fielding hocha gentiment la tête pour signifier son refus. Ah, non, monsieur, dit-il, je crois que ce n'est pas souhaitable. Cette réponse déclencha un nouvel accès de gaieté bruyante dans la salle. Tant mieux, moi, j'étais bien content de les voir tous s'amuser autant. Derrière moi, le policier marmonnait quelque chose, mais je ne parvenais pas à me concentrer, j'avais, dans la poitrine, une sensation de vide horrible, et je me rendis compte que j'étais au bord des larmes. Il me semblait être un enfant, ou un très vieil homme. Maolseachlainn me toucha le bras. Troublé, je me détournai. Allons-y, maintenant, dit le policier sans méchanceté, et je le suivis à l'aveuglette. Tout semblait tourner autour de moi. Haslet marchait derrière moi, je reconnaissais son pas, à présent. Il y avait un petit attroupement dans la rue. Comment ces gens-là connaissaient-ils mon identité ainsi que l'heure et le lieu de ma comparution ? Lorsqu'ils m'aperçurent, ils poussèrent un cri, une sorte de hululement plaintif de peur et de haine mêlées qui me donna la chair de poule. J'étais tellement troublé et effrayé que je m'oubliai et les saluai de la main – je les saluai de la main ! Dieu sait ce que j'avais en tête. J'imagine que ce geste se voulait propitiatoire, qu'il était l'expression animale de ma soumission et de ma reculade. Ça ne fit qu'attiser leur fureur, bien entendu. Ils brandirent le poing, poussèrent des hurlements. Une ou deux personnes parurent prêtes à se détacher des autres pour fondre sur moi. Une femme y alla d'un crachat, et me traita d'ignoble salaud. Moi, je restai planté là, les lèvres figées en un sourire terrorisé, à hocher la tête et à agiter la main comme un automate. C'est à ce moment-là que je compris, pour la première fois, que c'était *un des leurs* que j'avais tué. Il avait plu pendant ma comparution, mais le soleil s'était remis à briller. Je revois l'éclat de la route mouillée, ce nuage qui s'estompait furtivement au-dessus des toits, et le chien qui, une lueur d'inquiétude dans l'œil, contournait la foule en colère. Toujours l'anecdote, vous voyez, le détail. Puis on me jeta la couverture sur la tête, on me poussa dans le panier à salade, et nous démarrâmes à toute allure, dans un crissement de pneus. Hi-han, hi-han. Dans la chaude pénombre laineuse, je pleurai tout mon soûl.

La prison. Ici même. Ça, je l'ai déjà décrit.

Pour ma première visite, j'eus droit à une surprise. Quand on m'annonça qu'il s'agissait d'une femme, je crus voir Daphné, arrivant tout droit de l'aéroport, ou sinon ma mère, et, au début, en entrant dans le parloir, je ne la reconnus pas. Elle paraissait plus jeune que jamais dans son pull-over informe, son kilt, et ses chaussures confortables. Elle avait l'air pâlichon d'une écolière immature, au visage constellé de taches de rousseur, cancre de la classe qui pleure, la nuit, au dortoir, et ne rêve que de poneys. Seule sa merveilleuse chevelure flamboyante trahissait la femme. Jenny ! m'écriai-je, et elle rougit. Je serrai ses mains entre les miennes. J'étais ridiculement heureux de la voir. J'ignorais alors, je n'allais pas tarder à l'apprendre, que j'avais affaire à mon usurpatrice. Joanne, en fait, marmonna-t-elle, et elle se mordit la lèvre. De gêne, j'éclatai de rire. Joanne, bien sûr, pardonnez-moi, je ne sais tellement plus où j'en suis. Nous nous assîmes. Je souriais aux anges. Je me sentais d'humeur enjouée, presque fantasque. Pour un peu, ç'aurait été moi le visiteur, vieux célibataire ami de la famille venu voir la pauvre chérie le jour de la rentrée des classes. Elle m'avait apporté la valise que j'avais laissée à

Coolgrange. Ce bagage me parut bizarre, familier et pourtant étranger, comme si, depuis la dernière fois que je l'avais vu, il avait accompli, vers une autre planète, une autre galaxie, un très long voyage qui l'avait transfiguré. Je pris des nouvelles de ma mère, mais j'eus la délicatesse de ne pas demander pourquoi elle n'était pas venue me voir. Dites-lui que je suis désolé, fis-je. Cette remarque marmonnée sur le ton dont on avance des excuses pour un rendez-vous manqué sembla si ridicule que, d'un mouvement furtif, nous évitâmes de nous regarder et observâmes un long silence gêné. J'ai déjà un surnom, ici, repris-je, on m'appelle Monty, bien entendu. Elle sourit, ce qui me fit plaisir. Quand elle sourit, qu'elle se mord la lèvre comme ça, elle a plus que jamais l'air d'une enfant. Je n'arrive pas à croire que c'est une intrigante. J'ai dans l'idée qu'elle a été aussi surprise que moi à la lecture du testament, mais je trouve un peu dur de l'imaginer en maîtresse de Coolgrange. C'était peut-être ce que voulait ma mère – après *sa* mort, quelle nouille. Ah, elle est indigne de moi, cette gravité nouvelle. Je ne la déteste pas pour m'avoir déshérité. Je pense qu'à sa façon elle a essayé de me donner une leçon pour m'obliger à me pencher d'un peu plus près sur les choses, peut-être, pour que je prête davantage attention aux gens tels que cette pauvre fille maladroite, avec ses taches de rousseur, son sourire timide, et ses sourcils presque invisibles. Tiens, il me revient les paroles que Daphné m'a dites, hier seulement, à travers ses larmes, elles se sont fichées dans mon esprit comme une épine : *Tu ne savais rien de nous, rien !* Elle a raison, bien sûr. Elle parlait de l'Amérique, d'elle et d'Anna Behrens, et du reste, mais, de manière générale, c'est la vérité – je ne sais rien. J'essaie pourtant. Je regarde, j'écoute, et je rumine. De temps à autre, il m'est accordé de jeter un rapide coup d'œil sur un univers apparemment nouveau, mais qui, je m'en rends compte, a pourtant toujours existé, à mon insu. Dans ces explorations, mon ami Billy se révèle être un guide précieux. Je n'ai pas encore parlé de Billy, n'est-ce pas ? Il s'est attaché à moi depuis son plus jeune âge, je pense qu'il est un peu amoureux de moi. Il a dix-neuf ans – tout en muscles, les cheveux noirs brillantinés, avec de belles mains de tueur comme moi. Nos procès respectifs doivent s'ouvrir le même jour, il y voit un heureux présage. Il est inculpé de meurtre et de divers viols. Il affirme son innocence avec insistance, mais ne peut réprimer un petit sourire coupable. Je crois que ses forfaits le remplissent d'une secrète fierté. Pourtant, il rayonne d'une sorte d'innocence, comme s'il y avait, en lui, quelque chose, un minuscule et précieux élément, que rien ni personne jamais ne pourra souiller. Quand je songe à Billy, j'en arrive presque à croire à l'existence de l'âme. Depuis sa plus tendre enfance, il ne fait qu'entrer et sortir de prison, et c'est une mine de renseignements sur les coutumes carcérales. Il m'explique les divers moyens ingénieux de se procurer de la drogue. Ainsi, par exemple, avant l'installation de la paroi vitrée au parloir, les femmes ou les petites amies cachaient dans leur bouche de petits sachets en plastique, remplis d'héroïne, qu'elles passaient aux prisonniers durant de longs baisers. Ces derniers avalaient les sachets en question, puis les vomissaient ensuite dans les toilettes. Cette révélation m'excita, me toucha beaucoup. Tant de désir, de passion, de charité et d'audace – ai-je jamais connu pareils sentiments ?

De quoi étais-je en train de parler ? Je deviens tellement vague. Ça arrive à tout le monde, ici. C'est une forme de défense, ce glissement progressif vers la distraction, cette torpeur, qui nous permet, n'importe où, n'importe quand, de sombrer instantanément dans de petits sommes engourdis.

Joanne. Elle est venue me voir, m'a apporté ma valise. J'étais bien content de la récupérer. Auparavant, les autorités pénitentiaires avaient confisqué la plupart des choses qu'elle contenait, mais j'ai retrouvé quelques chemises, un savon parfumé – ça m'a fait comme un coup quand j'ai senti cette odeur –, une paire de chaussures, mes livres. J'ai serré ces affaires, ces icônes, contre mon cœur, et, de chagrin, j'ai pleuré sur la mort du passé.

Mais, ici, le grand danger, c'est ce chagrin-là. Il sape la volonté. Ceux qui s'y abandonnent se retrouvent réduits à l'impuissance, en proie à une léthargie dévastatrice. Ils deviennent pareils aux victimes d'un deuil dont la douleur ne s'éteindra jamais. Moi, j'ai vu le danger, et j'ai résolu de ne pas me laisser prendre. J'ai décidé de travailler, j'ai décidé d'étudier. Mon sujet, je l'avais, tout prêt. Je demandai à Daphné de m'apporter de très gros ouvrages sur l'école hollandaise, non seulement sur son histoire, mais aussi sur ses techniques, sur les secrets des maîtres. Je me plongeai dans l'étude de recueils sur les méthodes de broyage des couleurs, sur l'art de mêler huiles et pigments, sur l'industrie du lin dans les Flandres. Je lus les biographies des peintres et de leurs mécènes. Je devins un petit expert sur la république des Provinces-Unies du XVIIe siècle. Mais, en fin de compte, toutes ces connaissances, toute cette documentation, amassées et pétrifiées comme des coraux incrustés dans l'épave d'un navire, ne me servirent à rien. Comment comparer des faits bruts à ce savoir confondant qui m'avait sauté au visage tandis que, pour la dernière fois, je contemplais le tableau abandonné au fond du fossé où je venais de le jeter. Ce savoir, cet entendement, je n'aurais pu vivre avec. Je regarde la reproduction accrochée au mur, au-dessus de ma tête, mais il y a quelque chose de mort en elle. Quelque chose de mort.

C'est avec la même boulimie de connaissances que je passai de longues heures à lire les vieux journaux de la bibliothèque de la prison. J'épluchai tous les articles concernant mon affaire, je les lus et les relus, et les ruminai jusqu'à ce que mon cerveau les eût transformés en une insipide bouillie. Je me penchai sur l'enfance de Josie Bell, sur sa scolarité – d'une brièveté à faire pitié –, sur sa famille et ses amis. Elle avait bonne réputation auprès de ses voisins. C'était une fille sans histoire. Elle avait même failli se marier, mais il y avait eu un problème, et son fiancé partit en Angleterre, et ne revint pas. Elle commença par travailler comme vendeuse, dans son village, puis, avant de se faire embaucher à Whitewater, elle vécut un moment à Dublin où elle devint femme de chambre au *Southern Star Hotel*. Le *Southern Star* ! – mon Dieu, j'aurais très bien pu y descendre quand j'étais chez Charlie, prendre une chambre et dormir dans un de ces lits qu'elle faisait peu avant. L'absurdité de ma réaction me fit rire. Qu'est-ce que j'aurais appris de plus ? Je n'aurais pas su plus de choses d'elle que ce que les journaux m'en disaient, que ce que j'avais découvert le jour où je m'étais retourné et où je l'avais vue, dans l'embrasure de la porte-fenêtre, se détacher sur le bleu et l'or de l'été, que ce qu'il m'avait été donné de voir quand je l'avais frappée à plusieurs reprises, alors qu'elle était recroquevillée dans la voiture et que son sang éclaboussait la vitre. Le pire, le péché capital, je crois, celui pour lequel il n'y aura pas de pardon, il est là : c'est que je ne l'ai jamais imaginée avec assez de vitalité, que je ne lui ai jamais permis de se matérialiser suffisamment, que je ne lui ai pas donné vie. Oui, ce manque d'imagination, c'est là mon vrai méfait, seule cause de tous les autres. C'est vrai ce que j'ai dit au policier je l'ai tuée parce que je le pouvais, et j'ai pu la tuer parce qu'à mes yeux elle n'était pas vivante. Et maintenant, il est donc de mon devoir de la rappeler à la vie. Je ne suis pas très sûr de ce que cela signifie, mais cette idée s'impose à moi comme une nécessité inéluctable.

Et pour opérer cette parturition, comment suis-je censé m'y prendre ? Dois-je l'imaginer depuis le début, depuis sa toute petite enfance ? Je suis troublé, et pas qu'un peu effrayé, et pourtant, en moi, quelque chose bouge, je me sens étrangement surexcité. Il me semble avoir une densité et un poids nouveaux. Je suis gai, et, en même temps, extraordinairement grave. Je porte en mon sein un monde de potentialités. Je vis pour deux.

C'est décidé : on ne me fera pas changer d'avis : je vais plaider coupable d'assassinat. Je crois que c'est ce qu'il faut faire. Quand je lui ai annoncé ma décision, Daphné a éclaté en sanglots. J'en suis resté abasourdi, abasourdi, et consterné. Et *moi*, qu'est-ce que je deviens là-dedans, cria-t-elle, et l'enfant ? Je lui répondis, avec le plus de douceur possible, qu'à mon avis j'avais déjà brisé leur vie, et que ce que j'avais de mieux à faire c'était de rester éloigné d'eux, le plus longtemps possible – pour toujours, même – de sorte qu'elle puisse avoir une chance de recommencer de zéro. Apparemment, ma remarque manquait de tact. Assise là, de l'autre côté de la paroi vitrée, Daphné se mit à verser des torrents de larmes, le poing serré sur un mouchoir en papier détrempé, les épaules secouées par les sanglots. Puis tout sortit, la colère et la honte, à travers ses pleurs, je ne parvenais pas à saisir la moitié de ce qu'elle disait. Elle revint sur des événements qui s'étaient passés des années auparavant. Sur ce que j'avais fait, et ce que je n'avais pas fait. Je ne savais rien d'elle, je ne comprenais rien. Stupéfait, je restai vissé sur mon siège, la bouche ouverte, incapable de dire quoi que ce soit. Comment avais-je pu me tromper autant, et aussi longtemps, sur son compte ? Comment n'avais-je pas vu, derrière sa réserve, toute cette fureur, toute cette souffrance ? Je songeais à un pub devant lequel j'étais passé, un soir tard, au hasard d'une de mes errances nocturnes à travers la ville, durant la semaine qui avait précédé mon emprisonnement. C'était un pub fréquenté par des ouvriers, du côté, je ne sais pas, de Stoney Batter, quelque part par là. Un grillage protégeait les fenêtres, et de vieilles taches de vomissures souillaient les abords de l'entrée. Comme je passai, un ivrogne sortit en titubant, et, l'espace d'une seconde, avant que la porte ne se referme, j'entrevis l'intérieur de l'établissement. Je poursuivis mon chemin sans m'arrêter, mais cette image s'était gravée dans mon esprit. Elle ressemblait à un tableau de Jan Steen : la lumière saturée de fumée, la foule des buveurs au visage rougeaud, les habitués appuyés au bar, la grosse chanteuse poussant la chansonnette en ouvrant une bouche édentée. De découvrir à quel point je me sentais exclu de cet univers tapageur, laid et simple, une sorte de stupeur à retardement me saisit, une sorte de désarroi et de chagrin. Apparemment, c'est ainsi que j'avais vécu ma vie, à passer devant des portes ouvertes sur des demeures bruyantes, et à poursuivre mon chemin pour m'enfoncer dans la pénombre. Et, pourtant, il est des moments aussi qui me permettent de croire que je ne suis pas complètement perdu.

L'autre jour, par exemple, alors qu'on m'emmenait pour une nouvelle comparution – elles sont constamment renvoyées, j'ai partagé le fourgon avec un vieux pochard qui avait été arrêté la nuit précédente, à ce qu'il me dit, parce qu'il avait tué son amie. Je n'arrivais pas à imaginer qu'il ait pu avoir une amie, et encore moins qu'il l'ait assassinée. Tandis que le car filait à vive allure, il ne cessa de me raconter une foule de choses qui tenaient, pour la plupart, du galimatias. Il avait un œil poché, et, à la bouche, une grosse plaie suintante. Par la vitre grillagée, je regardai défiler les rues de la ville, en faisant l'impossible pour ignorer mon compagnon. Puis, comme nous prenions un virage prononcé, il glissa de son siège, me tomba dessus, et je me retrouvai avec ce vieux pochetron dans les bras. L'odeur était épouvantable, bien sûr, et ses haillons avaient un contact si visqueux que je dus serrer les dents, mais je ne le lâchai pas, je ne voulais pas le laisser tomber par terre, et même – je suis sûrement en train de broder – je crois que j'ai peut-être même été jusqu'à le presser contre moi, l'espace d'un moment, dans un geste de, je ne sais pas, de compassion, de camaraderie, de solidarité, quelque chose de ce genre-là. Oui, un explorateur, voilà ce que je suis, un explorateur qui, de la proue d'un vaisseau en train de sombrer, entrevoit un continent nouveau. Et ne vous méprenez pas, je n'imagine pas une seconde que de tels incidents, de telles incursions dans le nouveau monde diminueront ma culpabilité d'un iota. Mais, peut-être, prendront-ils un sens à l'avenir.

Serait-il préférable que je détruise ce dernier paragraphe ? Non, quelle importance, il n'a qu'à rester là.

Daphné m'a apporté un des dessins de Van. Je l'ai accroché au mur. C'est un portrait de moi, dit-elle. Un énorme pied-bot, des doigts boudinés, un œil de cyclope étrangement placide. Assez ressemblant, quand j'y pense, c'est vrai. Par la même occasion, elle m'a annoncé une nouvelle renversante. Joanne l'a invitée, elle et l'enfant, à venir vivre à Coolgrange. Elles vont s'installer ensemble, ma femme et la fille de ferme. (Curieux la façon dont les choses s'organisent pour construire un semblant de fin !) Je n'en suis pas mécontent, ce qui m'étonne. Apparemment, je suis censé y vivre aussi quand je sortirai d'ici. Oh ! je me vois déjà, chaussé de bottes en caoutchouc, un chapeau sur la tête, en train de curer les écuries. Mais je n'ai pas pipé mot. Pauvre Daphné, si seulement – ah, oui, si seulement.

Maolseachlainn aussi a été horrifié quand je lui ai annoncé ma décision. Ne vous tracassez pas, lui ai-je déclaré, je plaiderai coupable, et je ne veux aucune circonstance atténuante. Ça, il n'a pas compris, et je n'ai pas eu l'énergie de le lui expliquer. C'est ce que je veux, un point c'est tout. C'est donc ce que je dois faire. Le navire d'Apollon, la poupe ceinte de lauriers, cingle vers Délos, et, moi, le casseur d'assiettes, il me faut accomplir ma peine, aller jusqu'au terme de ma parturition. Au fait, Mac, m'écriai-je, je dois une assiette à Charlie. Il ne comprit pas la plaisanterie, mais sourit quand même.

Elle n'était pas morte, vous savez, quand je l'ai quittée. Je n'avais pas le courage de l'achever. J'aurais fait pareil avec un chien. (C'est vrai – ces aveux n'en finiront-ils donc jamais ?) Il acquiesça en s'efforçant de dissimuler son profond dégoût, mais, peut-être ne cachait-il qu'une grande stupeur. Les gens robustes, dit-il, ne meurent pas facilement. Puis il récupéra ses papiers, et s'apprêta à partir. Nous nous serrâmes la main avec componction. Apparemment, les circonstances l'exigeaient.

Oh, au fait, le fin mot de l'histoire : ça m'était presque sorti de l'esprit. C'est Charlie qui a acheté, à bas prix, les tableaux de ma mère, puis qui les a revendus, à prix d'or, à Binkie Behrens avant de les lui racheter, à bas prix, pour les revendre à Max Molyneaux. Quelque chose dans ce goût-là. Est-ce bien important ? Que de sinistres forfaits, que de sinistres forfaits. Suffit.

Le temps passe. Je l'avale. Je me vois comme une sorte de larve, occupée à dévorer calmement et méthodiquement l'avenir, ce que le monde extérieur appelle l'avenir. Il faut que je veille à ne pas céder au désespoir, à cette aboulie qui a toujours menacé toutes mes initiatives. Il y a si longtemps que je contemple l'abysse que j'ai parfois l'impression que c'est lui qui me scrute. J'ai mes bons jours, et aussi mes mauvais. Je songe aux monstres aux côtés desquels mon crime m'oblige à me ranger, ces assassins, ces tortionnaires, ces sales petites brutes qui restent plantés là à regarder passer les jours et je me demande s'il ne serait pas préférable d'arrêter tout de suite. Mais il y a mon devoir, mon terme. Aujourd'hui, dans l'atelier, j'ai surpris son odeur, légère, subtile, métallique, à nulle autre pareille. C'est l'odeur du produit d'entretien – elle avait dû faire l'argenterie, ce jour-là. J'ai éprouvé un tel bonheur en la retrouvant ! Tout me parut possible. J'eus même l'impression qu'un jour j'allais peut-être me réveiller et voir s'encadrer dans l'embrasure de cette porte que j'ai toujours présente à l'esprit, désormais, une enfant, une jeune fille, que je reconnaîtrai immédiatement, sans l'ombre d'un doute.

C'est le printemps. Même ici, nous le sentons, ce renouveau dans l'air. Il y a des plantes sur ma fenêtre, j'aime les regarder se nourrir de la lumière. Le procès aura lieu le mois prochain. Ce sera une affaire vite réglée. La presse sera déçue. J'avais envisagé d'essayer de publier ces aveux. Mais non. J'ai demandé au divisionnaire Haslet de les ranger dans mon dossier, avec les autres écrits, la littérature officielle. Il est venu me voir aujourd'hui, ici, dans ma cellule. Il s'est emparé de tous ces feuillets, les a soupesés dans sa main. Ce devait être ma plaidoirie, lui ai-je expliqué. Il m'a jeté un regard en coin. Vous avez raconté là-dedans que vous étiez un savant, fit-il, que vous connaissiez la fille Behrens, que vous aviez des dettes, et tout le bataclan ? Je souris.

C’est mon histoire, répondis-je, et je m’y tiens. En entendant ça, il a éclaté de rire. Allez, Freddie, qu’est-ce qu’il y a de vrai dans tout ça ? C’était la première fois qu’il m’appelait par mon prénom. De vrai ? dis-je. Tout est vrai, rien ne l’est, sauf la honte.

BABEL

Extrait du catalogue

126. CEES NOOTEBOOM
Dans les montagnes des Pays-Bas

127. NICHOLAS MANN
Pétrarque

128. ROBERT LOUIS STEVENSON
En canoë sur les rivières du Nord

129. ABBÉ DU PRAT
Vénus dans le cloître ou la Religieuse en chemise

130. MADELEINE LEY
Le Grand Feu

131. NEEL DOFF
Jours de famine et de détresse

132. INTERNATIONALE DE L'IMAGINAIRE N° 3
La Dérision, le rire

133. PAUL AUSTER
Le Carnet rouge / L'Art de la faim

134. HUBERT NYSSEN
Les Ruines de Rome

135. PLUTARQUE
Sur les délais de la justice divine

136. RAMÓN GÓMEZ DE LA SERNA
Seins

137. HANAN EL-CHEIKH
Femmes de sable et de myrrhe

138. BAPTISTE-MARREY
Edda H.

139. ANTONIO MUÑOZ MOLINA
Beltenebros

140. JOSHUA SLOCUM
Navigateur en solitaire

141. CARLO COLLODI
Les Aventures de Pinocchio

142. NANCY HUSTON
Cantique des plaines

143. MAURICE CHAPPAZ
Chant de la Grande Dixence / Le Valais au gosier de grive

144. LIEVE JORIS
Mon oncle du Congo

145. FÉDOR DOSTOÏEVSKI
Les Démons, 1re partie

146. FÉDOR DOSTOÏEVSKI
Les Démons, 2e partie

147. FÉDOR DOSTOÏEVSKI
Les Démons, 3e partie

148. EMMANUEL ROÏDIS
La Papesse Jeanne

149. LÉONIE D'AUNET
Voyage d'une femme au Spitzberg

150. MARLEN HAUSHOFER
Nous avons tué Stella

151. JACQUES POULIN
Le Vieux Chagrin152. JULES RENARD
Journal (1887-1910)

153. JEAN MARTET
Les Cousins de Vaison

154. ROGER BASTIDE
Images du Nordeste mystique en noir et blanc

155. HERMANN HESSE
La Leçon interrompue

156. DENIS DIDEROT
Les Bijoux indiscrets

157. ALEXANDRE PAPADIAMANTIS
Les Petites Filles et la mort

158. VASSILI PESKOV
Ermites dans la taïga

159. JEAN-CLAUDE GRUMBERG
Les Courtes

160. PIERRE MERTENS
Collision

161. FÉDOR DOSTOÏEVSKI
Notes d'hiver sur impressions d'été

162. INTERNATIONALE DE L'IMAGINAIRE N° 4
La Musique et le monde

163. PAUL AUSTER
Mr. Vertigo

164. ABBÉ LHOMOND
De viris / Les Grands Hommes de Rome

165. GUY DE MAUPASSANT
Les Horlas

166. ÉLISÉE RECLUS
Histoire d'un ruisseau

167. MICHEL TREMBLAY
Le Cœur découvert

168. MICHEL TREMBLAY
Le Cœur éclaté

169. BÉATRIX BECK
Grâce

170. RAUDA JAMIS
Frida Kahlo

171. HOMÈRE
L'Iliade

172. HOMÈRE
L'Odyssée

173. RAMÓN CHAO
Un train de glace et de feu

174. ROBERT DOISNEAU
A l'imparfait de l'objectif

175. ALEXANDRE DUMAS
La Chasse au chastre

176. JACQUES GAILLARD
Beau comme l'Antique

177. PASOLINI
Théâtre

178. JEF GEERAERTS
Black Venus

179. MICHEL TREMBLAY
La grosse femme d'à côté est enceinte

180. MICHEL TREMBLAY
Thérèse et Pierrette à l'école des Saints-Anges

181. BRAM STOKER
La Dame au linceul

182. Théâtre des marionnettes

183. EDMOND DE GONCOURT
La Faustin

184. CONRAD DETREZ
Les Plumes du coq

185. NICOLAS VANIER
Transsibérie, le mythe sauvage

186. NINA BERBEROVA
Où il n'est pas question d'amour

187. DANIEL DEFOE
Robinson Crusoé

188. ANTON TCHEKHOV
La Mouette

189. ANTON TCHEKHOV
L'Homme des bois

190. INTERNATIONALE DE L'IMAGINAIRE N° 5
La Scène et la terre

192. ALEXANDER LERNET-HOLENIA
Le Régiment des Deux-Siciles

193. ARISTOPHANE
Les Oiseaux

194. J.-P. FAYE / A.-M. DE VILAINE
La Déraison antisémite et son langage

195. JACQUES POULIN
Les Grandes Marées

196. SIRI HUSTVEDT
Les Yeux bandés

197. ROBERT PENN WARREN
Les Rendez-vous de la clairière

COÉDITION ACTES SUD – LABOR – LEMÉAC

Ouvrage réalisé
par l'Atelier graphique Actes Sud.
Achevé d'imprimer
en janvier 1996
par Bussière Camedan Imprimeries
à Saint-Amand-Montrond (Cher)
sur papier des
Papeteries de Jeand'Heurs
pour le compte
d'ACTES SUD
Le Méjan
Place Nina-Berberova
13200 Arles.

N° d'éditeur : 2110
Dépôt légal
1re édition : février 1996
N° impr. : 1/120